落ちこぼれ治癒師は、
士の愛から
逃げられない

深石千尋
イラスト DUO BRAND.

eR
eロマンス ロイヤル

Contents

Ochikobore chiyushi ha,kishi no ai kara nigerarenai

Characters

マルゴ

救護院出身の心優しい平民治癒師。十九歳。現在は施療院で働いている。実は強大な治癒魔法が使える『稀血』だが、その『代償』とトラウマから、能力を使わないようにしている。戦場でオーブリーの命を助けたことで、彼に『命の恩人』として探されてしまい!?

オーブリー・エス・パ・ザスキア

『光の魔法士』の異名を持つ美貌の魔法騎士。侯爵家の次男で二十三歳。

マルゴと同じく『稀血』であり、空間魔法の使い手。完璧主義者で生真面目な性格。第一王子の親友で、将来有望であり大変モテるが、恋人も作らないことから「女嫌い」と噂されている。

クロヴィス・ザラ・パ・アジエスタ

アジエスタ王国第一王子。二十三歳。飄々とした性格で、親友であるオーブリーには「腹黒い」と言われている。

アデール・ベラ・パ・ラスター

マルゴの親友の公爵家令嬢。十九歳。自分の意思をはっきり伝える美女で、社会奉仕活動として施療院で働いている。甘いものが大好き。

ジャクリーヌ・ニナ・パ・ブノワ

マルゴの治癒院時代の同僚。十九歳の子爵令嬢。顔は可愛らしいが選民意識が強く、平民のマルゴにつらく当たる。

ロイク・ドニ・パ・アリストロシュ

伯爵家嫡男、第二王子の側近。治癒院でマルゴに言い寄るが断られる。残忍で女好きな貴族。

プロローグ

Ochikobore chiyushi ha, kishi no ai kara nigerarenai

「ごめんなさい」

きっかけは、聞き覚えのない声だった。

それまで眠りの世界を漂《ただよ》っていたオーブリーは、くっ、と喉《のど》を反《そ》らしながら呻《うめ》き声を上げる。

なぜだかうだるように暑い。

猛烈な、しかし甘美な熱で体が悲鳴を上げていた。鼓動《こどう》が絶えずドクドクと脈打っている。チリチリと肌が焼けつき、全身からも汗が噴《ふ》き出していた。

意識が浮上するにつれ、熱は増していくばかり。

「……っ!!」

オーブリーはゆっくりと目を覚まし、思わず息を詰まらせた。

何かが重たくのしかかり、脚に絡みついている。

そう、暑さは本物だった。何者かがオーブリーの上に馬乗りになっていたのだ。

けれども濃霧《のうむ》に覆《おお》われたかのようなひどい視界のせいで、それが一体誰なのか、どういうわけで起こっているのか、すぐに理解できなかった。

「……な、何をするっ!?」

とっさに押しのけようと伸ばした手は、すらりとした脚に触れた刹那《せつな》、引《ひ》き攣《つ》るように震え始めた。

――これはなんだ……？　もしかしてスカート……？

一瞬相手の裸《はだか》を疑うも、脚を覆う布から服を着ていることがわかった。

しかし安心するにはまだ早い。

おそるおそる脚からたどるように上へ手を滑らせれば、今度は今にも折れそうな華奢《きやしや》な腰、頼りなげなウエストとは対照的に、ふっくらとした胸の感触がした。

オーブリーは慌てて手を引っ込める。

手足の自由は利く一方で、目の前は相変わらず真っ白なまま。相手の顔立ちはもちろん、どんな表情を浮かべているのか、そんなことすらわからない。

だというのに目も眩《くら》むような色香を感じて、しばし思考が停止した。

――女だ……！

やがて思い出したかのように脳みそがフル回転する。

どうやら相手は武器を持っていないようだった。

生地の手触りから察するに、騎士服と同じ絹と麻の混紡素材。防水加工が施《ほどこ》されている。

この手のものは一般に流通していない。国からの支給物――つまりは軍の関係者だということ。

おそらく一般兵の一人だろう。右胸にある菱形《ひしがた》の徽章《きしよう》から、治療《ちりよう》部隊の兵であることが窺《うかが》える。

だが味方だとわかったところで、女の下にいる状況をうまく呑み込めるはずもなく……。

――そうだ！　ここは戦場で……俺は負傷したのではなかったのか……？

生きていることがにわかに信じがたく、オーブリーは自分の胸に震える手を押し当てた。

——あの時……敵の攻撃をもろに食らったと思ったが……？

大怪我を負い、痛みに苛《さいな》まれていたはずの場所からは何も感じない。むしろ手のひらからは、獣のような力強い鼓動が伝わってくる。

さらに体の内側に意識を集中させると、四肢《しし》の隅々《すみずみ》、髪や爪の一本一本、細部にまで力が行き渡っているのを感じた。このままなんでもできそうな、それこそ空高くまで飛べそうな気分。

といつの間にか、下穿《したば》きが濡れていることに気づき、不快感に眉を寄せた。

トラウザーズの中がヌルついていて気持ち悪い。

同時に、熱くパンパンにふくらんでいることに違和感を覚える。

どういうわけか、死にかけていた体は今や復活し、喜びを隠せず女に反応していた。

指先のようなものがトラウザーズを這《は》い、下腹部から脚のあわいにある男の部分にかけてゆっくりと行きつ戻りつしている。

「う、あ……！」

快楽に溺《おぼ》れている——そんな自分を認められず、強情に引き締めた唇から喘《あえ》ぎ声が漏《も》れた。

雄はどんどん高まり、溜まりに溜まった熱が行き場を求めて今にも破裂しそうだ。

トラウザーズを下穿きごと下ろされ、そのまま熱く猛ったものを指で囲むように握られただけで、急激な喉の渇《かわ》きを覚えて何度も何度も唾を嚥下《えんげ》してしまう。

その先を期待していた。

いつなんどきも冷静で、刃向かう者に容赦《ようしゃ》のない自分が、目の前の女に翻弄《ほんろう》されている。

みずから怒声を張り上げることも、手首を摑《つか》んで相手の動きを制することも、どちらもできない。いや、『できない』というより、『しなかった』と言うべきか。

オーブリーは不思議な感覚に襲われ、背中に感じるごつごつとした地面も、遠くから聞こえる激しい怒号も、漂ってくる焦げ臭い匂いもどうでも良くなった。

ただ下半身に溜まる熱と、首にかかるフッ、フーッ、という吐息、そして甘い匂いしか感じられなくなる。

「本当に……ごめんなさい……」

女が懇願《こんがん》するように、もう一度呟いた。

第一章　魔法の代償

Ochikobore chiyushi ha, kishi no ai kara nigerarenai

「総員戦闘配置につけ！」

夜も明けきらない頃、マルゴは外で飛び交う勇ましい鬨《とき》の声に飛び起きた。

「いたた……」

腰をさする。体じゅうが慣れない環境に悲鳴を上げていた。

じかに地面の上で眠るのは、生まれて初めての経験だ。天幕があるだけいくぶんマシだろうが、救護院《きゅうごいん》育ちでもこの状況にはなかなか馴染《なじ》めそうにない。

ふと横を見ると、隣の寝袋はすでにもぬけの殻《から》だった。

——どういうこと？

マルゴは思わず首をひねる。頭の中はまだまどろみの淵《ふち》にいた。

そして外の様子を窺《うかが》うべく、おそるおそる顔だけ出してみると——。

「第一部隊で敵襲だ——っ！」

耳を刺すような声でようやく意識が覚醒した。

——ああ、これがすべて夢だったらいいのに……。

しかしそんな願望はあっという間に掻《か》き消され、マルゴは頭を引っ込めて身支度《みじたく》を整える。

綺麗に畳《たた》んであった上着を手に取って着ると、手櫛《てぐし》で寝乱れた髪を直しながら後ろで一つに結わえた。キャップを被り、包帯やガーゼ、消毒液の入った鞄《かばん》を肩にかける。

それから眦《まなじり》を決し、天幕から飛び出した。

マルゴの暮らすアジエスタ王国は、『魔石《ませき》』が潤沢《じゅんたく》に採《と》れる鉱山をいくつも有している。

魔石とは、魔道具の動力となる一方で、まじないをかければ魔法を使うこともできる便利な代物だ。

とりわけアジエスタで採掘される魔石は、普通の魔石よりも魔力の純度に優れ、それでいて高い硬度を持つことから、『アジエスタの宝石』として讃《たた》えられている。そのためアジエスタの魔法や魔道具は、性能や耐久性において他の追随《ついずい》を許していない。

その豊富な資源を狙って、たびたび国境を脅《おびや》かすのは、隣国で大国でもあるハースト。一昨年緩《かん》衝《しょう》地帯を占領してからというもの、兵力を増強して領土拡大に躍起《やっき》になっている。

だがどうにか安寧《あんねい》が保たれているのは、アジエスタ王国が誇《ほこ》る五つの『魔法騎士団』──魔石に頼らずとも体内に秘めた魔力によって魔法を使うことのできる人間たちのおかげと言っていい。

魔石の眠る土地柄ゆえ、王国内には魔力保持者が多いのだ。これもまた、世界でも有数の魔法国家と呼ばれる所以《ゆえん》だろう。

中でも一人で騎士数十人を相手にするといわれる魔法騎士は、国防を担《にな》うだけでなくダンジョン攻略や魔獣討伐などの役割まで請《う》け負《お》い、その功績から国民の羨望《せんぼう》をほしいままにしている。

残念ながらマルゴは、そんな華々しい魔法騎士などではなく、しがない衛生兵だけど。

──急がなくちゃ……！

マルゴが慌てて向かった先は、傷病兵たちの眠る天幕だった。今ごろ患者たちを後方の野戦《やせん》治癒院へ移動させるべく、衛生兵たちが懸命に動いている頃だろう。

どうして自分は声をかけられなかったのか——顔を顰《しか》めたのは、心当たりがあったからにほかならない。

マルゴはまともに魔法が使えなかった。

潜在的な治癒《ちゆ》魔力を見込まれて、せっかく救護院から王立治癒院へと引き抜いてもらったというのに、何一つ役に立てないでいるのだ。

この国では魔法士としての資質を問うために、五歳になると貴賤の別なく魔力測定がおこなわれる。

しかし誰もが魔法士になれるわけではない。魔力保持者が多いといっても、魔法士になれるほど魔力を持っている人間は大変貴重な存在だからだ。マルゴも五歳の時の測定では、反応が見られなかった。

それなのに才能を見いだされてしまったのは、救護院の退所も近かった一年半前——後援者たちをつのって、子どもたちの健《すこ》やかな成長を祝うパーティーが開かれた時のこと。

いつもより豪勢な食事と飲み物に大はしゃぎの子どもたちに半ば強引に手を引かれ、水晶玉に触らせてもらったことがきっかけだった。

マルゴの触れた水晶玉が青く光り輝いたことで、十八歳にして治癒魔法の資質を持っていることが判明したのだ。

その場にいた魔法士によると、五歳以降でもごく稀《まれ》に魔力が発現することがあるらしい。

院内が喜びに湧いたのは言うまでもなく、マルゴは治癒師としてまわりの期待を背負うことになってしまったというわけだ。

魔法の中でも、治癒魔法はその特異性から非常に重宝されている。

そもそも魔力保持者は国が貴重な戦力として囲うもの。他国へ才能が流出しないよう国家予算の多くを割り当てられ、魔法士たちは功績に応じて金や特権を与えられる。王侯貴族にそういった者たちが溢れているのも、血脈を取り入れるという意味では当然といえば当然のこと。

これから救護院を出て生きていかなければならないマルゴにとって、安定した生活は喉《のど》から手が出るほど欲しいものであり、魔法士にならないという選択肢はなかった。

同時期に治癒院に入った仲間たちも、今や立派な治癒師として働いている。

——では、わたしは？

救護院を退所してから一年、十九になってもマルゴは満足に治癒魔法が使えず、書類仕事や雑用、シスターたちがするような患者の看護くらいしかできなかった。

当初は期待の眼差《まなざ》しを向けていた治癒院の院長も、今では『期待はずれ』だの『水晶玉の不具合』だのと言いたい放題だ。

同僚たちや患者たちも『能無し』『落ちこぼれ』などと口さがなくからかい、時には仕事を押しつけたり、物を投げつけたりするような不届き行為に及んだ。

貴族の出だったら、ここまで風当たりはひどくなかったかもしれないが、マルゴはただの平民だ。

——わたしなんかが……こんなところにいるから……。

マルゴの気持ちは重たく沈んだ。

次の瞬間、意識は数週間前まで勤めていた治癒院の、薬品臭漂《ただよ》う狭い一室に舞い戻る。

ところどころ漆喰《しっくい》の剝がれた壁、ヒビの入った窓ガラス、歩くたびに軋《きし》む床板、低い天井の真ん中に吊り下げられたランプの弱々しい明かり。清潔さはどうにか保たれているものの、決していい環境とは言えない、そんな場所でマルゴは働いていた。

耳の奥に声が蘇《よみがえ》る。

『――なんで治癒魔法が使えないいんだよ。おまえは治癒師じゃないのか？　その制服は飾りか？この部屋もありえないくらいみすぼらしいな』

場違いなほどジャラジャラと宝石を身につけた若い男が、診察用のベッドの脇の、ぐらつく丸椅《い》子《す》に腰かけながら口を尖らせた。

本来であれば、倉庫になっていたようなボロボロの一室ではなく、彫刻の施《ほどこ》された柱や梁《はり》のある立派な診察室に案内されていただろうに。何かの手違いか、はたまた冷やかし目的の来院か。

『申し訳ありません』

しかしながら患者と一緒に不平不満を漏《も》らすわけにもいかず、マルゴは勢い良く頭を下げた。

チッと男が舌を鳴らす。

『早く手首の捻挫《ねんざ》を治してくれよ。こっちは忙しい時間を削ってわざわざここまで来ているんだぞ』

『あ、あいにくほかの治癒師たちは今出払っておりまして……。その……もしよろしければわたしが代わりにお薬を煎じましょうか？　薬草の湿布《しっぷ》もご用意できますから』

『はぁ？　薬草って……おまえ！　この僕を施療院《せりょういん》に来る貧民か何かと勘違いしていないか？

僕はアリストロシュ伯爵《はくしやく》家の嫡男《ちやくなん》だぞ！　ロイク・ドニ・パ・アリストロシュ！　第二王子殿下の側近だ！』

平民ならともかく、貴族としての矜持《きようじ》が許さないのだろう。心外だと言わんばかりに小鼻をふくらませながら、男が椅子から立ち上がった。

いきなり痛いところを突かれ、マルゴは首を竦《すく》める。

事実、マルゴは休日などの空き時間を利用し、本業とは別に施療院でボランティアをしていた。

施療院は宗教的な側面もあって、すべての人間に門戸を開いている。無償で食事や寝床を提供することも珍しくない。

対してこの治癒院は、『人々のために』と高尚《こうしよう》なうたい文句を掲《かか》げながらも、希少な治癒魔法の見返りに多額の金銭を要求している。訪れる患者といえば、もっぱら貴族や平民の金持ちばかり。

とはいえ『ありがとう』の言葉一つすらもらえないことよりは、施療院のほうがずっとやりがいのある場所だった。

『……申し訳ありません。い、今すぐ院長を呼んで参りますので！』

あとでどんな目に遭うかわからないが、こうなってはしようがない。立ち上がると、ふんぞり返っていた男の肩がビクリと跳ね上がった。

『お……おい！　待て！　院長はいい！　お楽しみは僕一人でじゅうぶんだ！』

どうやらそれはマズイらしい。男が顔色を変え狼狽《ろうばい》した。

そうかと思えば、突然肉厚《にくあつ》の手に手首を掴《つか》まれる。

お楽しみとは、一体なんなのか。

『なっ、何を……⁉』

どうしたらいいのかとっさに判断がつかず、マルゴの体はこわばった。

面食《めんく》らうマルゴの顔をまじまじと見て、男が片眉を上げる。

『おまえ……よく見るとなかなか可愛《かわい》い顔をしているじゃないか。やっぱり女は若いほうがいいよな。思った以上に楽しめそうだ』

明るい茶髪の前髪を掻き上げながら、ふうん……と男はいやらしい笑みを浮かべた。顔立ちは整っているものの、悪人もかくやというほどグレーの目がギラついている。

冷たいものが背筋を駆け下り、マルゴは身震いした。

『処女なのか？』

『お戯《たわむ》れがすぎます……！』

カッと頬《ほほ》に熱が集まって目を逸《そ》らす。

『この僕がじきじきに相手をしてやるんだ。悪くないだろう？　それに治癒魔法が使えない治癒師なんて聞いたことがない。髪も茶色っぽいし、本当は偽者なんだろう？　そうだ、僕が相手をしてやるからそれで許してやる』

この国では魔力があるほど髪は黒くなる。しかしマルゴの髪は黒っぽい茶色。魔法士に多いとされる翠眼《すいがん》も黄味がかっていて、決して美しいとは言えない。

顔立ちだって美人でもなければ可愛いわけでもない。『真珠《マルゴ》』という名前にも負けている。中途半端――それがマルゴの自己評価だった。

だというのに、この男は戯れにマルゴを押し倒そうとしてくる。

『遊んでやろう』

『やめてください！　結構ですから！』

最後のほうはもはや悲鳴だった。

大きな体に組み敷かれ、マルゴは恐慌状態に陥《おちい》る。必死に顔を左右に振り、手足をバタつかせた。

『ふふ……生意気だな。僕がじゃじゃ馬を手懐《てなづ》けてやる』

抵抗すればするほど男を興奮させるらしい。

『離して！』

顔を引っ掻いたり胸を拳で無茶苦茶に叩いたりしたが、それがどうした、とびくともしなかった。

もうダメかもしれない。

しかし太腿《ふともも》に手をかけられた時、自分の中で怒りが噴き上がるのを感じた。

マルゴはサイドテーブルの上に置いてあった、手を洗うためのタライを手に取るやいなや、男の頭に勢い良く振り下ろしたのだ。

『……グエッ！』

潰れた声を上げ、男が頭を押さえながら後ろによろける。

が、倒れまではしなかった。

マルゴはこれ幸いと腕から逃れ、痛みに呻《うめ》いている男を睨《にら》みつける。

怖かった。でも、どれだけバカにされたとしても、これは決して許せるものではない。

『クソッ……このまがい物め！　よくもこの僕に手を上げたな……！　この先もここにいられると思ったら大間違いだぞ！　国庫を荒らす穀潰《ごくつぶ》しめ！』

男は顔を憤怒《ふんぬ》に染め上げて言ったあと、ドシン、ドシン、と大きな音を立てながら部屋を出ていった。

——ああ……助かったわ。

けれどもそう思えたのは、ほんのいっときのことだった……。

気づけばマルゴは、隣国との戦いの最前線に衛生兵と偽って送り込まれてしまったのだ。

マルゴは兵士でも、ましてや衛生兵でもない。ただの使えない治癒師だ。きっとあの貴族が腹いせに裏で手を回したに違いない。

どうしようもなかった。治癒院の院長はこれでもかというほどマルゴの無礼を怒り、同僚たちも憐《あわ》れむどころかいい厄介払いができたと笑っていたのだから。

『役立たずのおまえには死地がお似合いよ』

そう餞《はなむけ》の言葉を送ったのは、同期のジャクリーヌだ。子爵《ししゃく》家の箱入り娘でもある彼女は、誰よりも平民出のマルゴを嫌っていた。

『どうして私がおまえと同類に扱われないといけないの？　美貌も魔法も私のほうが上なのに』

治癒師とは見た目の華やかさに反して地味で汚い仕事も多い。ただでさえストレスが多いところに、明らかに自分よりも劣る者が働いているとあっては、彼女のプライドが許さなかったのだろう。身分も低く、容姿もイマイチ。財力も名声もないマルゴが消えたことで、今ごろ清々しているに違いない。

「総員退避————っ！」

すぐそばで叫声が上がり、マルゴの物思いは遮《さえぎ》られた。

イヤな記憶を振り払ったのは、もうすぐ森を出るという頃だった。

ドン、と地面が突き上げられたかのように揺れる。

一体何が起こったのか、足を止めると、森がざわめいた。眠りを妨《さまた》げられた鳥たちがいっせいに飛び立つ。

「きゃっ……！」

状況を把握《はあく》するよりも前に、森の先が白く光った。鋭い光が目を突き刺してくる。

そう間を置かずに襲ってきたのは、熱を孕《はら》んだ爆風だった。

運良く足が滑って、マルゴはとっさに地面にうつ伏せる。

攻撃魔法であることは確かで、森の向こう側から轟音と阿鼻叫喚《あびきょうかん》が聞こえてくる。

なぜか首回りが窮屈に感じられた。首を締めつけられたようで、だんだんと息が苦しくなってくる。

――この森から早く出ないと。

なんとか顔を上げたその時、先ほどのまばゆい光とともに何かが現れた。

兵士でもないマルゴは俊敏《しゅんびん》に飛び退くことすらできず、ただ呆然《ぼうぜん》と事のなりゆきを見守ることしかできない。

虚空《こくう》から現れたのは、魔法騎士団の騎士服をまとった青年――いいや、天使だったのかもしれない。

しばしここが戦場であることも忘れて、マルゴは彼に見惚れてしまった。

空は今にも雨が降り出しそうで、重苦しく垂れ込めた雲の隙間から朝陽《あさひ》が差し込んでいる。そんな中長いマントを羽のように靡《なび》かせながら、青年が光を受けて金色に輝いていた。

しかしブーツの踵《かかと》を鳴らして軽やかに舞い降りた天使が、一瞬のうちにガクリと膝から崩れ落ちたことで、マルゴはようやく我に返る。

「……た、大変っ！」

間一髪のところで青年を抱き留めた。

とはいえ所詮《しょせん》は女の力。窮屈そうに騎士服の中に収まった彼の体は、とんでもなく重かった。うまく支えられず自分まで膝をついてしまうと、地面に転がった小石が歯のように嚙《か》みついてくる。

「うっ……！」

マルゴは顔を顰めた。

驚きにしろ悪態にしろ言いかけた言葉は、青年の顔を覗き込んだとたんに霧散してしまう。

まるで女神のような顔立ちだった。何もかもが完璧に整っている。表情は険《けわ》しいものの、キリッとした眉の下で光る紫の瞳も美しかった。肩に垂らした漆黒《しっこく》の太い三つ編みをこの手で摑んでみたい。そんな衝動が湧き起こってうろたえるほどだった。

「まぁ」

マルゴはごくりと喉を鳴らす。

青年が低く喘《あえ》げば、どういうわけか、背筋に甘い痺れのようなものが走った。腰から力が抜けそうになって、慌てて下肢に力を入れる。

と間もなく、胸を押しつけた分厚い布越しに、妙に速く、それでいて弱々しい鼓動《こどう》を感じた。

――やだ、わたしったら……！　どうしてすぐに気づかなかったの？

先ほどから青年は何かを堪《こら》えるようにグッと唇を嚙み締めている。上唇が異様に青い。意識が混濁しているのか、目の焦点すら合っていない。

彼の頰に手を当てて、マルゴは思わずひるんだ。

あまりの冷たさに怖くなる。人間とはどこまで冷たさに耐えられる生き物なのだろうか。

体を引き剝がしてみれば、胸から腹にかけて騎士服が赤黒く染まっていた。

「……だ、大丈夫ですかっ!?」

マルゴは声をうわずらせた。どこからどう見ても、大丈夫ではないのは明らかなのに。

青年は返す言葉すらままならないようだった。口の中で舌がへばりついたように呻くのを聞いて、マルゴはさらに慌てる。

「あ、ごめんなさい。それ以上喋《しゃべ》らなくていいです。困りましたね……」

戦場でもこれほどの傷は見たことがなかった。今から治癒師に診せたとしても、彼は助からないだろう。

そもそも戦場では助かる見込みのある者しか治療されない。当たり前のように命が選択される場なのだ。瀕死の者はただ死を待つしかない。治癒師でも治せないならなおさらのこと。

――でも、もしかしてわたしなら……？

わずかに胸に期待が湧いて、左右に勢い良く頭を振った。

――ダメ！　そんなことをすれば……。

マルゴは魔法を使えない。

いや、正確に言うと使わない。

過去の記憶が襲いかかってくる。


『なんて穢《けが》らわしい子どもなの！』

そんなふうに罵《のの》られたのは、思春期に入ったばかりの頃。

その日、マルゴがいつものように救護院の近くにある森の中で友達と駆けっこをしていると、突然背後でイヤな音がした。

鳥のさえずりや風に揺れる梢《こずえ》の音ではない、ドスンという身の毛もよだつような不気味な音だ。

振り返れば、救護院で一番仲の良かった女の子が、草むした岩の上で苦痛に悶《もだ》えていた。

走るのに夢中になりすぎて、転んで岩に目をぶつけてしまったのだ。

『……アンナ⁉』

彼女は片目を押さえていたかと思えば、急にガクガクと震え出し、そのまま意識を失ってしまった。

彼女の目はひどい状態で、指の隙間からほんの少し見える部分だけでも、原形をとどめていないことがわかる。

『お願いよ、しっかりして！　目を覚まして！』

そんな友のかたわらで、マルゴは泣きながら祈ることしかできなかった。

——出血が止まりますように……。傷が消えてなくなりますように……。

すると信じがたいことに血が止まり、傷ついた目も完全に元通りになった。

自覚こそなかったが、マルゴは治癒能力を持った魔法士だったのだ。それも——欠損した体の一部を復活させるほどの。

——わたし、魔法が使えるんだわ……！

その驚きと感動は今でもはっきりと覚えている。

同時に、そのあとでマルゴを襲った『代償』がひどいものだったことも。

魔法はなんでも思うとおりに繰り出せるものではない。使えば体力を消耗するのはもちろん、みずからの手にあまるようなものは、時として命を危険に晒《さら》す。一時的に聴力を失ったり、立ち上がれなくなったりという不具合を、人々は『代償』と呼んでいた。

とりわけ『稀血《まれち》』と呼ばれる魔法士は、強大な魔法を使うことができるぶん代償も大きい。

そしてマルゴの代償はというと——性への欲求が止められなくなるというものだったのだ。

この時、マルゴは生まれて初めての自慰《じい》に耽《ふけ》った。友達が隣で気を失っているにもかかわらず——だ。

『……あっ、んっ』

自分でも卑猥《ひわい》だと思うような高い声に驚いた。

いけないとわかっていても、指の動きを止めることはできない。ワンピースをたくし上げて下着を膝まで下げると、蜜で潤《うるお》い始めた花芯を指で割って何度も擦《こす》り上げた。

気持ち良くなりたい。バカみたいにそんなことばかりを考えてしまった。

現場に駆けつけたシスターが、その光景を見て絶句したのは無理からぬこと。

『なんて子なの』

シスターの目に、絡まった糸のように複雑な感情が浮かんだ。驚愕、心配、それから軽蔑。

そのうえで放たれた言葉は、なおも自慰に及ぼうとするマルゴを完全に打ちのめした。

『それは神から子どもを授《さず》かるためにある行為であって、快楽に興《きょう》じるのは悪魔のすることなのよ。こんな穢らわしい人間だから、あなたは親から捨てられてしまったのだわ』

その言葉は今も胸の奥に深く突き刺さったままだ。

汚い人間だから……自分は捨てられたのだ。誰も迎えに来てくれなかったのは……。

——わたしのせい。

友達は怪我をした時のショックで何も覚えていなかった。

おかげで魔法が使えることを誰にも知られずに済んだが、自分が稀血かもしれないと思ったのは、それからしばらくして図書室から借りた本に、そんな記述を見つけたから。

——こんな醜い自分を見られたくないわ。魔法は本の中だけでじゅうぶんよ……。

以降マルゴの魔法は秘密になり、二度と振るってはならないものになったのだ。


「あっ……うっ」

喉奥から絞り出すような青年の呻き声が、深く沈んでいたマルゴの意識を現実に引き戻した。

このまま放っておけば、朦朧《もうろう》とした意識も完全に消えてなくなるだろう。

彼に必要なのは治癒師ではない、臨終に立ち会う司祭だ。

その時、青年が動かしたそうに手をかすかに震わせた。その手を取って、自分の胸に当てる。

紫の目は閉じかかっていた。

しかし、力強い光までは消えていない。

見た目以外に彼のことなど何一つ知らないが、彼がどうにかして生きたがっているということだけは確かだった。あまりグズグズしていられない。

――ああ、助けられるものなら……。

魔法とその代償がもたらす現実から目を背《そむ》けて以降、マルゴは不遇《ふぐう》に見舞われていた。

少しでも誰かの役に立てればと、施療院で患者たちの治療をすることはある。今でも勉強は欠かさないし、薬を調合することもあった。

だが、あくまでも自己満足にすぎないと自分でもわかっている。

今まで魔法を使わずにいられたのは、単に運が良かっただけ。

仲間たちに失望され、嘲笑されながら、そして罵声《ばせい》を浴びせられながら日々を過ごしてきたのだ。

――代償を気にするばかりに、夢まで見失ってしまったの？　わたしがダメなばかりに……生きたがっている人まで見殺しにするというの？

かつて意識が朦朧とし、痙攣《けいれん》する友達を前にした時、マルゴは恐怖でいっぱいだった。

あのまま何もしなければ、彼女は目を失っていたかもしれないし、最悪死んでしまっていたかもしれない。

しかし自分の祈り一つで、彼女は元気になった。

結果、マルゴはみずからの心に深い傷を負ってしまったけれども。

それでもマルゴが彼女を助けたというのは、どうあっても動かしようのない事実だった。

これまで仕事を続けてこられたのも、本当は誰かの役に立ちたいと、命を救えるのならそうしたいと、心の奥底でずっと願ってきたからにほかならない。

マルゴは今にも天に召されてしまいそうな青年を眺めた。

——この人を助けたら……自分のダメな部分が補《おぎな》える？

そしたら自分を受け入れられるようになって、この罪の意識から解放されるだろうか。

——大丈夫、性欲くらい……もう大人だもの、自分で処理すればいいわ。誰にも見られないようにすれば……きっと……。

青年はとうとう気を失ってしまった。

マルゴは上着を脱ぐと地面に敷き、その上にゆっくりと彼を寝かせる。

「どうか……お願い……」

彼の美しさとは関係なく、力が溢れてくるのを感じた。

傷だらけの手で白い手袋を嵌《は》めた大きな手を包み込む。

「死なないで」

祈り始めるやいなや、すっかり色を失ってしまった青年の頬と唇に赤みが差した。同時に、抉《えぐ》られて変形した深い体の傷が跡形もなく消えていく。

現れた時と同様に、しかし淡い青色の光が青年の体を守るように覆《おお》っている。

マルゴはその様子をじっと見守りながら、膝の上で両手を揉み合わせた。次第に自分でも誰かを助けることができたという充足感が湧き起こり、お腹のあたりがソワソワしてくる。

だが次の瞬間、マルゴは体をこわばらせた。

「……はぁっ！」

感じた代償が、あまりにも大きかったからだ。

何より誤算だったのは、十年前に一度使った時と今とでは、まったく性欲の程度が異なっていたということ。

あの時が甘美な疼《うず》きだとしたら、今まさに襲いかかろうとしているのは荒れ狂う嵐だった。

「ああ……っ！」

カッと全身に熱が駆け巡り、座ったまま地面に倒れ込んだ。

まるで地獄の業火《ごうか》に巻かれているようだ。皮膚《ひふ》がじんじんと痺れたように火照《ほて》り、目が焼かれるように熱い。

怖い。媚薬《びやく》どころか麻薬のようで、頭まで熱でどうにかなりそうだ。

――早くここを立ち去らなければ……！

マルゴは必死に手足を動かして地面を這《は》った。伸ばした手が起き上がろうとして宙を引っ掻く。

徐々に薄赤いものが視界にベールを下ろしていった。これが欲望というものだろうか。

膝から力が抜けて体がよろめく。もう一度体勢を整えようと足に力を込めたがダメだった。

今度はスカートの裾《すそ》につまずいて、眠りについた青年の胸の上に倒れ込む。

怒号も爆音もやんだような気がした。自分の心臓も止まったように思える。森に――いいや、この世に二人だけが取り残されたような不思議な感覚。

そして青年の顔を見るや、マルゴはたちまち呼吸のしかたを忘れてしまった。

かすかに息を荒らげ、長い睫毛《まつげ》を震わせているのがわかるほど青年との距離が近い。

マルゴはその美貌に圧倒されて目を見開いた。

かっこいいと一言で片づけるには、彼の顔はあまりにも整いすぎている。麗《うるわ》しく、なおかつ凜々《りり》しい。

広くてたくましい胸から、かすかにお日様と石鹸のいい香りが漂ってくる。戦場で、それも怪我人ということを考えれば、少しくらいイヤな臭いがしそうなものだったが、どういうわけか、まったく気にならなかった。男性特有の色香があると言っていいのかもしれない。むしろ好ましくさえ思える。

強烈な誘惑を前に、マルゴは愕然とした。

無意識にせよなんにせよ、青年がマルゴの体に両腕を回した刹那《せつな》──。

「……ごめんなさい」

マルゴは自制心の糸がプツリと切れるのを感じた。

限界だ。胸の突起が敏感に張り詰め、お腹の奥がむず痒《がゆ》くなっている。

見知らぬ青年にありえないほど心を掻き乱されていたのだ。

マルゴは青年のトラウザーズに手を滑らせる。

まだ昂ぶりを感じないものの、温かくやわらかなそこを優しく撫でているうちに、ビクッ、ピクッ、とそこは小さく跳ねながら上着の裾を持ち上げるようにしてふくらんだ。ふくらみの先からじんわりとシミが広がっていく。

さらに指を這わせていくと、上からフゥッ、フッ、と荒い息遣《いきづか》いまで聞こえてきて、我知らず口元がゆるんだ。

触っているのは自分であって、触られているわけではない。けれど敏感に反応する青年の様子を見ると、どういうことか、こちらの体の芯まで熱くなってくる。

「……な、何をするっ⁉」

その時意識がはっきりしたのか、青年が叫び声を上げた。かすかに非難めいた響きが含まれている。

しかし、マルゴには理性などとうに欠片《かけら》も残されていなかった。頭にあるのは、いかに快感を享受《きょうじゅ》できるのかということだけ。

手を止めることなく、息を弾ませながら彼のベルトに手をかけた。カチャカチャと鳴る金具の音がもどかしい。

下穿《したば》きごとズボンを引きずり下ろそうとすると、青年は意外なほど呆気《あっけ》なく腰を上げた。

やがて下穿きに閉じ込められた青年のものが唸《うね》りを上げて反《そ》り返った時、マルゴは今度こそ手を休め、ヒュッと小さく息を呑む。

片手にあまるそれが、ダラダラと涎《よだれ》を垂らしながら別の生き物のように震えていた。綺麗な顔にはあまりにも不釣り合いな生き物。まるで大蛇《だいじゃ》のような獰猛《どうもう》さでもってこちらを睨んでいる。

仕事柄知識はあるものの、マルゴには男性経験がなかった。

魔法によるイヤな思い出のせいで、性的なものを避《さ》けてきた節もある。

だからといって結婚したくないわけではない。家族と呼べる者がいないことを考えれば、むしろ家族は欲しいくらいだ。

誰かを好きになる。そういった縁に恵まれなかっただけ。

「ああ……」

マルゴはうっとりと声を漏らした。

もしこれが平常時ならばマルゴは目を回していたことだろう。あるいは気を失っていたかもしれない。

にもかかわらず、今のマルゴはそれが欲しくてたまらなかった。

どうにかして自分のものにしたいと、あの凶悪なものを自分の手で乱れさせた暁《あかつき》には、みずからの腹の中に収めたいとまで考えていたのだ。

つつ……と指でなぞると、そこがさらに硬くみなぎる。

「うっ、は！」

青年の口から、喘ぐような叫び声が漏れた。

見上げれば、青年の頬が薔薇《ばら》色に染まっている。こちらを見つめる紫の目まで熱で潤《うる》んでいる。

マルゴはだんだんと楽しくなってきて、絹のようにしなやかで、鋼のように硬い彼のものを手で包み込んだ。

熱く、ズキンズキンという脈動が伝わってくる。今にもビチビチと暴れ出しそうだ。

マルゴは笑みを深めて、先端から溢れ出してくる透明な粘液を潤滑油代わりに、指に絡めてしごき始めた。時に強く、時に弱く。緩急をつけて。

特に笠の部分が弱いのだろう。嬲《なぶ》るように擦り上げると、そこが異様にふくらんだ。

「……くうっ！」

短い呼吸の合間、青年が腹の奥からどこか逼迫《ひっぱく》したような声を上げて、腰を大きく揺らす。

と思いきや、猛った部分から精が迸《ほとばし》る。

放物線を描きながら宙を飛ぶそれを見て、マルゴはごくりと唾を飲んだ。

なぜだか目が離せなくなり、いまだ溢れ出る青年のものに衝動的に唇を寄せる。

「な、に、を……っ！」

青年が鋭く息を吐いた。

マルゴは休む間もなく舌を走らせ、掬《すく》い、喉を鳴らしながら粘つく汁を飲み込んでいく。

欲しくて、欲しくてどうしようもなかった。一種の強迫観念がマルゴを突き動かしていると言っていい。

——うぅ……マズイ。

生臭く苦い味に顔を顰めるが、なおもちろちろと舌を動かし続ける。

吐き出そうとしなかったのは、おそらく本能の部分でそれを欲していたのかもしれない。

実際欲望が満たされたのか、わずかに理性が戻ってきた。

——な、なんて最低なことを……！

罪悪感がみるみる押し寄せてきて、マルゴはみずからの頬をぶちたい気持ちになった。

これでは自分を戦地に追いやった貴族と同じではないか。

「本当に……ごめんなさい……」

そして、ようやく口にできた言葉は謝罪だった。

マルゴはパッと彼自身から手を離す。

だが瞬《またた》く間に手を摑まれ、凄まじい勢いで上下が反転する。

「え……？」

次は青年が上にのしかかっていた。

こちらを睨む紫の目は瞳孔《どうこう》が開き、いまだ焦点が合っていない。

まさか治癒に失敗したのか。治癒魔法で傷を塞《ふさ》いだとはいえ、失った血までは戻せないので、そのせいだろうか。

けれどもそんなに失血しているのであれば、こんなふうにすぐに体を起こせるはずもないのだ。

フーッ、フーッ、と鼻息荒くこちらを見下ろす青年に、マルゴは目を瞠《みは》った。

「ど、どういうこと？　まだ起き上がれないはずでは？　それにその目は……」

マルゴはおののいた。

また少し自分の理性が戻ってきたような気がする。

すると彼が答えた。

「ああ、見えていない。この目は治癒魔法では癒やせないんだ。稀血の代償だから」

低いがよく通る、艶《なま》めかしい声だった。

青年の口角がかすかに上がっている。

「……っ！　そ、そんな大事なことを他人に軽々しく言っては――」

「あなたが俺の傷を癒やしたのだろう？」

「そ、それは……！」

青年はマルゴの膝裏を掴むと思い切り広げて、それがなんなのか知らしめるように、昂ぶりを股に押し当てた。

今さっき精を解き放ったばかりのそれは、まだ硬く張り詰めている。

ぐりぐりと青年のものを下着越しに何度も擦りつけられると、脚の間がじわ、と潤んでくる。

「ここまでしておきながら……」

不意に青年が動きを止めて、歯を食い縛った。

「逃げるのは許さない」

青年が耳元で囁《ささや》く。

そのあまりのくすぐったさに、思わずうんっ、と甘い声が漏れてしまった。

布一枚挟んでても、秘められた場所はもうじゅうぶんすぎるほど潤っているのがわかる。

どうしようもなく胸が高鳴った。

ここが森の中で、しかも戦争中だということさえどうでも良く思えたのは、きっと代償のせいだろう。マルゴはみずからの代償を呪わずにはいられなかった。

「あなたも稀血だろう？」

青年がもどかしげにマルゴのウエストのラインを撫でながら、荒い息を首に落としてきた。

「……っ！」

マルゴは言葉を詰まらせる。

「種を残したいという本能の代償は、男の稀血ならたまに聞く話だ。女の場合は初めて聞くが」

「な、なんのことだか……」

「とぼけるつもりか」

青年が笑いながら言った。しかしその笑みは欲にまみれている。

「あっ、自分で……なんとか、します、から……！」

マルゴは頬に血を上らせた。

抑えきれない嬌声《きょうせい》に、息も絶え絶えになりながら答える。

そんなふうに答えられるほど、まだ自分には理性があったのかと驚くくらいだ。

「……きゃっ！」

お腹のあたりを彷徨《さまよ》っていた右手が胸元に触れた。手袋の感触がする。

マルゴはとっさに声を上げたが、当然青年は止まらない。

「そこ、触っちゃ……！」

でも、ダメだと最後まで言えなかった。

むずむずとした感覚と熱に、マルゴは顔を背ける。

大きな手が布の上から胸を優しく揉み、硬く尖った頂を擦り上げた。

「体はこんなふうになっているのに？」

青年は楽しげに目を細めている。

どうして彼までそんなに熱くなっているのだろう？

「いやぁ、言わない、で」

──まさか、わたしと同じ代償なの？　でもさっき目が見えないのが代償だと言っていなかったかしら？

しかし、疑問はすぐにどこかへ消え去った。素早くボタンを外されるのを感じたからだ。

マルゴは慌てて身を起こそうとする。

はだけたシャツの間から下着を下にずらされると、二つのふくらみがぶるるんと揺れながら露出した。

胸を下から持ち上げ、手のひらでこね回される。

それだけで全身が蕩けてしまいそうな悦《よろこ》びに包まれ、マルゴは激しく喘いだ。

「あっ、んっ……ああ」

「なるほど……これは止められそうにない」

「どう、し……てっ！」

青年の手の下で、胸の丸みがふわふわと形を変えながら揺れる。胸の先端はこれ以上ないほど赤く充血し、腫れてふくらんでいる。

「ああっ！」

目は潤み、下腹のざわめきが強くなった。もう起き上がるなんてことはできない。

胸の突起を口に含まれて、マルゴは上体を左右に打ち振った。

「な、に……っ⁉」

ちゅっと吸われたかと思えば、舌先で舐め転がされる。

新たな刺激にマルゴは背をしならせた。体が勝手にもっと、もっと、とせがんでいるよう。

「ひぃっ！」

青年が小さく笑って、空いたほうの手で反対側の突起を少しきつめに摘《つま》んだ。

白い喉を晒して叫ぶと、そこに何かが触れる。

「え？　あ……」

それが青年の唇だとわかった時、マルゴはさらに熱に浮かされた。

唇が胸の谷間へ滑り降りて、熱い跡を刻みつけていく。

「下のほうも確認してみよう」

「ああっ、そこは……！」

胸のしこりを引っ張りながら告げられ、またもや悲鳴を上げる。

青年はマルゴの下のほうへと体ごと移動した。

長い三つ編みの毛先が肌をくすぐり、背筋に震えが駆け上がっていく。

「……んっ」

ロング丈のスカートを捲《まく》り上げると、青年が腰に手をかけて下着の紐《ひも》をほどいた。

──どうして？

目が見えていないはずなのに、どこをどうすれば官能を引き出せるのか、青年はなんでもお見通しのようだった。

膝の裏に手を入れ、ふたたび脚を大きく開かされる。

ひんやりと冷たい空気にゾクリと肌を粟立てたとたん、マルゴは息を止めた。

あらわになった股の間に青年がいる。

青年の眼前で脚を広げる格好になり、それを意識しただけで、体の奥で溜まりに溜まった熱が滲《にじ》み出てきてしまう。

彼の目が見えないのがせめてもの救いか。しかし見えていようがいまいが、そんなものは関係なかった。

「すごく濡れている」

敏感な部分に息を吹きかけるように青年が言った。

それから舌なめずりをすると、手袋の先を歯で嚙んで脱ぐ。

「お願い、だから……！」

わざと羞恥心《しゅうちしん》を搔き立てないでほしい。

そう思ったが、言葉にはできそうになかった。

節くれだった指が割れ目をなぞる。中から溢れてくる蜜を掬いながら、それを塗りつけるようにしてさらに上下に擦る。

「どうした？　何か言いたいのか？」

「あ、はぁ……あ、ああ……」

蜜はとどまることを知らず、それこそ泉のようにこんこんと湧き出てきた。

指は入り口を叩き、時折浅瀬に入っては勝手気ままに動いている。

痛みはない。しばしば処女だと痛いという話を聞くが、まったくもってそんなことはなかった。

むしろ嬉《うれ》しくてたまらない。

これもまた代償のせいか、いっそ一思いに指を突き立ててほしいと思ったくらいだ。

中がうねって、粘膜がひくひくと痙攣する。

「どんどん溢れてくる……」

青年が熱い溜息を漏らした。

まるでマルゴの胸の内を読んだかのように、しかしゆっくりと指を蜜壺の中に入れてくる。

「……あっ、ひゃああ！」

あられもない声が飛び出た。

初心《うぶ》な隘路《あいろ》に指が一本入り、蜜を掻き出すように出入りを始める。

「んっ、あん、ああっ」

腰をくねらせて、マルゴは悦びに青年の指を締めつけた。

突き進む指が一本から二本に増えたのは、それから間もなく。ちゅこちゅこと淫靡《いんび》な水音を立てながら、二本の指がバラバラに、時に同時に中を掻き混ぜてくる。

「これはどうだ？」

二本の指をマルゴの中に差し込んだ青年が、突然唇を寄せてきた。

あろうことか、大事な部分に。

先ほどマルゴがそうしたように、舌を突き出して割れ目の上にある感じやすい芽を嬲ってきたのだ。

「ああんっ！」

その瞬間、鮮烈な快感が全身を駆け巡り、マルゴは大きく腰を反らして甲高い声で啼《な》いた。

芽をつつかれ、転がされ、押し潰されると、いっそう腰が跳ね上がる。

さっきよりも気持ち良かった。

どうやらそれが伝わったようで、青年が執拗《しつよう》にその部分を責め立ててくる。

「あっ、両方は……！　ダメ！」

マルゴは翻弄《ほんろう》された。

腹に差し込まれた指の動きが速まる。一際腰が跳ね上がってしまう場所を見つけると、そこばかりを徹底して突かれた。

そうかと思えば大事な芽をじゅるじゅると啜《すす》られて、どこかへ昇り詰めてしまいそうになる。

「あっ、ああ、あ……」

その先にあるものをマルゴは知らない。

けれど考える余裕などまったくなく、半ば無理やりに連れていかれる。

「な……に？　あ、あああぁ——……っ」

マルゴは髪を振り乱した。これまでの気持ち良さを凌駕《りょうが》する圧倒的な快感に。

お腹の奥で小さな爆発が連続し、直後、体がわななく。

「あ……」

蜜がドッと溢れて、いまだ腹に咥え込んだ青年の指をこれでもかと締め上げた。

マルゴは胸を激しく上下させる。

このあたりで満足するべきなのかもしれない。だけど……。

——どうして……？　まだ……足りない……。

体の奥でついた炎は小さくなりこそすれ、鎮火には至らなかった。それどころか満たされないもどかしさで、より大きく再燃しそうだ。

頂点を極めた直後の収斂《しゅうれん》が止まらない。

「え？　あ……っ」

不意に地面に押さえつけられ、長いことマルゴの中にいた指がずるりと引き抜かれた。

「ああ……」

名残惜《なごりお》しさにマルゴが喘いだのも束《つか》の間《ま》、青年が顔を上げ、マルゴの上に覆い被さった。責めているのに、まるで責められているかのような切羽詰まった表情で、彼が口を開く。

「……もう我慢できない」

青年の太い喉の隆起が、ゆっくりと上下した。

「今から挿れる」

宣言とともに、秘すべき場所に欲棒が擦りつけられる。

しかしどういうわけか、青年は入り口に押し当て前後に揺れるだけで、なかなか入ってこようとはしなかった。焦らすというより、緊張と何がしかのためらいのある動きだ。

――え……？

指だけであれほどの衝撃なのに。彼のものでどれだけ快感を得られるのかと思うと、マルゴは頭の芯が痺れるのを感じた。

――まだ……体がおかしい……。

縋《すが》るように彼の腰に両脚を絡めれば、ハッと上から息を呑む声が聞こえてくる。

同時に、ぬちぬちと音を立てながら、悦びを極めたばかりでひくついているマルゴの中に先がうずめられる。

「あっ……いっ！」

予想とは裏腹に――いいや、ある意味では予想どおり、刺すような鋭い痛みがマルゴを襲った。

熱く濡れた、やわらかな襞《ひだ》が青年を健気に受け止めようとしているものの、指とはあまりにも違う大きさのせいか、先を呑み込むのもやっとだ。

甘やかな声が呻き声に変わった。全身がこわばり、震えが走る。

青年は防壁の前で一呼吸置くと、マルゴの額に軽くキスを落とした。

その宥《なだ》めるような仕草《しぐさ》が、やけに優しくて、温かくて。ともすれば、愛されているような錯覚を覚えてしまう。

そんなことはありえないのに。

「痛いか？」

「んっ……少し……」

「やめたいか？」

「っ……だ、め！」

痛いのも苦しいのもイヤだ。だけど途中で投げ出したくもない。

下手をしたら、自分は死んでしまうかもしれない。そんな気さえしてくる。

青年も同じことを感じていたのだろう。マルゴを強く抱き締めると、成就に向かって膜を突き破った。

「――――っ!!」

ハクッ、と唇を震わせる。あまりにも一瞬のことで悲鳴は出なかった。

だが、苦痛が長引くよりかはよっぽどいい。

「全部、入った……」

青年も苦しいのか、何かに耐えるように眉根を寄せながら呟く。

相変わらず痛みはあったが、マルゴは不思議と満たされた気持ちになり、青年の首にかじりつきながらうっとりと息を吐いた。

互いに合わさった胸から力強い鼓動を感じる。結合部からの熱い脈動も。

「ああっ……！」

ゆらゆらと律動が始まった。

繋がり合ったまま脚のあわいにある敏感な花芽を擦られ、痛みしか感じなかった場所から少しずつ快感が戻ってくる。

こういった行為に慣れない処女の体であるにもかかわらず、早くも腰が弾み、甘い嬌声が迸った。

「あ、あっ……」

「……すごい」

「あっ、ああ……あ……」

「きつくて……それに熱い」

「それ……言わな……でっ……ああっ！」

「本当のことだ。こんなに素晴らしい……なんて……」

「ふぁっ？　んん……！」

不意に顎《あご》を摑んで口づけられる。頭でも、額でも、頬でもない、やわらかな唇に。

上唇と下唇を甘嚙みしたり、擦り合わせたりする優しいキス。

多少戻ってきた理性のおかげか、破廉恥《はれんち》なことをしている自覚はあった。罪悪感も、恥ずかしいという感情もある。

——わたし、変だわ……。

それなのに抵抗する気にはなれなかった。

自分でもどうすることもできない渇《かわ》きを潤してくれる存在に、どこか舞い上がっていたのかもしれない。

「んあ……ぅ、ふぁ……」

キスの間であっても、声は抑えられない。

鼻から抜けるような声を漏らしたタイミングを狙って、青年が舌を差し込んでくる。

熱くて甘かった。口蓋や歯列を確かめるようになめらかに動く舌を、マルゴも嬉しげに迎え入れて絡める。

「あっ……んん」

目を瞑《つぶ》り、快楽にのたうつ。

上と下の口の両方で密に繋がりながら、青年がすっかり乱れてしまったマルゴの髪を梳《す》くように撫でた。

その壊れ物に触れるような優しげな手つきに、またしても心が掻き乱される。

——愛されているわけじゃない……!

これはあくまでも代償を鎮めているにすぎない。たとえ快楽に溺《おぼ》れようとも、心まで委《ゆだ》ねてはいけない……。

「あなたの淫《みだ》らな姿が見られなくて残念だ」

唇をもぎ離すと、青年がキュッと眉を寄せた。

ばちゅん、どちゅん、とぬめった音と肉のぶつかる音に耳の奥が犯される。

「あぁぁ、ん……」

「なんて締めつけなんだ……これ以上は保たない」

熱っぽく息を吐いてから、青年が怒涛《どとう》の激しさで突き込みを始めた。高みへと向かって進む。

マルゴもまた少しずつ湧き上がってくる絶頂を予感し、青年にしがみつく手に力を込めた。

「あぁっ、あっ……いっ！」

「俺も……あなたの中が気持ち良くて……っ」

青年がかすかに呻き声を発した。

そして最後に一突きしたとたん、身を震わせながらマルゴの奥深くに熱い精を注《そそ》ぎ込む。

「んっ、ああああっ――――……！」

同時に極まって、マルゴも背をのけ反らせながら蕩けた声を上げる。

最初に感じた衝撃とは比べものにならなかった。内側が二度、三度と狂おしいほどに収縮したかと思えば、次の瞬間には、青年をぎゅううううっと力の限り締め上げる。

ほどなく全身のこわばりを解いて、ぐったりと身を投げ出した。

体の熱が急速に冷めていくのとともに、思考が少しずつ明瞭になっていく。

しかしマルゴが正気に返る一方で、青年はマルゴを抱き寄せながらふらふらと地面に突っ伏してしまった。

どうやら気を失ったらしい。致命傷を負ったことを考えれば、むしろよくあれだけ動けたものだ。

やがて、じんわりと潤んだマルゴの眦から涙が一つ零《こぼ》れ落ち、ドンッ、とまたどこかで爆発音が聞こえた。

◆◆◆◆

オーブリー・エス・パ・ザスキアは、由緒正しい侯爵《こうしやく》家の次男であるとともに、魔法騎士団の中でも建国当初からあるという『青の騎士団』の精鋭の中の精鋭である。

入団から間もなく抜きん出た才能を発揮し、実力は団長にも勝るとも劣らない一等上級魔法士。同時にその美貌から、本人の望むと望まざるとにかかわらず、あまたの女たちを魅了している。

魔力含有量を表すとされる黒髪は濃い闇色で、けぶるような長い睫毛の下にある瞳は透けるようなアメジスト色。高い鼻梁《びりよう》や薄い唇は、女神の彫像のような犯しがたい印象で、母親譲りの女顔だ。

一見すると優男だが、長身で、騎士服に包まれた体は鋼のように強靭。誰が見ても敵う相手ではなかった。

しかしながら向かうところ敵なしのように見える彼でも、弱点の一つや二つはあるというもので……。

「殿下、早く！」

オーブリーの叫び声は耳をつんざくほどの轟音に掻き消された。

一瞬にして火の海と化した天幕に小さく舌打ちすると、左脚を負傷したクロヴィスの脇を支えて立ち上がらせる。

入り口の隙間から、徐々に白み始めた空が見えた。

おそらくはもっとも警備が手薄になる時間帯、ハーストの軍勢から奇襲をかけられたのだろう。

天幕内のあちこちから悲鳴とも怒号ともつかない叫び声と斬撃の音が聞こえる。

「す、すまない……」

クロヴィスが整った顔を苦しそうに歪めた。

政治的才能に秀《ひい》で、民や臣下から尊敬を一身に集める第一王子も、この時ばかりはただ若いだけの男にしか見えない。

「逃げましょう」

炎の勢いは凄まじく、赤色のダマスク織の天幕を呑み込みながらこちらに迫ってくる。

ギュッと唇を引き結んで、オーブリーは王子を支える手に力を込めた。

「まさか……？」

とたんにクロヴィスの顔面が蒼白になる。

「これほど火の手が回ってしまっては、脱出は不可能です。ましてやこの状況では勝てる見込みがあるかどうか……」

「そんな……それではきみは——」

「躊躇《ちゅうちょ》している場合ではありません。ここはなんとしてでも殿下には生きて帰ってもらわなければ、それこそ王妃の思う壺でしょう」

「確かに……このままでは亡き母上や婚約者殿に申し訳が立たないな……」

「そうです……そのとおりです。ですから……殿下を魔法で移動させます」

オーブリーは途中で言葉を詰まらせながらも、喉から絞り出すように声を出した。

空間を捻《ね》じ曲げて別の場所に移動すればいい。そうすれば王子の命だけでも助けられるだろう。

「――今、きみの『代償』をフォローしてやることができないぞ」

不安を察したのか、クロヴィスがゼエゼエと荒い息をつきながら返した。ただでさえ傷が痛むはずなのに、どこまでもお優しい王子様だ。

物思いを遮り、オーブリーは首を振った。

「ちょっと目が見えなくなるだけです。問題ありません。あなたは生きて帰り、第二王子を退かせ、立太子しなければならない」

オーブリーは稀血の中でも珍しい魔力を持っている。

一体いつ、どこの誰が呼び始めたのか定かではないが、『光の魔法士』というたいそうな名前で呼ばれるようになった。

空間魔法という、ある意味無敵の魔法と引き換えに、その威力や頻度《ひんど》によって一定期間視力を失ってしまうのだ。

普段であれば必ずフォローが入るが、いかんせん戦争中、それも奇襲の中でじゅうぶん動けるはずもない。

「オーブ――」

いまだ迷いを見せる主《あるじ》の肩を摑むと、オーブリーは全神経を集中させながら、親指と中指を弾《はじ》くように擦り合わせた。指先からバチッとかすかに火花が散ったかと思えば今度はふわっとあたりの空気が白く光り、そのままオーブリーたちの体を包み込む。

移動した先はここからほど近い森の中――別働隊の野営場所。ここもまた近くで起こった敵襲に混乱の様相を呈《てい》していた。それでも、あそこよりかはいくぶんマシだろうが。

「殿下、私が囮《おとり》になります」

すでに視界が二重に霞みつつある。時間との勝負だ。

オーブリーは王家を象徴する、黄金の鷲《わし》が刺繡された真っ赤なビロードのマントを奪うように身につけた。それから変異の魔法をみずからにかけ、自分の存在意義と場所を与えてくれた唯一無二の親友に微笑《ほほえ》んでみせる。

唇をわななかせながらクロヴィスが口を開いたが、オーブリーは彼が言葉を発するよりも早く戦場へ向かった。

束の間の静けさののち、爆音があたりに轟《とどろ》く。

攻撃を察知し、素早く防御を展開すると、兵が飛んできた方向に剣を斬りつける。いくらか倒し、いくらか傷を負う。

視界はさらにボヤけていった。

どれくらい時間が経《た》ったのか。数分かもしれないし、数時間かもしれない。ただ、それぐらい長く感じただけだったのかもしれない。

そうして敵と応戦を続けているうちに、王子と勘違いした敵がのこのこと現れてくれた。そんな中僥倖《ぎようこう》だったのは、敵の指揮官の雄叫びに聞き覚えがあったことだろう。

オーブリーは剣を振り上げるや、己の魔力を乗せて切り裂くように斜めに振り下ろした。

すると遠く、空間を飛び越えた先で断末魔《だんまつま》の悲鳴が上がる。

「……ついに、やったか？」

喘ぐように独りごちた。

しかし、それを確かめるすべはない。目の前が完全に真っ白になったからだ。

直後、激しい熱風が襲いかかった。

――逃げなければ。

オーブリーはまた指を擦り合わせる。

同時に、雷に貫かれたかのような痛みに見舞われ、たまらず気を失いかけた。

――魔法も、もうダメだ……。

目に涙が込み上げる。

全身が痺れて、肉塊と化したようだった。手も足もまったく動かない。

とうとうオーブリーは膝からくずおれた。

身悶えるオーブリーの耳に気遣わしげな女の声が聞こえてきたのは、まさにそんな時だ。

「……だ、大丈夫ですかっ⁉」

ゆっくりと背中を撫でられて、オーブリーはようやく何者かに抱かれていることに気がついた。

だが返事をする余力はなく、驚きと嫌悪感にハッと身を硬くすることしかできない。

「見たところ魔法騎士団の方ですよね？　かなりひどい怪我ですが……」

「……あ……ぅ」

「あ、ごめんなさい。それ以上喋らなくていいです。困りましたね……」

ハッ、ハッ、とオーブリーは鋭く息を吐く。

口振りからして敵ではなさそうだった。

『触るな』と口にできなかったのは、この状況を考えればむしろ良かったのかもしれない。

自分の身を案じてくれる人に対して、非道なことを口走らずに済んだのだから。

ただ奇妙なことに、何もかも見えない真っ白な世界の中で、やわらかな女の感触と甘い息遣い、爽《さわ》やかなラベンダーの香りをはっきりと感じた。

まるで世界にはオーブリーと女の二人きりしかいないかのよう。心細さはない。むしろその圧倒的な緊密さに、本能の部分でどうしようもなく欲望を掻き立てられてしまった。

「……くぅっ」

「やっぱり大丈夫じゃないですよね」

「うぅ……」

食い縛った歯の隙間から、絶望の呻き声が漏れた。

一刻も早くこの場を立ち去らなければならないというのに、目が見えないとあっては少しも動けない。それどころか今にも気を失う寸前で、見知らぬ女に抱かれているときた。

背筋が凍ったのは、しかたないことだろう。

――女に抱かれるなんて、俺はこのまま死んだほうがいいんじゃないか……。

いかに優れた人間であっても、受け入れがたいものは存在するのだ。

――それなのに。

オーブリーは女の体に溺れてしまった。

「やめたいか？」

そう女に尋ねたものの、自分でももう引き返せないところまできていた。今さら止められない。

ここが戦場であることすら忘れて、欲望のまま何度も何度も彼女を突き上げた。失った血を取り戻そうと、必死に獲物に食らいつく獣のように。

どんな時でも冷静な自分が、いつになく感情的だった。

女の肩口に顔を寄せれば、ラベンダーの香りが増す。催淫《さいいん》効果でもあるのか、常《つね》ならば顔を顰め
る匂いに、いっそうおかしな気持ちになった。

キスをして、腰を打ち込み、互いに深く繋がり合いながら、オーブリーは女の髪を掻き上げる。

――この髪は何色だろう？　目は？　肌は？　それより……今どんな顔をしているのだろう？

想像して、唇の端を震わせる。

――目が見えていたら良かったのに……。

そして、さらなる感情の波に襲われた。

性欲も女も毛嫌いしていたオーブリーにとって、こんなふうに誰かと触れ合った経験は一度もない。騎士団の宴席で、酒に酔った連中がよく卑猥な話に興じていたことから、知識だけはあったが。

子どもの頃ならいざ知らず、大人になって働くようになれば、ある程度の付き合いは避けられないというもの。興味があろうがなかろうが、そういう話は勝手に耳に入ってくるのだ。

もともと運動にしろ勉強にしろ、何をやらせてもそつなくこなすタイプだったこともあって、ちょっと聞きかじった知識だけでもじゅうぶんだった。それがまさかこんなふうに役立つとは、夢にも思わなかっただけで。

第一に、いつもなら下半身に熱が溜まっても問題はなかった。

こういう時は冷静に、おざなりに、やり過ごすのが一番。嫌悪感と拒絶感、そして虚《むな》しさに腹を立てながら自分で処理すればいいのだから……。こんな淫らな触れ合いは、今すぐにでもやめなけ

ればならないのに。

このまま手を離したら逃げられてしまうのではないか、とむしろ不安ばかりがつのる。

——俺は一体どうしてしまったんだ……！　絶対におかしい……！

オーブリーはすっかり混乱してしまった。

イヤな気持ちはとうに消え去り、今はただ快楽に身を任せて目の前の欲望を貪《むさぼ》りたくてしようがないのだ。

——相手が誰だかもわからないのに？

感じるのは、女の熱い肢体《したい》と艶めかしい喘ぎ声、甘い香りだけ。

自分の中の雄の部分が痛いほどに高まり、それ以上の悦びを知りたいと叫んでいる。

女なら誰でも構わないというなら、そのへんにいるゴロツキどもと自分は同類だ。最低にもほどがある。

——もしかして……彼女が特別なのか……？

答えの出ない問いが頭を占め、そのうちに蜘蛛《くも》のような不埒《ふらち》な糸に理性を搦め捕られて何も考えられなくなった。

短いようで長いような、けれども燃えるような交わり。心のずっと奥のほうで感じていた空虚感が、不思議と満たされていくようだった。果てたあとも欲望はとどまることを知らず、もっと燃え上がりたいと思ったほど。

だがそんな気持ちとは裏腹に、突如として体の自由は奪われた。

頭がずっしりと重くなってきたのだ。とてもではないが起き上がれず、意識を保っていることさえ難しい。押し倒した時に女がどうして起き上がっていられるのかと驚いていたが、今になってその理由がわかったような気がする。

そんな中でも――女を腕の中に引き寄せたのは、今の自分にできる精一杯のことだった。

頭痛が瞼《まぶた》を閉じさせ、心地良い疲労感が眠りを誘う。

オーブリーが最後に覚えているのは、さらさらと頬をくすぐる髪の感触と、腕の下で徐々に落ちつきを取り戻していく彼女の呼吸の音だけ。

もう一度目を開けたら、確認しなければ。

彼女の名前を。

それから胸の中で渦巻くものが一体なんなのか、ということを――。

第二章

思いがけない再会

Ochikobore chiyushi ha,
kishi no
ai kara nigerarenai

戦争から三か月が経《た》ち、マルゴは王都にいた。

「らっしゃい！　この樽いっぱいのイワシがたったの五シンスだよ！」

「ランチ休憩にレモネード一杯いかがです？　一シンスですよー！」

「あなたの素敵な似顔絵描きますよ！　三シンスでどうですか？」

薄雲に覆《おお》われた空の下――木造のアーケード街は人々でごった返していた。

アジエスタの商《あきな》いの中心。見たことも聞いたこともないような、遠い外国から来た大道芸人や楽士までいる。さすが王都だけあって規模が大きい。

ゆうに百を超える店舗があるだろうか。通りはどこもかしこも人々の笑い声、行商人の怒鳴り声で溢れている。

マルゴはその様子を横目に見ながら人混みの中を歩いていた。

もう少し先を行けば金持ち相手の高級品店がほとんどだが、そこに用はない。

「さっきアーモンドを買ったから……」

やがて花屋の前で足を止めた。顎《あご》に指を押し当てながらふむふむと考え込む。

――戻ったら、お薬をいっぱい煎じなくちゃね。

マルゴは終戦とともに除隊し、無事王都に帰還していた。

ちなみに治癒院《ちゆいん》のほうには戻らなかった。というより、『戻れなかった』というのが正しいのかもしれない。

だがある女性の手引きもあり、今マルゴは施療院《せりょういん》で働いている。

施療院は寄付金で成り立っていることもあり、治癒院と比べると収入面で格段に劣ってしまうものの、正規職員として雇ってもらえ、なんとか人並みの生活を送れているというわけだ。

施療院では傷の手当てをしたり薬を処方したりして、ひっきりなしに訪れる患者の診察に追われている。

残念ながら、治癒魔法のほうは使いこなせないままだった。

それでも薄氷《はくひょう》を踏むような日々を送っていた以前とは違う。誰からも見下《みくだ》されず、怒鳴られない毎日で——。

「あら、マルゴちゃん。いらっしゃい」

軒下をくぐって女店主が顔を出した。

ニコッとマルゴは微笑《ほほえ》む。

「女将《おかみ》さん、スミレの花を一メルいただけますか？　あと、スイカズラの苗もあれば施療院で育てたいのですが」

「はいはい、あるよ。任せてちょうだい」

「良かった、よろしくお願いします」

「あ、そうだ！　お代はいいからさ、またいつもみたいに腰痛に効くお薬をもらえないかい？」

店主がついでとばかりに声を上げた。

よくあることだ。ちょっと怪我を見てほしいだの、腰をさすってほしいだの、薬が欲しいだの、道すがら人々から声をかけられる。

頼られるのは、素直に嬉《うれ》しい。

マルゴは昔から世話好きだった。もともと救護院《きゅうごいん》でシスターたちの手伝いを率先《そっせん》しておこなってきたからだろう。誰かの『ありがとう』と『笑顔』は最高に気持ちいい。それは本人だけでなく、まわりを元気にしてくれると思っている。

「ええ、いいですよ。でも腰の負担になるので、あまり重いものは持っちゃダメですよ」

キリッと表情を引き締めて、マルゴは力強く頷《うなず》いてみせた。

「わかっているよ。けど、念力の魔道具は節約しないとね。安いものでもないから」

「確かに気軽に買えるものではないですが……。ほら、重いものはご主人や息子さんにお願いするとか、できるだけ工夫してみてくださいね」

魔石《ませき》が豊富な地といっても、魔道具は高価なもの。強力で、加えて小さいものともなると余計に。

ゆえに一般市民は、魔法も含めて自力が基本だ。

「はいはい、わかったよ。気にかけてくれてありがとう。おまけにラベンダーのドライフラワーも包んでおいたよ。去年のものだけど、まだまだ香りを楽しめるからね」

「わぁ！　ありがとうございます！　ラベンダー、好きなんです。枕元に匂い袋《サシェ》を置いておくと安眠できるんですよ」

「ぐっすり眠れないほど毎日頑張っているんだねぇ、マルゴちゃんは。感心しちゃうよ。ぜひうちの嫁に来てほしいくらい」

「またまたご冗談を」

そんなふうに話し込んでいると、突然背中に衝撃を感じてよろめいた。

「ふん、邪魔なのよ！」

「ジャクリーヌ？」

なんとか転ばずに振り向くと、見覚えのある顔が腕を組んでふんぞり返っていた。

灰色みのある黒髪に、気が強そうな吊り目がちの水色の瞳。造花で飾り立てられたドレスという、街を出歩くにはいささか不釣り合いな格好の、美しい貴族の女性だ。

対してマルゴは藍色《あいいろ》のワンピースに、ハンドメイドの大きなレース襟《えり》の町娘然とした格好だ。華やかさという点では彼女には到底敵わないだろう。

ぐ、とマルゴは買い物袋を持つ手に力を込めた。

「あら？　税金泥棒のマルゴじゃない」

「わ、わたしは泥棒じゃ――」

「ああ、衛生兵のマルゴね。治癒師だなんて偉そうに……それともホラ吹きのマルゴだったかしら？」

ジャクリーヌはイバラのように鋭い棘《とげ》のある声音で言った。

マルゴは足手まといだ、といつもバカにしてきていた治癒院の同期だ。自分は貴族だといつも鼻にかけて威張《いば》っているくせに、肝心《かんじん》かつ面倒な仕事はいつもマルゴに押しつけていた。

――ああ、下を向いたらダメよ。胸を張らなくちゃ！

「わたし、もう衛生兵じゃないわ」

マルゴは自分に言い聞かせるように顎を持ち上げながら言った。一瞬ひるんだものの、毅然《きぜん》とした姿に見えるよう祈る。

「はいはい、そんなことはどうでもいいの。私は今から伯爵《はくしゃく》の家に往診にいくところなのよ。あなたのせいで足止めを食らっちゃったじゃない。いい迷惑だわ！」

ジャクリーヌが怒りに満ちた目を向けてきた。言いがかりという言葉がぴったり合うのかもしれない。思いやりの欠片《かけら》もなかった。

憐《あわ》れみや好奇心の目が往来から注《そそ》がれるのを感じて、マルゴはとうとう下を向いてしまう。

胸の中に悲しみが広がり、波にさらわれたかのように足元がふらついた。

「マルゴ！」

ちょうどその時、通りの反対側で馬車が急停止して、誰かがこちらに向かって飛び出してきた。

テイラードスタイルのドレスを着た若い女性が駆けてくる。

魔法士らしい青みがかったふわふわの黒髪に、思わず見入ってしまう澄んだ翠眼《すいがん》。取り立てて派手な格好をしているわけではないが、余計な装飾がないぶん、非の打ち所がない容貌を際立たせている。

「ブノア家のご令嬢ではありませんか？　うちのマルゴが何か？」

「アデール嬢？」

ジャクリーヌの顔が青くなった。カツンとヒールを鳴らしてあとずさる。

傲慢《ごうまん》なジャクリーヌさえあっと息を呑むほどのこの美女こそ、マルゴに『一緒に働こう』と手を差し伸べてくれたアデール・ベラ・パ・ラスター、その人だった。

彼女は伝統あるラスター公爵《こうしゃく》家の末娘だ。同時に優れた治癒師でもあり、施療院の後援者でもある。身分問わず思いやりをもって治療にあたる姿が、マルゴの憧れでもあった。以前一緒に施療院でボランティア活動に従事していた時になぜかマルゴを気に入り、数少ない友人となってくれた。

友の顔を見るやいなや、マルゴはほっとしてその場にへたり込みそうになった。

しかし心優しき親友の目がみるみる吊り上がるのを見て、なんだか自分が悪いことをしでかしたような気分になって首を竦《すく》めてしまう。

「確かにマルゴは治癒魔法を使えませんが、今後使えるようになるかもしれませんわ。しかし治癒院を辞めた今、あなたには関係のないこと。マルゴはもう施療院の大事な先生ですから」

「も、申し訳ありません。ただ、その……平民ごときが――」

「身分なんてどうでもいいことですわ、仕事さえきっちりこなしてくれれば。そういうあなたは残業続きで大変そうね。歩きで往診だなんてお里が知れていますわ。せっかくですから、わたくしの馬車にお乗りになる？　送っていって差し上げますわ」

「いえ、そんな……滅相《めっそう》もございません。私、そろそろ失礼いたしますわ！　患者を待たせておりますので！」

アデールが言えば、ジャクリーヌは「おほほ……」と捨て台詞のような笑い声を上げながら走り去っていった。

しばし呆気《あっけ》に取られてから、マルゴは現実に引き戻される。

「あ、ありがとうございます……アデール様」

ぎこちなく頭を下げると、アデールがジャクリーヌとは比べものにならないほどの美しさでゆっくりと微笑した。人形のような整った美貌から、聡明さとともに、無言の圧もひしひしと感じられる。

「あ……いえ、アデール、でしたね」

「敬語！」

「えっと……アデール、あ、ありがとう、助かったわ」

「よろしい、マルゴはウサギみたいで可愛《かわい》いわね」

「……ウサ、ギ？」

アデールは満足そうに大きく頷いたが、すぐにまた語気を荒らげた。

「それにしてもマルゴ、あなた、あのクソ女にはっきり言ってごらんなさい。いつも仕事を押しつけられていたでしょう？　ああ、やっぱりもっと言い返しておくべきだったわ。いっそわたくしの力であの家を取り潰し――」

「いえいえ、そこまでは……！　確かに治癒院にはもうわたしの居場所はないけれど、今はアデールのおかげで施療院に身を置かせてもらえているから……！」

ジャクリーヌに思うところはあるものの、さすがに破滅までは望んでいない。そんなことをしたら一生重荷になるだけ。

「本当にマルゴは心が優しいのね。心配だわ、その優しさにつけ込む変な男が現れないか。わたくしがしっかり見張っておかなくちゃ」

「そんなことまでしなくて大丈夫よ。わたしなんか、すごく地味で平凡だもの」

「地味で平凡……ねぇ。マルゴはとても可愛いわよ。あなたに色目を使う患者もいるって気づいていた？」

「え……？」

「そうよ、わざわざ仮病を使ってまであなたに診てもらおうとしているんだから！　次来たら叩き潰してやるわ、このわたくしが！」

「気にしすぎ……じゃない？　だってアデールのほうがずっと美人で優しくて……それにすごい治癒魔法の使い手だもの。どうして街の施療院で働いているのか不思議なくらい。アデールがいなかったら、わたし……今ごろ路頭《ろとう》に迷っていたわ」

施療院という共通点がなければ、アデールのような人とも巡り合えなかったはず。

「ふふふ、わたくしは公爵家の娘なのよ。お金も権力もあまるほどあるの。わたくしは拝金主義の王立治癒院なんて興味ないわ。ちゃんと必要な人に必要な治療ができる施療院こそ素晴らしい環境だと思っているのよ。それに上辺だけの貴族とは違う、本当のお友達が欲しいと思っていたの……あなたよ、マルゴ」

アデールはマルゴの手から買い物袋を奪うように受け取ると、馬車に向かって颯爽《さっそう》と歩き始めた。

この時思い出したのは、子どもの頃によく遊んでいた友達のことだ。大人になった今では、すっかり疎遠《そえん》になってしまっている。

マルゴ自身あの一件以来、人と一定の距離を置くようになっていた。

自慰《じい》を咎《とが》められた救護院のシスターとの関係は気まずいまま、また誰かと特別親しくなるということもないまま過ごしてきた。

もちろん今でも救護院に顔を出せば、小さな子どもたちと遊ぶことはあるし、街を歩けば顔馴染《かおなじ》みと話し込むこともある。

ただ長い間塞《ふさ》ぎ込んでいたせいで、人付き合いというものがわからなくなってしまっていたのだ。

本当は誰かと親しくなりたい。できることなら、恋愛や結婚だってしてみたい。

だからこそ聖女のようなアデールが、二の足を踏んでばかりいる自分を友達に選んでくれたことが信じられない。

戦争が終わり、行くあてもなく困り果てているマルゴの手を、彼女は取ってくれた。

アデールはマルゴの引いた線などお構いなしで、『あなたのお薬、評判いいって知っていたかしら?』と笑顔で励ましてくれた。『あなたの一生懸命頑張る姿に、実はわたくし、ずっと前から勇気づけられていたのよ』と言って感謝の意を示してくれたことも。

誰かが見守っていてくれる。たったそれだけのことで、こんなにも心が躍るなんて。

――げに素晴らしきは、友達かな。

じんわりと温かい気持ちになりながら、マルゴもひょこひょこと彼女のあとを追いかけていく。

遠くのほうからトランペットの高らかな音が聞こえてきたのは、まさにそんな時だった。

「あれは……?」

二人は同時に足を止める。人混みも水を打ったように静まり返った。

やがて音の鳴る方向から、そばかすだらけの若い男が小走りでやってくる。

見覚えのある騎士服に、マルゴは目をしばたたかせた。

――魔法騎士団だわ……!

「今から戦勝の祝賀パレードをおこないますので、道を開けてください。隊列が通ります」

どうやら先ごろ勝利に終わった戦争を、民とともに祝おうというらしい。下っ端の騎士が丁寧に頭を下げて回っていた。

顔も名前も知らない男だったが、妙な仲間意識が生まれるのとともに、マルゴは後ろめたい気持ちでいっぱいになる。

――そういえば……あの人は今ごろどうしているのかしら？

ふと戦場で出会った天使のような、あるいは女神のような青年を思い出して、羞恥《しゅうち》のあまり頬《ほほ》が熱くなった。

すぐさま意志の力で追い払おうとするも、忘れることは許さないと影のようにまとわりついてくる。

出会ったばかりの、それもよく知りもしない青年によって翻弄《ほんろう》された時の記憶が。

魔法も使っていないのに急に体が熱くなり、心臓が激しく鼓動《こどう》する。

あの日青年に愛撫《あいぶ》されて、怖いくらいに体が反応していた。

しかしそれ以上に怖いのは、代償とはいえ欲望のままに身を捧げてしまったことだろう。

今でも時折、あの時の快楽を欲してしまうことがある。

彼がもたらした甘美な感情がなんなのか、自分でもよくわからない。知るべきではないとも思う。

――しっかりして、わたし！　あの人は、怒っているかもしれないのよ！

マルゴは心の中で自分を叱咤《しった》し、落ち着きを取り戻そうと深呼吸を繰り返した。

もし戦場で情事に耽《ふけ》っていたなどという事態が露見《ろけん》してしまったら……？

恋人や婚約関係にあれば多少のお咎めで、そこまで大きな問題にはならなかったかもしれない。

けれども、マルゴと青年は治療する者とされる者——いわばゆきずりの関係だ。

そんなものが表沙汰《おもてざた》になってしまえば、マルゴどころか青年までもが後ろ指を指されてしまう。

落ちこぼれのマルゴと違って、王と国を守る精鋭の魔法騎士である彼には明るい未来が待っているというのに。

それに腹いせに戦場に送るような貴族がいるくらいだ。彼が貞操を奪った仕返しに自分を捕縛したり殺そうと考えたりしたとしても、決しておかしくはないだろう。

青年の命を救いたかった、だけど。

——怖い……！

おおーっと歓声を上げる人々を尻目に、マルゴはふたたび歩き始めた。

アデールが怪訝そうに眉を上げる。

「マルゴ？　どうしたの？　見ていかないの？」

「あ、ええと……お祝いしたいのは山々なんだけど、わたしは……その、戦争のことはあまり思い出したくないの。それにアデールもあとで王宮の戦勝祝賀会に出席するのでしょう？　ほら、こないだ言っていたじゃない。お祝いはそこでしたらどうかしら？」

暗に早く帰ろうと促《うなが》せば、アデールが痛ましげな表情を浮かべながら頷いた。マルゴが戦争で大変な目に遭ったと思ったらしく、背中を優しく撫でてくる。

衛生兵として果敢《かかん》に戦ったなどと思わせてしまったのは、裏切りも同然かもしれない。脱走したわけではないにしろ、本当のことを知ったら軽蔑されるだろう。

――わたしは、あの時……。

マルゴは互いの身なりを整えたあと、青年を置いてその場から走り去ってしまった。

たまたま見かけた兵の一人に『森の中で誰かが倒れている』とそれらしく助けを求めてみたものの、要は気絶した彼を残して自分だけおめおめと逃げたのだ。

――人として……最低のことをしたのよ……。

マルゴは背にファンファーレを聞きながら、足早に施療院へと向かった。

◆◆◆◆

この日、王宮ではパーティーが開かれる予定になっていた。

ガタン、と馬車が停まり、立派なお仕着せ姿の従僕によってドアが開けられる。

オーブリーは敷石に降り立ち建物の中へと入っていった。

すでに会場の入り口から、美しい音の調べとともに人々の笑い声や楽しそうな話し声が聞こえてくる。

小さく溜息をついて、オーブリーはみずからの姿を見下ろした。

階級を示す唐草模様の襟章、左胸を飾るいくつもの勲章。青地に金モールの肩章と飾緒《しょくしょ》があしらわれた騎士服は、装飾の輝きが引き立てられるような品のいい仕立てだ。それでいて体にぴったりフィットしてとても動きやすいようにできている。今日のためにブーツもピカピカだ。

しかし最新デザインの燕尾服《えんびふく》に身を包んだ都会の貴族たちと比べれば、式典用の礼服の自分はずいぶん野暮《やぼ》ったく見えていることだろう。

ふと、あの女性に自分はどういうふうに映るだろうかと考えて、オーブリーはハッと体を硬くした。よこしまな考えを追い払うように頭を振ると、もう一度自分の姿を確認したい気持ちを堪《こら》えて足を繰り出す。

――とにかく今夜を乗り切らなければ！

今夜のパーティーは王家主催だ。名目は戦勝祝賀会。

褒賞にはまるで興味がなかった。ダンスにも――ましてや女性にも。

王の御前で跪《ひざまず》くことこそが大きな目的なのだから。

にもかかわらず、オーブリーは早々にだだっ広い空間に目を走らせていた。

――この中に彼女はいるだろうか？

ひしめき合う人々を見て、見つかるわけがないと思った。それこそ干し草の中から針を探すようなものだろう。落胆を覚えるのと同時に自分自身に腹を立てた。

オーブリーの捜している女性。それは戦場で自分の命を救い、そして体を許した女性だった。

――俺はバカだ。あの時どうして名前を聞かなかったのか。もし目が見えていたら……。

何より気を失わなければ、絶対に女を逃がさなかったはずだ。

しばし途方に暮れてオーブリーが立ち尽くしていると、わらわらと女性たちが集まってくる。

しまった、と思った時にはもう遅い。

退路を塞ぐようにオーブリーを取り囲んで、女性たちが鼻にかかった甘い声を上げた。

「あ、あの……オーブリー卿《きょう》、どうか私と一緒にダンスを踊っていただけませんか？」

「次は私とお願いします」

「私もお願いしてもいいでしょうか」

「いいえ、お断りします」

オーブリーは両脇にしなだれかかった女たちの腕を振り払った。目を合わせようともせず、すげなく言い放つ。

優しく断ったところで期待を持たせてしまっては意味がない。それこそ残酷だろう。

女性に恥《はじ》をかかせないよう、愛想《あいそ》笑いを浮かべながら丁寧に受け答えをしていたこともあった。早く自分に飽きてほかの男性のもとに行ってくれるよう、騎士団や魔獣など女性が好みそうにない話題をあえて振ったり、うんうんと相槌を打つだけで、自分のような不器用な人間では到底女性を楽しませることはできないと、偽悪的に振る舞ったりしたこともある。

それでも女性たちはめげずにオーブリーにアプローチを続けた。

ダンスの誘いや手紙なんて可愛いもので、寝所に忍び込まれた時は、危うく殺しかけたこともあったくらいだ。

これまでも女性にさんざん追いかけ回された身としては、可哀想《かわいそう》でもはっきりと突き放すほうがいいのだ。

女性たちが肩を落として道を開けたタイミングで、オーブリーは足早に大広間をつき切って、長椅子と軽食の置いてある場所へと向かった。

「相変わらずつれない態度だな、我が弟は」

兄サロモンに呼びかけられ、オーブリーは足を止めた。

兄弟というにはあまり似ておらず、歳も離れていて四十も近い。そんな一分の隙もない紳士が、もっと近くへ来るようオーブリーを手招きしていた。

「これだけたくさんの女性がいるんだ。一人くらい誘いに乗ってもいいじゃないか。まさかずっと立っているつもりか。騎士でもダンスくらい踊れるだろう？」

「ご機嫌よう、兄上。残念ながら私は紳士ではありませんので」

「何を言っているんだ。立派な紳士だろう」

「そろそろ兄上には眼鏡《めがね》が必要かもしれませんね」

互いに皮肉を言い合って、オーブリーはいくらか心を落ち着けた。

「……それにしても勝利したうえに怪我もなく帰ってきてくれて本当に良かった。第二王子派はすっかり気勢を削がれて、クロヴィス殿下に有利に運ぶことだろう。王太子になられる日も近いな」

おめでとう、と兄は心から賞賛しているふうに言った。

「そうですね」

オーブリーはワインを一口含んで相槌を打つ。

「おまえも勲章が一つ増えたな。しかも、今回は今までの功績から爵位《しゃくい》の授与と騎士団の副団長への昇進も決まっているじゃないか。私も鼻が高いよ」

貴族位を継《つ》げない次男以降の男子は、騎士や文官、聖職者などを目指し、自力で出世していくのが常《つね》だ。そこから爵位まで与えられるのは珍しい。

優秀な魔法士を確実に取り込んでおきたいという国の意図も透けて見えるようだが。

「そのようですね」

「なんだ、冷たい反応だな。嬉しくないのか？」

「嬉しいですよ。思いのほか、事がうまく運んでいるので」

オーブリーは無表情のまま首肯した。

それは一片の偽りもない本音だ。

戦場で何があったにせよ、あのあと敵将を倒したことで一気に情勢が勝利に傾《かたむ》いた。

敵に持ち直す暇《ひま》を与えることなく、第一王子であるクロヴィスの指揮のもと、なんとかハーストを打ち破ることができたのだ。双方甚大な被害を受けたすえの辛勝だった。

「そうだな……。一時は戦場でおまえを見失ったなんていう話も聞いたから、私も気が気じゃなかったが……」

「凄腕《すごうで》の治癒師がいたのです」

そう言いながら、心が掻《か》き乱されるのを感じてぐいとワインを呷《あお》った。

あの日から、オーブリーはよく知りもしない女性のやわらかな唇と、ほっとするようなラベンダーの香りを頭から締め出そうと、日々エネルギーを費やしていた。

戦争は終わったというのに、心の平和は保たれぬまま日常だけが過ぎていく。

――どうして特定の女性のことばかり気にかけているんだろう？

いっときは夢だと思おうとした。

けれども思い込みは長続きせず、一日どころか一時間と保たなかった。

なめらかな肌の感触、指に絡むシルクのような髪の毛、そして甘い香り。あれらが全部夢だったなんて……。

自分が正気を失ったとは到底思えなかった。

「ん？　治癒師か？　それならその治癒師には感謝しないとな」

サロモンの言葉で物思いを遮《さえぎ》られたが、オーブリーはすぐにまた気持ちが沈む羽目《はめ》になった。

「オーブリー、ところでおまえに縁談話があるんだ。もう二十三だろう？　そろそろ身を固めてはどうだ？」

「適当に断っておいてください」

「いつまでワガママを言うつもりだ？」

「私は女性が苦手なのです。兄上もよくご存じでしょう？」

心当たりがあるのか、とたんに兄の顔が青くなった。

兄との関係は良くない。そうかと言って悪くもないけれど。毒にも薬にもならないと例えるべきか。

「うっ……いい加減に――」

「伝統ある我が侯爵《こうしゃく》家の家門に跡継ぎが必要なのは兄上のほうでは？　私のような名ばかりの貴族と比べてはいけない。どうぞ義姉上とお幸せに」

特段、義姉とも仲がいいわけではないが。

兄が焦ったように口を開いた。

「花婿候補の筆頭《ひっとう》ともあろうおまえが何を言っているんだ！　戦争で武勲《ぶくん》を上げ、人々の関心はおまえに向いている。これまでと同じようにいくと思うなよ。おまえがイヤがったところで、まわりが放っておくわけ――」

「とにかくお断りしてくださいお互い不幸になるだけですから」

これ以上この話題を続けられそうにない。オーブリーは低い声で言うと、またもやその場を離れることに決めた。

――ああ、まったく！

むしゃくしゃして頭を掻きむしりたい気持ちで歩いていると、いくらも経たないうちに声をかけられた。

クロヴィス王子だ。金髪碧眼《へきがん》に加え、甘いマスクとすらりとした長身から女性たちの人気も高い。今日は燕尾服にサッシュが輝いている。

そんな彼は戦場にいた時と異なり、すっかりいつもの調子を取り戻して、腹を抱えながら笑い出した。

「なんだ？　ここはパーティー会場だぞ。まるで息の根でも止められそうな顔をしているじゃないか。戦場だと勘違いしているんじゃないか？」

「まぁ、似たようなものでしょう。ダンスを断るのも一苦労、結婚話から逃げるのも大変なんですから」

オーブリーは苛立《いらだ》ちを抑え込み、炉棚の上に肘をついた。あえてクロヴィスから顔を逸《そ》らす。

今友の顔を見たら、絶対におもしろがっている表情をしているはずだ。それどころか何かに気づかれるだろう。

いいヤツなのに、ちょっと腹黒いところがある。それがクロヴィスだ。

王族であるがゆえに、些細《ささい》なことでも貴族以上に因縁《いんねん》をつけられる環境にいるのだ。むしろそうでなかったら、腹に一物《いちもつ》を抱えた連中とは渡り合っていけないのかもしれない。

「少しくらい遊んだっていいんだよ。ほら、見てごらん。さっきまできみを取り囲んでいた令嬢たちも、きみの反応なんて予想済みで、さっそくいろんな男性たちにアプローチをしているじゃないか。あれくらいやったって、別に構いやしないさ」

「必要ありません」

「それならなおのこと結婚してしまえばいいじゃないか。静かになるよ」

「殿下のほうこそ早く結婚するべきです。私と違ってあなたは王になられるのですから。いつまでも独り身というわけにもいかないでしょう」

「僕は婚約者を亡くしたばかりで傷心中なんだ。あまり傷口を抉《えぐ》るなよ」

「それを言うなら、殿下も私の傷口に塩を塗らないでいただきたい」

クロヴィスはオーブリーのそばに椅子を持ってきて座った。

兄以上に厄介な親友に、やれやれと両手を上げて降参のポーズをする。

「まぁ……でも、僕は正式に立太子してからゆっくり考えるとするかな。また王妃に手を出されたんじゃ、たまらないからね」

「慎重になって当然でしょう」

「とはいえ、きみはただ怖がっているだけのようにしか見えないけどね」

「大きなお世話です」

「そんなふうに言っていられるのも今のうちさ。本当に愛する人ができたら、何も考えられなくなるからね。恋は盲目って、よく言うじゃないか」

「またそんな話を……」

兄弟とはまた違う、幼馴染み同士の気安さで軽口を叩き合っていると、突然、ラベンダーの香りが横切った。

――ん？　あれは……？

次の瞬間、あの日の思い出が鮮明《せんめい》に思い起こされ、目が広間の中央へと向かう。それればかりか、足が勝手に動いていた。

「おい、オーブリー？　どこへ――」

クロヴィスが身を乗り出し、呼び止めようと何かを言ったが、オーブリーの耳にはまったく入らなかった。

得体の知れないものに突き動かされるように、女性の後ろ姿を追っていたのだ。

「あの、」

声をかければ、清楚《せいそ》で上品なドレスを着た美しい顔立ちのアデールが振り向いた。

取り立てて仲のいい間柄ではないが、顔を合わせればお辞儀《じぎ》をするくらいの面識はあるといったところか。

「あら？　あなたは……」

「アデール嬢でしたか。どうやら人違いをしてしまったようです。失礼しました」

その声を聞いたとたん、オーブリーはガックリと体から力が抜けるのを感じた。

かすかにラベンダーが香るが、あの時ほどではない。残り香ぐらいだ。

――第一、声が違うじゃないか。

オーブリーは大きく深呼吸をしながら凝《こ》り固まった眉間を指でほぐすように揉んだ。

「オーブリー卿？　どなたかをお探しでしょうか？」

「いえ、その……」

失敗した。首をひねるアデールに、オーブリーは言葉を濁《にご》した。

ところが不意に気づく。

「……アデール嬢は確か治癒師でしたよね。なんでも施療院で働かれているとか……。稀血《まれち》の治癒師をご存じないでしょうか？」

オーブリーの中で燻っていた何かが、一際大きくなったような気がした。

「稀血？」

感じのいい彼女の笑顔が瞬《またた》く間に凍りついた。ギュッと唇が結ばれ、スッと目つきも鋭くなる。

いくらなんでも不躾《ぶしつけ》な質問だったかもしれない。

だがオーブリーが謝罪を口にするより早く、彼女の表情に温かさが戻った。

「稀血なんて……そんな方はなかなかいませんわ。もしいるとしたら、今ごろ宮廷治癒師でしょうね。そちらをあたられてはいかがです？　フィルマン先生とか？」

「彼は男です」

「それならゼナディア先生とか？」

「彼女はすでに老齢です」

「あらら？　若い女性の治癒師をお探しなの？」

アデールがきょとんと不思議そうな顔をした。

「いえ、あの……その、ええと」

オーブリーはドキリとして、耳まで熱くなった顔を隠すように一歩後ろに下がった。このまま詰襟のボタンを外してしまいたい衝動に駆られる。

「教えてくださってありがとうございます。これ以上はどうかお気になさらず。それでは」

どうにもいたたまれない気持ちになり、言うが早いか、オーブリーはお辞儀をした。

返事を待たずに背を向けると、動揺を隠しきれずに体の脇で拳を固める。

去り際、親友の姿が目に飛び込んできた。ニヤリと笑ったのは、何かに気づいたからか。

――クソッ！　さっきから俺は一体何をやっているんだ!?

恥ずかしさのあまりそのまま外に飛び出してしまいたくなったが、そうしなかったのはすぐに叙勲式が始まったからだ。

クロヴィス王子が無事だったことも、戦争に勝てたことも、どちらも嬉しいことのはずなのに。王からありがたい言葉を頂戴しても、胸を飾る宝石を嵌《は》め込んだ勲章を目の前にしても、もし自分が生きていなかったらこの晴れ舞台に立つことさえ叶わなかったのだと思うと、オーブリーは心から喜ぶことができなかった。

友曰く、時折上《うわ》の空《そら》になっていたと。

どんなに集中しようとも、頭の中に強引に割り込んでくる。

名前どころか姿形さえ知らない、自分を助けてくれた女性が――。

◆◆◆◆

戦勝祝賀パレードの翌日。

「あー！　お腹が痛くてやる気が出ないわ」

「アデール、大丈夫？」

施療院の一角、作業机に突っ伏しながらアデールがうぅと低く呻《うめ》いた。だらしない姿勢とは正反対に、憂《うれ》いを帯《お》びた表情にはうっとりと見惚れてしまうような美しさがある。

胸をドキドキさせながらマルゴが声をかけると、彼女はすかさず唇を窄《すぼ》めた。

「ええ、マルゴからもらった痛み止めのお薬がもうすぐ効いてくる頃じゃないかしら？　でもやっぱり月のものが来る時はちょっとね……気分も憂鬱《ゆううつ》になるわよ」

「……月のもの……」

マルゴはしばし放心状態になった。

月のものといって思い出すのは、やっぱりあの日のこと。代償からとんでもないことをやらかしてしまった日のことを、忘れろというほうが無理な話だろう。

たった一度の行為で子どもができるとは限らないものの、やるべきことはやったので妊娠していたとしても当然おかしくないわけで。

あの後慌てて避妊薬を飲む羽目になったのだ。

そうなったらそうなったで、覚悟を決めて子どもを育てていくつもりだったが、その後無事に月のものが来てどれだけ安堵《あんど》したことか。

いずれにせよ、真実は墓場まで持っていくしかない。

青年を捜し出し、結婚を強要するなんていう非道な真似はできないのだから。

——あれだけ息巻いておきながら……自分が情けないわ。誰かの命を救うなんて、やっぱりわたしには荷が重すぎたのかしら？

だが過去にもう一度戻ったとしても、同じことをするだろう。

青年の命を救うのはもちろん、彼に抱き締められた時、マルゴはありのままの自分を知ってしまったからだ。

それがまた情けなく思えてくるのだから、本当にどうしようもない。

「あら？　女同士なんだから、これくらい話したっていいじゃない」

急に落ち込んだ様子のマルゴを見て、月のものに関してだと思ったのか、アデールがやれやれと身を起こす。

「ウジウジしていてもしかたないわ。ああ、甘いものが食べたいわね。あとで近所にできたカフェにパフェというものを食べに行きましょうよ」

「パフェ？」

鈴を転がすような声にハッとして、マルゴは肩を揺らした。

——そうよ、くよくよしたってしかたないわ！　わたしはひとりぼっちじゃないんだもの。

施療院にはアデールがいる。彼女を慕って集まってくる治癒師もいるくらい。

重症患者は治癒師である彼女が対応してくれているのだ。

おかげでマルゴの出番といえば、アデールの補佐や軽傷患者たちの対応がほとんどで、あれから魔法を使わずに済んでいる。

マルゴはゆっくりと息を吐き出しながら笑った。


それから休憩時間が始まると、アデールに引きずられるようにカフェにやってきた。

「……ああ、生き返るようだわ。このパフェというもの！　初めていただいたけど、世の中にはこんなに美味しいものがあるのね」

マルゴは少しずつ味わうように、ちまちまとスプーンの上にアイスを乗せて口に運んでいた。

クリームの甘みと苺《いちご》の酸《す》っぱさが口の中で踊るようだ。コーヒーとの相性も最高にいい。

心から賞賛すれば、向かいに座ったアデールも満足そうに頷いた。

「気に入ってくれたようで何よりだわ。いっそ毎日わたくしとスイーツを開拓するっていうのはどうかしら？　施療院にパティシエを呼んで、患者たちにも振る舞うのよ」

「ぐふっ」

スプーンを口に入れたままマルゴは噎《む》せるように咳《せ》き込んだ。トントンと胸を叩いて落ち着かせる。こんなふうに時々友人は突拍子《とっぴょうし》もないことを言う。

「そ、それはやりすぎだわ……。患者たちは食欲がある人たちばかりとも限らないのよ」

「ふふ、冗談よ。それなら休憩時間にお店を回るなんていうのはどう？　クレープ屋さんにも行きたいし、ケーキ屋さんにも行ってみたいわね」

「う、うん……。そう頻繁《ひんぱん》には難しいけれど」

「施療院のお給金は治癒院に比べたらそんなに多くないものね。だけど、お金のことなら心配いらないわよ。デートっていうことで、わたくしがごちそうしてあげるから」

「何もそんなことまでしなくても――」

いいわよ、と言いかけて、マルゴは口を噤《つぐ》んだ。

「あれは？」

テラス席の向こう側――アデールの肩越しに、やけに物々しい隊列を組んで走る馬車が見えたからだ。四頭立ての立派な馬車が、かつて働いていた職場――治癒院の大きな門をくぐっていく。

「あら、王家の馬車じゃない」

パフェに舌鼓を打っていたアデールも、つられたように後ろを振り返った。

「紋章旗を見た感じだと、第一王子殿下かしら？」

マルゴは首をひねる。

「まぁ、マルゴったら、お会いしたことがあって？」

「会ったことなんてないわ。そんな畏《おそ》れ多い……。ただ戦争中にあれと同じ旗を見たことがあるの。行軍のずっと前のほうだったけれど」

そんなことを言い出したら、マルゴが公爵家の令嬢とお友達というのもおかしな話だが。

しかし、王族が市井《しせい》に顔を出すなんていうのも珍しい。

「でも、どうして治癒院に？」

「さぁ？　王宮には専門の宮廷治癒師がいるから治療ではないと思うわ。街を視察しに来たのかしら？　もしくは慰問《いもん》とか？　そういえば戦争中、治癒院の何人かが軍に志願したそうね」

「うーん、だとしても、あの人たちはずっと後方だったわよ……」

マルゴはスプーンを置いて考え込む。

自分のように無理やりに――ではなく、中にはみずから率先して戦争に行く治癒師たちも確かにいた。

とはいえ、終始命の危険がつきまとうような衛生兵とはわけが違う。

社会貢献というよりどちらかというと出世狙いの部分が大きく、もっとも安全な後方の野戦《やせん》治癒院の支援に携《たずさ》わっていたはずなのだ。

「……気になる？」

眉をひそめて、マルゴは友人の心配そうな眼差《まなざ》しを避《さ》けるように下を向いた。

「い、いいえ」

「わたくしもマルゴをさんざん虐《いじ》めたクソ院長にご挨拶《あいさつ》してこようかしら。よくもわたくしの可愛いマルゴを前線に送ることを許して、あまつさえクビに――」

「ア、アアアデール！　落ち着いて」

マルゴはブンブンと手を横に振りながら友人の言葉を遮った。

思ったとおり、アデールの目には心配と、何よりも怒りが色濃く浮かんでいる。

ちょうどその時、門の入り口あたりから誰かが駆けてきた。元気に手を振りながら、見事な金髪の男が近づいてくる。

「あら、まぁ！」

「これはこれは……アデール嬢じゃないか」

「第一王子殿下、お目にかかれて光栄でございます。ただ今施療院を抜けて休憩中のため、このような軽装にてご挨拶することをお許しください」

——ええっ⁉　お、王子様っ⁉

マルゴもアデールに倣《なら》って席を立ったが、すっかり萎縮《いしゅく》してしまい、闖入者《ちんにゅうしゃ》の顔をよく見ることができなかった。誂《あつら》えた高級な衣装から——いいや、全身から滲《にじ》み出る、自信にも似たオーラだけはひしひしと感じる。

「それは邪魔をしてしまったね。ずいぶん美味しそうなパフェだ。それにそちらのお嬢さんは……」

「同僚のマルゴですわ。わたくしの大事なお友達ですの」

「なるほど、アデール嬢と仲がいいところを見ると、ご友人も治癒師なのかな？」

『大事なお友達』という言葉に感動を覚えたのも束《つか》の間《ま》、まさか自分が声をかけられるとは思ってもみず、マルゴは心の中で悲鳴を上げた。

「わ、わわたしなんか……ただの平民で……！　その、えっと」

「そんなに緊張せずともいい。顔を上げて」

「はい……わたしはマルゴと——」

おずおずと顔を上げると、王子の姿が目に入ってきた。深い青色の目が、からかうように細められる。

しかし見えたのは、それだけではなかった。

テラスからほんの少し離れて、後ろで控えるように若い男性が立っている。周囲を警戒するように目を配る魔法騎士がいた。

黒々とした美しい三つ編み。ガッチリとした体つきの。

——あ、あの時の！

マルゴは息が止まりそうになった。

すると、まるで心の叫び声に反応したかのように青年がピクリとしてマルゴを見る。

これも運命の悪戯《いたずら》なのか、パチリと互いの目が合った瞬間、マルゴの背筋にゾクゾクとしたものが駆け巡った。

あの日、天使のように現れた彼は、女神のような顔立ちをしていた。それでいて、騎士らしく屈強な体をしている。この姿を夢の中で何十回と見たことだろう。

ただしあの時と違うのは、勇ましく立っていること。それから濃い紫の目が、マルゴを正確に捉《とら》えたことだ。

——そんな……まさか！　こんな場所で会うなんて!?

驚きのあまりマルゴは足が震え出した。実際テーブルに手をついていなければ、立っていられなかったかもしれない。

ところが、青年はすぐに目を逸らしてしまった。

——え？

直後、なんとも言えない寂寥《せきりょう》感《かん》が体の中を風のように吹き抜けた。

毎日折に触れて頭を悩ませるのと同時に、幸せな気分をもたらしてくれるあの青年……。

だが彼は患者のようなもので、絶対に求めてはいけない相手だ。

ともすれば、代償のせいで憎まれていたとしてもおかしくないのに。

――ぼーっとしている場合じゃないわ！　しっかりして！

知らないフリをするのは、さほど難しいことではない。それこそ蠟燭《ろうそく》の火に火消しを被せるのと同じではないか。

「…………し、失礼しました。マルゴと申します。わたしは治癒師ではありません。治癒魔法が使えませんので」

けれどもこわばった唇では、スムーズに言葉が出なかった。

それを緊張のせいだと勘違いしてくれたアデールが、つけ加えるように言う。

「でもマルゴは衛生兵として戦地にも赴《おもむ》いているんですよ」

ふたたび弾《はじ》かれるように青年がこちらを見た。

今度は逃げるようにマルゴが視線を逸らす。

――ひぃっ！　それはマズイわ、アデール！

若干涙目になってきた。

――大丈夫よ、黙っていればバレないわ。きっと！

おそらく、喋《しゃべ》りすぎればボロが出てしまうだろう。そうでなくても嘘《うそ》をつく自信はないのだから。

なぜか王子の目が猫のようにきらめいた。急に仲間を前にしたような、やわらかな雰囲気をまとって身を乗り出してくる。

「そうか、衛生兵だったのか。それならソルムの戦いにはきみもいたのかい？　女の子なのにずいぶん大変な思いをしたんだね」

「あ、あの……その――」

「殿下、そうですわ！　どこぞの貴族が逆恨《さかうら》みでもしたのでしょう。わたくしの可愛いマルゴを勝手に衛生兵に配属させたんです」

「アデール、その話は――」

「いいじゃない。むしろ今日こそそいつの名前を吐きなさい。守秘義務なんていうのは、本物の患者に対して適用されるのよ」

いろいろと良くない状況になってきた。

患者に襲われそうになり殴って応戦したうえ、腹いせに戦場に送られる羽目になったという話を王子に聞かせるわけにはいかない。

ましてや戦場で、後ろにいる護衛らしき青年を手籠《てご》めにしたなんていう話だけは……。

マルゴは額の汗が止まらなくなった。

「……なんだか大変だったんだね」

「あ、はい……ですが、今はアデールのおかげで穏やかに過ごせていますので、どうか殿下もお気になさらず」

それに嘘偽りはない。

マルゴは椅子に置いてあった鞄《かばん》を手に取って、素早く肩にかける。

「ああ、もう！　こんな時間だわ！　戻らないと！」

芝居じみた声に、自分でも驚きながらマルゴは訴えた。

「ええ？　もうそんな時間だったかしら？」

アデールが目をぱちくりさせると、王子が微笑む。

「……楽しい時間に水を差してしまったようで悪かったね」

「そんな、とんでもありませんわ。では、わたくしたちはそろそろ失礼させていただいてもよろしいでしょうか？」

「もちろんだよ。僕も治癒院に用があるからね」

王子は肩を竦めてみせた。

「では、マルゴ殿も」

「……あ、あ、はい、それでは失礼します」

マルゴも頭を下げた。そして青年の脇を通りすぎようとしたその時――。

「待ってください」

「え？」

いきなり腕を摑《つか》まれ、マルゴはよろめきながら足を止めた。

青年は何か決めかねているように沈黙し、やがて重い口を開く。

「マルゴ殿……と、言いましたか？」

「え、ええと……はい」

「私はオーブリー・エス・パ・ザスキアと申します」

「……ザ、ザスキア様？　わたしに何かご用ですか？」

――貴族だったのね！

家名を名乗れるのは貴族の証だ。マルゴはあんぐりと口を開けて青年を見上げた。

しかしそのまま、青年――オーブリーがうろたえるように頰を赤らめる。

その姿につられるように、マルゴの両頬にも急速に熱が集まっていく。

「オーブリー卿、マルゴに一体なんの用です？」

アデールも立ち止まったかと思いきや、二人の様子を見て急に眦《まなじり》を吊り上げた。

オーブリーが一瞬、悲しそうに顔を歪める。だが直後に表情を消して、熱した火かき棒に触れたかのごとくパッとマルゴから手を離した。

「あ、いや、失礼しました。忙しいところ引き留めてしまって申し訳ありません。ですが……マルゴ殿、あなたにお願いしたいことがあるのです」

オーブリーは気まずそうに咳払いをする。

「……お願い、ですか？」

マルゴ殿――そんなふうに呼ばれると、耳のあたりがこそばゆくなってくる。

触れられたところから熱が広がっていくような錯覚を覚えて、マルゴは穴があったら入りたい気持ちになった。

「アデール嬢もご存じかと思いますが、私はある治癒師を捜しています」

「さ、左様《さよう》ですか……」

話がだんだんと不穏な方向へと向かっていることに気づき、マルゴはオーブリーの顔をまともに見返すことができなくなった。ソワソワと目を泳がせる。

「……ええ、ソルムの戦いで命を助けられました。その人を捜し出したいのです。どうか手伝っていただけないでしょうか？」

「わ、わたしは治癒魔法を使えませんので……」

「けれど、あなたはいた。衛生兵として」

遠まわしに断ったつもりだったが、きっぱりと返されてしまい、マルゴはグッと喉《のど》の奥を鳴らした。

──まさかわたしだということがバレて……？

いいや、あの時の彼は目が見えていなかった。マルゴが名乗り出なければわからないはず。

「ま、まぁ……そうですが、どうしてその方を捜し出したいのですか？　ほら、殿下とご一緒に治癒院を訪ねられたらいかがでしょうか？　わたしなんかでは到底お役に立てそうもないです」

提案しながら自分で『役立たず』だと言っているようで、マルゴは自己嫌悪に陥《おちい》った。

「……確かめたいことがあるのです」

「それは……」

いけないとは思いつつも、マルゴは一瞬考えた。

この男性の目には自分がどう映っているのだろうかと。

けれどもすぐに正気に戻って、愚《おろ》かな考えを打ち消した。

──おこがましいにもほどがあるわ……。

自分のしたことがバレるのはマズイ。青年に咎《とが》が及ぶ可能性がある。そしてマルゴ自身も、捕まるどころか、最悪殺されてしまうことだってあるだろう。

悠長に夢なんか見ている場合ではないのに。

しばし言葉を失っていると、オーブリーが畳《たた》みかけるように言った。

「……このあと、お仕事はいつ終わりますか？」

「え……？　仕事、ですか？」

ところが平静を保とうにも彼が一体何を意図してそれを口にしたのかさっぱりわからず、マルゴはただ戸惑うばかりだった。

第三章

胸の高鳴り、苦しみの正体とは

Ochikobore chiyushi ha, kishi no ai kara nigerarenai

——俺はまた一体何をやっているんだ？

自分でも疑問に思ったが止められなかった。洒落《しゃれ》た店の前でオーブリーは呆然《ぼうぜん》と立ち尽くす。

治癒院《ちゆいん》を慰問《いもん》するということで護衛を頼まれたのはいいものの、まさかこんなことになるとは思ってもみなかった。

そもそも王子の護衛は近衛《このえ》の仕事だ。どうして彼はついてこいだなんて言うのだろう？

いいや、ひどく動揺している理由はそれだけではない。

『マルゴと申します』

そう名乗った彼女は、貴族のように自身の地位や美しさを鼻にかけることはない——どこにでもいそうな町娘だった。

しかし『真珠《マルゴ》』というその名のとおり、一粒のきらめきのような美しさがある。

黒に近い茶髪をゆるくシニヨンにまとめ、ほんのり赤く染まった頬《ほほ》や耳にかかった後《おく》れ毛《げ》が妙に色っぽい。

優しそうな眉の下にある緑の目は、気まぐれな太陽の光を受けて時折黄色にも光っている。

水仕事で荒れたのだろうか。ガサガサの手だったが、みすぼらしい感じはしなかった。

それどころかブラウスは汚れ一つなくパリッと糊《のり》が利いていて、凜《りん》とした立ち姿からも彼女の頑張りが窺《うかが》える。

――いい娘《こ》そうだな……。

そう思ったとたん、オーブリーは困惑と羞恥《しゅうち》で呻《うめ》き声を上げそうになった。

いつもの自分なら、女性に対してどんな感想も抱かなかっただろう。

むしろ美しさだけなら、隣のアデールのほうが行き交う人々の視線を釘づけにしている。

それなのにどういうわけか、オーブリーはマルゴに目を奪われた。

自分を見つめる緑の目が大きく見開かれ、艶《なま》めかしい唇から言葉が漏《も》れた時、自分の命を救ってくれた見ず知らずの女と目の前の女性を重ねてしまった。

戦争が終わってからも、あの女のことがずっと心につきまとっているのだ。

そうでなければ、こんなに心が揺れるなんてことはなかったはず……。

それでもなんとか考えまいとした。

兵士名簿を見ても何もわからない。マルゴという女性が衛生兵だったとしても、みずから治癒魔法を否定したとあっては、これ以上悩むのも無意味だ。

『失礼します』

ところが彼女が脇をすり抜けようとした刹那《せつな》、ドクッ、と耳の奥で心臓の打つ音が聞こえた。

ラベンダーの香りが鼻腔《びこう》をくすぐり、オーブリーはわけもわからないまま彼女の手を摑《つか》む。

今ここで絶対に逃がしてはいけない。本能の部分で何かを感じたのだ。

「な、な……」

マルゴが言葉を詰まらせた。

綺麗で感じのいい声だが、さっきからずっと震えているのはなぜだろう？

なんとなくあの女性の声に似ていなくもない――？

「オーブリー卿《きょう》、なんのつもりです？　仕事はいつ終わるか、ですって？　未婚の女性になんて不躾《ぶしつけ》なことを――」

すぐさま隣に立ったアデールが唇をひん曲げた。

「これは一体どういうことかな？　オーブリー？」

けれども、それ以上にご立腹だったのはクロヴィスだ。

彼はアデールを押しのけるように前に立った。笑顔だが、目が完全に笑っていない。

「殿下……」

オーブリーはこめかみのあたりを掻《か》くと、グイッとよれた上着の裾《すそ》を引っ張った。視界の隅《すみ》に、気を揉んだ表情のマルゴが映る。

「命を救われたなんて話は初耳だ。戦場で死にかけたということか？」

「……そのとおりです」

「まったく……心配をかけたくないのはわかるが、そんな大事なことを言わないなんてどうかしているぞ。きみは僕の命の恩人じゃないか。だとしたら、きみの命を救った人もまた僕の恩人ということだ」

クロヴィスの言うことは一理ある。

「屁理屈《へりくつ》ですか？」

しかし、癪《しゃく》に触るのも事実で。

オーブリーは胡乱《うろん》な眼差《まなざ》しを親友に向けた。

「まぁ、待て」

そこでクロヴィスがふ、と目に込めた力をゆるめる。

かと思いきや、ツカツカとマルゴに歩み寄ってその顔を覗き込んだ。

「――さてマルゴ殿、そういうわけだ。どうか僕の愚《おろ》かな友人の力になってもらえないだろうか？　僕からもお願いするよ」

「え？　あ……ええと」

マルゴは驚くのと同時に、かなりの困惑を伴《ともな》っているらしい。目をぐるぐると回していた。

だが、それほど間を置かずにふぅと軽く息を吐き出す。

「は……はい。殿下のお望みでしたら……」

どこに一国の王子の頼みを無碍《むげ》に断る人間がいるだろうか。恐縮しきった様子でマルゴは頷《うなず》いた。

かたわらに立ったアデールがうっと押し黙っているのも、そういう理由に違いない。

その時クロヴィスが意地悪そうに口角を上げたのを、オーブリーは見逃さなかった。

――気が急《せ》くあまり、みずから墓穴を掘ってしまうとは。

これだからイヤだったのだ。この王子なら絶対に茶化《ちゃか》しにくるのが目に見えていたのに……。

それだけではない。私情は抜きにしても、女の能力を欲しがる可能性だってある。

瀕死の人間を救うのは、普通の治癒師にできる芸当ではない。それこそ稀血《まれち》の治癒師くらいのものだ。

何よりあの代償。

できれば誰にも知られたくないのに。

そんな事態になったら……と思うと、頭を抱えてその場にうずくまりたい気持ちになった。

――ああ、まったく！

とはいうものの、まったく解決策がないわけでもない。

――恩人など見つからなかったと結論を出せばいいんだ。あるいは見つかったとしても、結婚してしまえば……。

急浮上したもう一つの案に、オーブリーの顔は蒼褪《あおざ》めた。

貞操を奪ったのだから、結婚という考えに行きつくのは当たり前だ。女を見つけたら責任について話し合わなければならない。

しかし同時に、結婚なんてどうかしているとも思った。

『おまえは私の子ではない』

そう憎々しげに告げてきたのは、今際《いまわ》の際《きわ》の父だった。

『その目、その髪は、一体誰に似たんだ？』

直接暴力を振るうことはなかったものの、昔からオーブリーを見るなり発作的に暴れ、そこらじゅうにある物を壊したり口汚く罵《ののし》ったりすることはしょっちゅうだった。それもこれも母の不貞が明るみになり、社交界でおもしろおかしく囃《はや》し立てられるようになったから。

暴れ者と浮気者。端的に言えば、夫婦揃って『ろくでなし』だったというわけだ。歳の離れた兄さえも、そんな両親を忌《い》み嫌っていた。

屋敷は冬が訪れたかのように冷え込み、家族同士顔を合わせる機会が減っていったことは言うまでもない。

不幸なことに、魔力を見込まれて全寮制《ぜんりょうせい》の魔法学校に入るまで、オーブリーは父の憎悪にたった一人で耐えなければならなかった。大人になり、兄とは多少会話できるようになったが、多感な時期に庇《かば》ってもらえなかったことで、今でも少しぎくしゃくしてしまうことがある。

母は暴れる父に愛想《あいそ》を尽かして屋敷を出奔。ほどなく不倫相手の家族との遺産相続問題が起こり、すでに病死していたことがわかっている。

対する父はというと、恨《うら》み言《ごと》を言うだけの人生だった。オーブリーが魔法騎士の職に就く頃にはこの世を去っている。

両親の不幸な結婚生活を見れば、結婚にいい印象など持てるはずがない。子どもをもうける以外になんの意味があるのだろうか。

女のほうだってイヤがっているかもしれないのに？　だから逃げたのかもしれないのに？

そこまで考えると、心が重たく沈んでいくのを感じた。

「どこか具合でも？」

気遣わしげな声に、意識が急速に現実に引き戻される。

「いいえ、気にかけてくださってありがとうございます」

オーブリーはとっさに表情をつくろった。

その一方で、心の奥底にある箱の中に無理やり押し込める。

狂おしいほどの欲望と、胸を切なく締めつける何かを。

「……では、詳しい話はお仕事が終わってからでもいいでしょうか？　ひとまずその時間に伺いましょう」

とはいえ箱の中はすでにいっぱいで、蓋《ふた》で押さえつけようにもきちんと閉まりそうになかったのだが。

◆◆◆◆

施療院《せりょういん》に戻ると、マルゴは誰もいない一室に連れ込まれた。

バンッと机を叩く音とともにアデールの叫び声が響きわたる。

「もう信じられない！　オーブリー卿ったら何を考えているのかしら！」

「落ち着いて、アデール」

どうどうとマルゴは肩を優しく叩いて宥《なだ》めるが、彼女の興奮はなかなか収まりそうにない。

「これが落ち着いていられるものですか！」

命の恩人を捜し出したい。それを手伝ってほしい。

その張本人はほかならぬ自分なわけで……。

本当ならば名乗り出るべき——いいや、そんなことはできないので丁重にお断りするべきだったのに……。

「でも殿下たっての申し出だもの。断るのは不敬だわ」

「そう……そうなのよね。殿下も殿下よ。どうしてオーブリー卿の肩を持たれるのかしら……」

結局何がなんだかわからないまま、否やとも言えずに手伝いを了承してしまったのだ。

「オーブリー卿が殿下の友人だから――よね。もしかするとそこまで心配しなくていいのかもしれないけど……」

「ザスキア様と殿下が？」

「ええ、歳が近いので子どもの頃からの友人みたい。戦争の時も、オーブリー卿が殿下をお助けするために最前線に同行したのよ。ちょうど王宮内でいろいろ揉めていてね。殿下もマルゴみたいにハメられて戦場に送られたのよ。婚約者も亡くされたばかりで……精神的にもとても参っていた時期のはずだわ」

「……そう、そんなことが……」

そんな話を聞いてしまうと王子が気の毒に思えてしまい、ますます断れなくなる。

「ええ……たぶん大丈夫だと思うけど……でも、どうしてかマルゴ！　あなたのこととなると、わたくしとても心配になってしまうの！　大事な妹を奪われた気分だわ！」

「い、妹？　わたしたち同い年じゃない？」

「でも、わたくしのほうが一か月早く生まれているからお姉さんよ」

「な、なるほど？」

アデールは目に涙をうっすら溜めながら、なおも口を尖らせた。

言っていることは無茶苦茶なのに妙にそれらしく言うので、マルゴはうっと呻き声を上げてしまう。

「とにかく、オーブリー卿が純粋に命の恩人を捜しているだけならいいけど……それ以上は拒《こば》みなさい」

「それ以上？　それ以上は……ないから安心して――ね？」

もしかして色恋沙汰《いろこいざた》に発展する心配でもしているのだろうか。

釣り合わない相手では未来なんてないのに。ましてや相手は怒っているかもしれないのに。

恋をするなんて図々しいにもほどがある。

そうかと言って、真実を打ち明けるわけにもいかないが。

「安心できるわけないわ！　あー！　あとでたっぷりとオーブリー卿に牽制《けんせい》しておかなくちゃ！

でも今日マルゴは遅番で、わたくしは早番だから……また今度会った時にでも言ってやるわよ！」

「アデール……」

盛大に勘違いしたまま悲鳴を上げるアデールに、マルゴは心の中で頭を抱えるしかなかった。


シミ一つない真っ白な壁に立てつけのいい窓。備えつけの机やベッドもボロではない。治癒院時代よりずっとまともな仕事部屋で、マルゴは次の患者を呼んだ。

興奮するアデールをなんとか宥めたあとも、マルゴの仕事は続いている。

「マルゴ先生！」

診察室に駆け込むように入ってきたのは、粗末《そまつ》な身なりをした少年だった。

どうやらお礼に来たらしく、目を潤《うる》ませながら深く頭を下げてくる。

「お母さんを助けてくれてありがとう！」

マルゴは相好《そうごう》を崩して頷くと、少年の目線に合わせて腰を屈めた。

「レオ君、いらっしゃい。わたしは当然のことをしたまでよ。お母さんはもう落ち着いた？」

「痙攣《けいれん》を抑えるお薬と、お腹の調子を整えてくれる……お薬だっけ？　だいぶ元気になってきたみたい。先生のおかげだよ。今朝やっとご飯を食べられるようになったんだ」

涙混じりの笑顔を浮かべるレオは、お腹を空かせた母親に毒キノコとは知らずに誤って食べさせてしまった。

幸い少量だったため、母親は軽い食中毒で済んだが、もともと栄養が足りていないうえに、これまでの過労がたたって今も入院中だ。

「早く元気になるといいね。レオ君もちゃんとご飯を食べるんだよ。食堂に行ったら、ご飯がもらえるからね」

よしよしとレオのふわふわの頭を撫でながら、マルゴは優しい口調を心がける。

レオが何か言いたそうに胸の前で両手をもじもじさせながら下を向いた。しばらく沈黙して、ゆっくりと口を開く。

「あ、あのさ……お代なんだけど……」

お代という言葉ですぐに合点がいった。

子どもは子どもなりに、たくさんの心配事を抱えているのだ。

「いいんだよ、お金の心配はしなくても。ここは困っている人の病気や怪我を治すところだから。それに病気じゃなくても、生活の基盤が整うまではお母さんと一緒に寝泊まりしてもいいの」

マルゴは安心させるように、レオの痩せ細った小さな両手を包み込んだ。

アデールが言うには、上に立つ者がその地位や財産に応じて、社会的責任や義務を負うのは当然のことのようだ。

自分の世話だけで精一杯のマルゴにとって、社会貢献など到底考えも力も及ばない。

それでも――たとえ魔法が使えなくても、自分が誰かの役に立っている、その事実が純粋に嬉《うれ》しい。

「マルゴ先生は優しいね。僕、大好きだよ！」

「うんうん、ありがとう。もしまたお母さんに何かあったら教えてね」

だから、もっと勉強しなければ。魔法が使えないぶん知識が必要だ。

ひっきりなしに訪れる患者の診察に追われながら、マルゴはわずかな隙間時間に本を読んでは、大事な部分をノートに書き留めていった。


「ふぅ、やっと終わったわ……」

一日はあっという間だった。仕事を終え施療院を出たところで、マルゴは暗がりに佇《たたず》む男性に気づいた。

雲間から月が顔を出して彼の陰影を刻んだ瞬間、マルゴの心臓が止まりそうになる。

じっと立っている姿は凛々《りり》しく立派な騎士。彼が一歩踏《ふ》み出すと、月光が当たって彫りの深い顔が浮かび上がる。

オーブリーだ。紫の瞳が光っている。

――まさか本当に訪ねてくるなんて……！

昼間の出来事が嘘《うそ》のように思えてならない。

「マルゴ殿、こんばんは」

「……こんばんは、ザスキア様」

言葉が見つからずどうしたものかと思っていると、オーブリーがなめらかにお辞儀《じぎ》をしてくれたので、マルゴもほっと挨拶《あいさつ》を返した。

「ずいぶん遅くまで働かれているんですね」

「今日は遅番なんです。当直の日ですと、朝方までの時もありますよ」

「なんと、まるで城門を守る衛兵のようだ」

オーブリーが意外そうに言った。

その声には賞賛の響きが含まれていたが、視線を注《そそ》がれているせいか、マルゴはくすぐったい気持ちになって俯《うつむ》いてしまった。

「しかし、こんなに遅いとご両親は心配されないんですか？」

何気ない質問にマルゴは肩をこわばらせる。

「わたしは孤児ですので……両親はいません……」

同情されたいわけではない。

けれど、こう言うと決まってそういう流れになってしまう。

「私としたことが不躾なことを聞いてしまいましたね。申し訳ありません。ですが、私も両親はいないので一緒です」

「そう……なんですね」

思いがけない答えだった。

そこでようやくオーブリーを見て、マルゴは目をしばたたかせる。

「いや、その……」

オーブリーは言葉に窮《きゅう》し、頬を赤らめた。

すでに親がいないということは、苦労は目に見えている。

だけど短い言葉の中に重たさだけではない、親密さを感じてしまうのはどうしてだろう？

貴族だとか、騎士だとか、そういうものは関係ない。彼も一人の人間なのだと感じてしまうのは。

一瞬の間を置いたあと、彼がぎこちなく手を差し出してきた。

「立ち話もなんですので、馬車へどうぞ」

「そ、そんな……ご迷惑では？」

「遠慮しないでください」

「……あ、歩きながらじゃダメですか？」

「もう夜も遅いので危ないです。せっかくですから馬車の中でお話ししましょう。家まで送っていきます」

「……わ、わかりました。お、お気遣いありがとうございます」

オーブリーの言う『手伝い』がどんなものかわからないが、早いこと終わらせたほうがいい。

そう思うが、なかなかそうはさせてもらえなそうだ。

マルゴは彼の手を借りて馬車に乗り込んだ。

ついでオーブリーも乗り込んでくる。向かい側の席に箱が置いてあったからか、彼は少しためらいながらマルゴの隣に腰かけた。

馬車の壁に張りつき、極力彼から離れて座ろうとしたものの、スカートの裾は引き締まった腿《もも》と触れ合い、石鹸の爽《さわ》やかな香りがふんわりと漂《ただよ》ってくる。

マルゴはごくりと生唾《なまつば》を飲んだ。

意識したとたんドッと汗が噴《ふ》き出し、心拍数が上がる。おまけに、どうしようもなく全身が熱くなっていった。

魔法も使っていないのに、こんなふうになるなんて……。

バカみたいな、しかしどうしようもない現実に、ますます罪悪感がつのる。

——ダメ！　ダメ！　しっかりして、わたし！

マルゴは頭の中で猛烈に自分を叱り飛ばした。

あの時と違うのは、この男が欲しいというどうしようもない欲求がコントロール可能ということだろう。

「それで……わたしは何をお手伝いしたらよろしいでしょうか？」

マルゴは何度か深呼吸を繰り返して気持ちを落ち着かせると、馬車が動き出したタイミングで、おそるおそる本題を切り出してみた。

ややあってオーブリーが向かいの席の箱から書類を手に取る。

「ここに治療部隊の兵士名簿があります。どういうわけかあなたの名前が見当たらなかった」

「あ！　えっと、それは……わたしにもどういうわけだかわかりません！　入隊願いはともかく……きちんと除隊届けのほうは上官に渡しましたから！」

ぴらり、と名簿を見せつけられ、マルゴは跳び上がった。

ごまかしでもなんでもなく、そんなことは知らない。

「わたしはもともと治癒院で働いていて……その、急に戦場に行けと言われて……自分でも何がなんだかわからずとても混乱していたんです」

「……それは昼ごろアデール嬢が言っていた、貴族の腹いせとやらのせいですか？」

「まぁ、そんなところです。わたしが至らないばかりに恨みを買ってしまいました」

つい苦笑してしまうと、オーブリーが形のいい眉を寄せた。

「…………笑い事ではありませんが」

「そ、そうですね……」

さっきとは違う低音に、マルゴは一瞬背中に冷水を浴びせられたような気分になった。胸に鞄《かばん》を引き寄せ、震える手で握りしめる。

その様子に気づいたようで、オーブリーが小さく溜息をついた。

「……誤解しないでください。あなたに怒っているわけではありません。ただ、その……正直、兵士でもないあなたを戦場に送った人に対してイヤな気持ちになってしまっただけですから。不快にさせたなら謝ります」

驚きの目を向ければ、オーブリーは頬を赤く染めながら顔を背《そむ》けてしまった。

——あれ？　もしかしてわたしを心配して……？

「い、いいえ……不快だなんて、そんな……。気にかけてくださってありがとうございます」

マルゴは顔が熱くなるのを感じ、ふたたび下を向きかけた。

それと……とオーブリーが続ける。

慌てて視線を戻すと、彼はすでに名簿に目を落としていた。

「ここにあるのは貴族の名前ばかりです。この名前は平民のようですがわかりますか？」

「治癒師の方ですね。平民でも治癒魔法が使える人は治癒師を名乗ります。後方の野戦《やせん》治癒院であれば治癒師がそれなりにいたと思います。貴族もそこに」

「前線には？」

「いないことはないです。少ないというだけで。ただ……衛生兵がほとんどでしょう。衛生兵の仕事は応急処置と、軽傷であれば看護も。それから重症者であっても助かる見込みがあれば後方へ送ります」

自分で言いながら、しまった、と思った。

前線には治癒師がほとんどいないのだ。

衛生兵の中にお目当ての人物がいるなどと思わせてはいけないのに……。

「わ、わたしは戦場では足手まといになりかねませんので、ほとんど軽傷患者の看護にあたっていました！」

マルゴは急いでつけ加えた。

自分は関係ない、そんな意味を込めて言ったつもりだが、はたして相手に通じているかどうかはわからない。

――バレてない、よね……？

「……なるほど。ちなみにこの名簿の中に知り合いはいますか？　もしくはいない名前でもいいので教えてください」

そう言ってオーブリーがマルゴに紙を手渡す。

「えっと……この方はわたしの直接の上官にあたります。治癒師の方です。男性ですけど。名前がないのは……どうでしょう。わたしも戦場で誰かと親しくはしていなくて……まわりの衛生兵の方にも、わたしなんかがやってきたばかりに非常に迷惑をかけてしまいました」

そこまで言うと、オーブリーはやれやれと肩を竦《すく》めてマルゴの顔を覗き込んできた。

紫の瞳とぶつかる。

「わたしなんか、なんてそういう言い方は良くない」

「え？」

本当は目を逸《そ》らしたくてたまらなかった。

にもかかわらず、紫の目はマルゴを惹《ひ》きつけてやまない。

怖いくらいに綺麗。それに一瞬でも目を逸らしたら最後、取って食われるような、そんな有無を言わさぬ迫力があったのだ。

「事情がなんにせよ、あなたは戦場で果敢《かかん》に戦った。私と同じです」

「そんなことは――」

「あるんです。もっと自分に自信を持って」

図星を突かれて、マルゴは押し黙った。

あまりにも長いこと自分を抑圧していたせいで、自分でも気づかぬうちに卑屈になっていたのだろう。まさか会って間もない人にそんな指摘を受けるとは思ってもみなかった。

何より代償とはいえ、あんなひどいことをしておきながら、優しい言葉をかけられたことに胸が痛くなってくる。

ちょうどその時、馬車がガタンッと大きく揺れた。

バランスを崩しとっさに手を伸ばすも、参ったことに、すぐそばにあったのがオーブリーの腕だけで……。

「す、すみません！　急に摑まったりして……」

オーブリーの太い腕にしがみつくような形になってしまった。

「いいえ」

「その、自信のことも……ありがとうございます。少し……元気が出ました」

沸騰《ふっとう》したケトルにでも触れてしまったかのように手を引っ込め、マルゴはボソボソと言った。

「そうですか……良かった」

オーブリーのほうからふいと目を逸らされてしまったが、彼の耳はかすかに赤く色づいていた。

それを見て、マルゴの顔の赤みも首まで広がる。

──本当に恥ずかしすぎる！　お願いだから、早く家について！

恥ずかしさから逃げるように窓の外へと目をやれば、見知った通りに差しかかっているのがわかり、マルゴの胸に急速に安堵《あんど》が広がった。

「あ！　このあたりで結構です。ここから家は近いので」

「ちゃんと家の前まで送ります」

「いいえ！　こんな立派な馬車が家の前に停まったら、ご近所さんが驚いてしまいますので」

ところが、オーブリーは簡単に折れてくれそうになかった。

「それなら歩きましょう」

「えっ……！」

「女性の一人歩きは危ない」

街灯があって夜道は明るく、このあたりの治安は悪くない。人通りも多くはないがゼロではない。そもそも毎日家と職場を行き来している道だ。

しかし押し切られる形で、馬車を降りたあともマルゴはオーブリーと並んで歩くことになってしまった。

「これをどうぞ」

戸惑いと申し訳なさでいっぱいになりながらトボトボと歩いていると、不意に何かを差し出される。

マルゴは足を止め、街灯の明かりに照らされた彼の手の中を見つめた。

「これは？」

「護身用の装身具です。毎日送り迎えできればいいのですが……かえって迷惑にもなりかねませんので、これを代わりに」

それは魔石《ませき》があしらわれた綺麗な指輪だった。凝った装飾の中にはオーブリーの目と同じ色のアメジストが嵌《は》め込まれている。

護身用と言ったとおり、加護のまじないがかけられている。指のサイズなど到底知りようもないことから、おそらくはサイズ自動調整のまじないまで。相当値が張りそうに見えるが……。

「こ、こんな！　……高価なものはいただけません！」

「お手伝いのお礼です」

「わたし、たいして役に立てていませんから」

「役に立たない……も、あなたの口癖《くちぐせ》ですか？」

突然、紫の瞳が鋭くなった。まただ。

「そ、それは……」

ズイッと目の前に顔が迫り、マルゴは一歩あとずさった。

「……ともかく、あなたのために用意したものです。私には不要なものですから、どうか受け取ってください。あなたにもらってもらえないのなら、捨てるしかなさそうです。もしも……」

オーブリーはグッと唇を引き結んだかと思うと、そこで言葉を切った。

「……もしも？」

次にどんな言葉が出てくるのか、固唾《かたず》を呑んで見守った。

すぐそばにある街頭の光に照らされて、オーブリーの目が橙色《だいだいいろ》に光り始める。

その熱を帯《お》びたような色が自分の体を巡った瞬間、困惑や罪悪感といった感情がまったく違うものに変わった。

「……もしも気が引けるというなら、また私の話を聞いてくれますか？　どうにも私一人では見つけられそうにありませんので。私にはあなたが必要だ」

オーブリーは目尻を下げ、口元にうっすらと笑みを浮かべる。

彼の難しい表情が一変したのを見て、マルゴは呼吸のしかたを忘れてしまった。

体ではない、心の奥のほうで火がついたのだ。

それからの記憶は少し曖昧《あいまい》で、気づけば自宅の前だった。

名残惜《なごりお》しそうに手を振りながらも、馬車に向かって徐々に小さくなっていく彼の背中が忘れられない。

ちなみに今の住まいは、ちょうど繁華街と郊外の間に位置する借家だ。もともと住んでいた治癒院の寮は、出征が決まった時に追い出されている。

戦後、アデールに『客人として招くから屋敷に一緒に住みましょう』とも誘われたが、さすがにそれは遠慮した。すると『女の子の一人暮らしなんて心配なのよ！』と、治安も良く、知り合いの使用人も近くに住んでいるという場所をわざわざ紹介してくれたのだ。

キッチンと居間は仕切られていない。奥の部屋には洗面所と寝室だけという小さな我が家だ。家ではあまりゆっくり過ごさないため、部屋の荷物は極端に少ない。質素というよりシンプルという言葉のほうがぴったりだ。内装も可愛《かわい》らしいものではないが、実は自分だけの小さなお城のようで気に入っている。

――ザスキア様……素敵な方だったなぁ……。

はぁ、とマルゴは大きな溜息をついた。

心ここにあらずといった状態で、火にかけた夕飯のシチューを木のスプーンで掻き混ぜる。

初めて会った時にも思ったものの、彼はとても男前で魅力的だった。家路《いえじ》につきながら幾度《いくど》か頭の中が真っ白になったほどだ。

――ご近所さんに見られなくて良かったわ。でなきゃ、今ごろ大騒ぎだもの！

隣の家に住む、お喋《しゃべ》り好きの中年女性が黄色い声を上げるさまが脳裏《のうり》に浮かび、思わず苦笑する。あの美しさは心臓に悪い。

——それにしても……どこから見てもキラキラしているわ……。

マルゴはふと思い立ち、右手を目の上に翳《かざ》してみた。

手元を彩るのは、先ほどオーブリーが護身用にとくれたアメジストの指輪。

落ち着きを感じさせる深い紫が、ウォールランプのやわらかな明かりを受けて奥からきらめいているようだった。いつまでもうっとりと眺めていられる、それくらい立派なものだ。

さすがに恋人でもないのに左手の薬指に嵌める勇気はなかった。手だって荒れてガサついている。それでも、おそるおそる右手の人差し指につけてみたら、思いのほか綺麗で目が離せなくなっていた。

どういうわけか、指輪はしっくりと手に馴染《なじ》んでいる。

——ザスキア様は受け取らないなら捨てるっておっしゃっていたけれど、本当にもらって良かったのかしら……？

自分にはあまりにも贅沢《ぜいたく》なものだとわかっているが、いらないとはっきり言えなかった。それどころか、マルゴが必要だと訴えかける彼の表情を思い出して、頬が熱くなっていく。

——どうしよう……。

彼の細やかな気遣いを素直に嬉しいと思ってしまう。

理由がお礼にしろほかのなんにしろ、異性からこのような贈り物をもらうのは生まれて初めてのことだった。

だから余計に浮ついた気持ちになったのかもしれない。

「わっ……！」

鍋からシチューが吹きこぼれ、あまつさえ焦げ臭い匂いが鼻を突いたことで、マルゴはようやく我に返った。

慌てて火を止め、ブンブンと勢い良く首を振る。

——ザスキア様のような麗《うるわ》しく高貴なお方が、深い意味で庶民なんかを相手にするわけないじゃない！　平常心……平常心を心がけなくちゃ！

◆◆◆◆

マルゴとの出会いから数日後。

日暮れ時になって、一通りの業務を終えたオーブリーは、書類を片手に団長室へと向かった。

するとどういうわけか、そこに団長ではなく第一王子が座して待ち構えている。

「やぁ、新副団長、今日も精が出るね」

優雅に紅茶を一口含んでから、クロヴィスがニンマリと笑った。どこか悪戯《いたずら》好きな子どもを思わせる笑顔だ。

オーブリーは訝《いぶか》しげに眉を上げげた。

「殿下、どういうことです？　団長は……？」

「彼ならちょっと早めの定例報告に陛下のもとへ行ったよ」

「そういうのを追い出したと言うんです。相変わらず人遣いが荒い」

「細かいことは気にしないで。僕も団長に用があったわけだからさ。ついでだよ、ついで」

「……なるほど。それで殿下は何をしに？」

掴みどころのない飄々《ひょうひょう》としたクロヴィスの考えは、オーブリーでも理解できない時がある。

さらに問えば、クロヴィスは困ったように笑う。

「そんなに邪険《じゃけん》にしないでくれよ。僕たち、昔からの仲じゃないか。何度も一緒に夜更かしして語り合ったし、ボコボコの殴り合いもしただろう？　こっそり寮を抜け出して街にお忍びで出かけたこともあったよね？」

「そんな学生時代の話を持ち出されても……」

「きみとはしゃぐのはとても楽しかった。きみは大事な友人なんだよ。実際、大人になってからもきみは僕についてきてくれたじゃないか。でなければ、僕はとっくにソルムで死んでいたと思うよ」

悲惨な子ども時代の唯一のきらめき――それが学生生活だ。オーブリーがそうだったように、クロヴィスにとっても同じだったのかもしれない。

ただ昔に比べて彼がひねくれてしまったことは、ここではあえて指摘しないが。

「でも、そうだなぁ……目下《もっか》気になるのは、やっぱりきみの命の恩人だよね。――で、見つかったのかい？」

「い……いいえ」

オーブリーは体が震えそうになるのをなんとか堪《こら》えて否定した。

「まさかもったいぶって僕に隠しているんじゃないだろうね？　せっかく僕が手助けしてあげたの

に」

「そんなことはないです。まだわからない――それだけのこと」

元衛生兵の話を調べれば調べるほどわからなくなる。

あの時、本当に命の恩人などというものがいたのだろうか。やっぱり気のせいだったのだろうか、そんな気さえしてくる。

仮にいるとしても、見つけられないかもしれないという不安な気持ちでいっぱいになってしまうのはなぜなのか。

「――そういえば、聞いたよ。きみのところの兄が血相を変えていたね」

クロヴィスの陽気な声に、オーブリーは暗い物思いから覚める。

「何をです？」

「女性に指輪を買ったそうじゃないか！」

「な、なぜそれを……！」

「急いで準備するよう執事《しつじ》に言ったとか？　いつもしないようなことをするから話題に上がるんだよ」

「いつの間に……そんな」

オーブリーは声をうわずらせた。

どうして王子はそんなことまで知っているのだろうか。自分を監視でもしているのか。

「マルゴ殿へか？」

「……殿下には関係のないことです。あくまで手伝いのお礼にとあげたものですから」

ニヤリと笑った友を見て、オーブリーはようやく理解した。

──茶化しにきたのか……。

ギュッと口元を引き締め、込み上げてくる苛立《いらだ》ちを呑み込む。

「ふうん、お礼──ねぇ？　まさかとは思うけど、女性にアクセサリーを贈る意味を知らないの？」

「意味も何も……護身用の魔道具です。護身用なら普段から身につけるものが最適でしょう」

『何を言っているのか？』とオブラートに包んで投げかけると、『そっちこそ何を言っているの？』とクロヴィスが呆気《あっけ》に取られた様子で返してきた。

「確かに『魔除けとして身につけられるようになったのがアクセサリーの起源《きげん》』とは言うね。魔法の授業でも習った。けどさ、今や女性にアクセサリーを贈るのは、『あなたは私のもの』っていう意味合いのほうが強いんだよ。ましてや自分の瞳の色の石だろう？　知らなかった？」

「え……」

オーブリーは二の句が継《つ》げなくなり、ぱくぱくと魚のように口を動かした。

ほぼ初対面の男にそんなものを贈られる彼女の気持ちを想像してしまう。

──もし彼女に嫌われてしまったら……？

お礼とはいえ強引に物を渡した自覚があるだけに、言いようのない焦燥感《しょうそうかん》がオーブリーの胸に広がった。

「ただ、平民の女の子はどうなんだろうね？　特別裕福でもない限り、恋人同士でもアクセサリーを贈り合う習慣はないのかな？」

「……それなら問題ないのでは？」

せいぜいお洒落を楽しむアイテムの一つといったところか。

あからさまにほっと溜息をつくオーブリーを尻目に、クロヴィスが呆《あき》れた調子で続ける。

「うーん……だけど、魔法騎士団ではそういう話をしないの？　ほら、どこそこの誰々が女の子にアプローチしているとか」

「男所帯ですから、どちらかというとそういう話よりも……」

言葉を濁《にご》せば、クロヴィスは得心がいったように頷いた。

「ああ、閨《ねや》での話ばかりをしているって？　信じられないな。文官たちが聞いたら卒倒しそうだ」

声を上げて高笑いを始めるクロヴィスに、オーブリーはむっと口を尖らせる。

男の性《さが》とでも言うべきか。遠征などで俗世から切り離される期間が長引けば長引くほど、聞くに耐えないような話が上《のぼ》るのだ。しかし、そうはいっても。

「どうか誤解しないでください。あくまでも酒が入った席です。それに私はそういった話に加わりませんから」

そもそも騎士団の全員がそういう話を好んでいるわけではない。オーブリーの上官である団長も、穏やかに笑いながら酒を飲んでいるものの、その手の会話には積極的に入ろうとしない。ただ……多いというだけ。

「……だろうね、だいたい想像がつくよ。きみは冷めた顔をしていそうだ」

ひとしきり笑ったあと、クロヴィスは急に神妙な顔をして言った。

「だがオーブリー、ここは親友のためを思って助言しよう。まず女の子とするならデートだよ。王立公園で散策したりレストランで食事をしたりするのもいいだろうな。そういえば、最近できたばかりで、カップルに人気のレストランがあるんだった。ああ、女性は財布を持ち歩かないから、そのへんもちゃんと覚えておいたほうがいい。甲斐性《かいしょう》のある男のほうがモテるからね」

一体どんな真面目な話が始まるのかと一瞬身構えたが、蓋を開けてみれば、ただの恋愛指南だった。それも、得々と捲《まく》し立てるほどの。

「お待ちください、殿下……どういうことです？　デートだなんて……」

息継ぎのタイミングを見計らって口を挟むと、クロヴィスはやれやれと両の手のひらを天井に向けた。

「まぁ、それはいいとしても……どういうつもりだい？　筋金入りの女嫌いのきみが、命の恩人捜しに夢中になるなんて……」

ようやく冗談から解放されると思ったのも束《つか》の間《ま》、存外鋭い指摘にオーブリーはうっと押し黙った。

これまで女性に注意を払った試しなどない。兄嫁や親友の元婚約者を美人だなと感嘆したことならあるが、それは絵を見て綺麗だなと思うくらいの感覚と一緒だ。今のように特定の女性を気にかけて思い悩んだことなど一度もなかった。

頭にあるのは命を救ってくれたあの女性のこと。

いいや、そればかりか、びっくりするくらいマルゴのことを考えてしまう。

ラベンダーの香りのせいだ。きっとそう。あのいい匂いが頭をくらくらさせる。なんとなく命の恩人を思わせるあの香りが、オーブリーの中で罪深い欲望を高めていく。

「…………女だと、どうしてわかるんです？」

ふとあることに気づいて、オーブリーは口を開いた。

「勘《かん》だよ」

「バカにしています？」

「種明かしをするとね、アデール嬢に聞いたんだよ。きみが若い女性の治癒師を捜しているとね。それも稀血の」

妙に最後のほうを強調してクロヴィスが言った。

とたんにオーブリーは顰《しか》めっ面になる。

「もし見つけたとしても、殿下には渡しませんから」

自分でもおかしな発言だと、すぐに気づかなかった。

彼女が魔法で誰を助けようとも、あるいは代償のせいでどれだけ乱れようとも、平気でいるべきなのに。

相手が目上の人間だったとしても。たとえ子どもの頃からの、自分の寂しさを埋めてくれる唯一無二の親友だったとしても、渡したくない。

自分ではない相手と彼女が乱れる――そんな想像をしただけで、はらわたが煮えくり返りそうになった。

間髪《かんぱつ》を入れずに、クロヴィスが乾いた笑い声を発する。

オーブリーはカッと顔が熱くなるのを感じた。

どうしてそんな束縛めいたことを考えてしまうのか。それこそクロヴィスの言うアクセサリーを贈った意味のとおりではないか。

「おやおや、見つける前から嫉妬心のすごいこと。再会できたらどうするつもりなんだい？」

「それは――」

オーブリーは何かを言いかけて、結局は口を噤《つぐ》んでしまう。

その先を口にするのが怖かった。

「……まぁ、いいか。とにかく、あの戦勝祝賀会でのきみの行動は社交界から注目を浴びているよ。きみが命の恩人を捜して結婚するなんていう噂《うわさ》も出ている」

「……っ！」

――なんだって⁉

オーブリーは目を剝いた。

噂好きの格好の的になるとは思ってもみなかったのだ。そこまで自分は常軌《じょうき》を逸《いっ》した行動をとっていたのだろうか。

「あんな人目のつく場所で迂闊《うかつ》なことを言うからだ。よほど余裕がないのだろうね」

「からかうのはやめてください」

「やめられないよ。だって、おもしろいからね」

「殿下！」

今なら慰問にかこつけて治癒院へ連れていかれた理由がわかったような気がする。

つい声を荒らげれば、クロヴィスが手にしていたティーカップをソーサーに戻して席を立った。

さすがに言いすぎたと思ったのか、去り際になって肩をポンポンと叩いてくる。

「――そういうことだから、頑張ってよ。思ったよりも大変かもしれないけど」

オーブリーは返す言葉もなく、むっつりと親友を見送ることしかできなかった。

あの日初めて女を知った悦《よろこ》びについては、あえて話す必要もないだろう。

それを境に、夜になると言い知れぬ孤独感に襲われることについても。

そしてマルゴを見かけた時に胸が高鳴ったり、二度目に会った時も、彼女の顔が見たくて急ぎ足になったり、馬車の中でそのやわらかそうな唇に食らいつきたくなったりしたことについても……。

◆◆◆◆

恩人捜しを頼まれて以降、特にこれといった進展もなく数日が経《た》った。

もしかしたら真実は明らかになることなく、手伝い自体が有耶無耶《うやむや》に終わるかもしれない。半ばそんなふうに願いながら、その日もマルゴは施療院で働いていた。

――ちょっと終業時間を過ぎちゃったみたい。

診察を終えてスタッフルームに移動すべく、マルゴも患者と一緒に部屋を出ると、患者が心配そうに後ろを振り返った。

「マルゴ先生、重くないですか？」

「大丈夫ですよ、エマさん。わたしのことはお気になさらず」

苦笑したマルゴは、大量にカルテを詰め込んだ箱を持ち直してから、よいしょ、と膝に力を入れる。

「そうですか？　先生がそうおっしゃるなら……わかりました。また来週よろしくお願いします」

「お大事にどうぞ。ゆっくり休んでくださいね」

「ええ、ありがとうございます」

いつもの——当たり前のようで、しかしとても大事な瞬間を噛《か》み締めてから、マルゴは階段を下りていく患者の背中を見送った。

もうすぐ日が暮れようとしている。アーチ型の窓から淡い朱色の陽が差し込み、広い廊下に桟の影を細長く作っていた。

——そろそろ帰りましょうか。

ところがほっと息をつくなり、突然隣室のドアが開いた。

どうやら部屋から出てきた職員とぶつかってしまったらしい。視界の端を見覚えのある白い制服がよぎる。

すると、手元の箱が傾くのと一緒に景色がぐらりと揺れた。急に白壁が見えたと思ったら、今度は眼前に床が迫ってくる。

「きゃっ……！」

次の瞬間、たくましい腕が腰に回された。

清涼感のある香りに、体じゅうの感覚が研《と》ぎ澄《す》まされていく。

「大丈夫ですか、マルゴ殿？」

そして低く、力強い声を聞いたとたん、胸がざわつくのを感じた。

——まさか……！

マルゴはドキドキしながら床に足をつけ、おそるおそる顔を上げた。

戸惑いの色を混ぜた真剣な眼差しが降り注がれている。

どういうわけか、オーブリーが立っているではないか。

「へっ⁉」

驚きの声は綺麗に裏返った。

宙に浮かんだ箱が、バチッと鋭く弾《はじ》けるような音とともにオーブリーの片手にうまいこと収まる。あたりを漂う白く淡い残光は、彼の魔法だろうか。

「これを、どちらまで運べば？」

「ありがとうございます……って、ザスキア様が⁉」

あまりにも自然な流れに、マルゴは目をしばたたかせながらオーブリーと空になった手元を交互に見やった。

ぶつかった職員が「すみませーん」と謝りながら去っていったが、衝撃のあまり目に入らなかったほど。

「どうなさったんですか？　施療院に何かご用ですか？」

「今日は非番なので、手伝いに伺いました」

「手伝い……ですか？　わたしが手伝う、ではなく？」

どうにも理解が追いつかず首をひねった。

非番と言うように、オーブリーはシンプルなシャツにトラウザーズ、ベストという普段着だ。ほんの少し変わっている点といえば、騎士らしく長剣を佩《は》いていることだろうか。

ただそんな姿であっても、きらきらしい容姿をなぜか引き立てているから驚きであるが。

わけ知り顔で彼が頷いた。

「はい、施療院は忙しいと伺いましたので。男手でもあればと思ったのですが」

とはいえ、すんなり納得できそうにない。そもそも問題なのは――。

「魔法は、その……使っても平気なんですか？」

魔法を使えば魔力だけではない、体力を持っていかれる。

加えてオーブリーは稀血だ。一体どんな魔法を使うのだろう？　代償が伴うようなものだと体への負担が心配になってくる。

――確か、目が見えなくなる代償……だったかしら？

その代償のおかげで、彼は戦場で自分の顔が見えなかったはずだ。

「……ご心配には及びません。これくらい朝飯前ですから」

心配そうに見上げれば、オーブリーは自信たっぷりに胸に手を当てながら答えた。確かに今回不調はなさそうに見える。

「そうなの、ですか？　でも……寄付ならともかく、貴族の方が直接こちらに赴《おもむ》かれるのは珍しいです」

「アデール嬢も実際に働いていますよね」

「彼女は少し変わっていますから……。貴賤なく誰にでも優しい聖女様のような女性なんです。ザスキア様の負担にならなければいいのですが……」

すると、オーブリーが腰を屈めて顔を覗き込んできた。

「……そのザスキア様というのはやめませんか？　堅苦しすぎます」

「そんな畏《おそ》れ多い……」

「アデール嬢とは名前で呼び合う仲なのに？」

食い入るように見つめられ、頬が熱くなった。

友人を引き合いに出されると何も言えなくなってしまう。

これ以上オーブリーと仲良くなるわけにはいかないのに……。

彼は自分を命の恩人だと言うが、はたしてそうだろうか。犯罪者の間違いではないのか。

バレたくなければ、彼とはしっかり距離を置いたほうがいい……。

「……ええと、そうですね……でも、確かにわたしもマルゴ殿って呼ばれるのは変な感じがします。なんだかくすぐったいといいますか」

「では、マルゴと呼んでも？」

オーブリーが耳元で囁《ささや》いた。

魅力的な提案に、マルゴはつい喉《のど》を鳴らしてしまう。

彼が砕《くだ》けた感じに『マルゴ』と呼ぶのをどれほど自分が聞きたかったか、その時になって初めて気づいた。

『彼の命を救った何者か』ではなく、その下に隠された『本当の自分』を見てほしいと思ってしまったのだ。

――わたし、どうしてしまったの？　ダメって言わなきゃ……。

「え、ええ……どうぞ」

――何を言っているの、わたし!?

頭ではダメだと思いながらも、実際はそのまま口にしていた。

「俺のことはオーブリーと」

「オー……オーブリー様?」

あまりにも気安い呼び方に、顔の熱がどんどん体のほうまで広がっていくのを感じた。

ようやく口を閉じたところで苦笑する。

だがオーブリーがすぐそばにいるせいで、赤みがかった紫の目を直視する羽目《はめ》になった。

手を伸ばせば彼の顔に触れられそうだ。形のいい唇にも……。

――やわらかくて温かそう。

その感触がどんなものか想像でき、急にお腹の奥がきゅんと疼《うず》いた。

「今はそれで我慢しよう……触れても?」

唐突に、オーブリーが視線を落としながら言った。

――え? 触れるって……?

初め何を言われているのかわからなかったが、彼の視線から、それが指輪を指しているのだとやや遅れて理解した。

慌てて右手を差し出せば、すかさず彼がマルゴの手を取って口元へ持っていく。

――ちょっ……ちょっと待って。オーブリー様は指輪を触りたかったわけではないの? というか、なぜこのタイミングで!?

手の甲にキスのフリをする。それは上流階級の挨拶であって、庶民のマルゴには無縁のものだ。

騎士が貴婦人にするようなキスなんて、物語でしか見たことがない。

——え……？

しかしフリどころか手の甲に押し当てられた唇の感触に、マルゴは驚きと感動の念に打ち震える。

思ったとおり、やわらかい。

軽く触れただけなのに火傷《やけど》しそうな熱さに、心臓が止まりそうになった。

——どうしてそんな顔でわたしを見つめるの？

彼はその美貌をあますことなく喜びに染め上げている。

どんな意図があってそんな表情をするのか。からかわれているという感じはしない。彼の目は真摯そのもの。

それがとても奇妙で、マルゴは動揺せずにはいられなかった。

「あ、あ……あ……」

「俺が贈ったもの……ちゃんとつけてくれて——」

オーブリーは何かを言いかけて、しかし途中で口を閉ざしてしまった。別のことに気を取られたのか、顔を上げて周囲を見渡す。

「ちょ——っと待った——!!」

ちょうどその時、叫び声とともに何かが突進して二人の間に割って入ってきた。

「アデール!?」

「何か怪しい気配がすると思ったらオーブリー卿！　今日こそ言わせていただきますわ！　うちのマルゴに近づかないでちょうだい！　下心が見え見えだわ！」

アデールがマルゴを守るようにきつく抱き締めた。

「アデール嬢が、誰にでも、優しい聖女様だって……？」

アデールの剣幕《けんまく》に、オーブリーが疑わしげに片眉を上げて呟く。

「そんな……オーブリー様はわざわざ施療院に手伝いに来てくださったのよ。下心なんていくらなんでも言いすぎだわ」

マルゴは抱擁《ほうよう》を返しながら親友の厳しい物言いに反論したが、余計に彼女の鼻息を荒くさせただけだった。

「本当にそう思っているなら、マルゴ！　鈍感もいいところよ！　オーブリー卿はあなたに会いたくてこんなところに来たのだわ。でなければ約束もなしに突然現れるなんてしないもの！」

一気に捲し立てると、アデールは息継ぎをする。

「だけど残念だったわね、オーブリー卿。今日のマルゴは早番だから。今さら手伝いに来たって遅いわよ」

「そう……なのですか？」

アデールの不遜《ふそん》な態度を受けて、ガーンッと衝撃音がしたような気がするほど露骨《ろこつ》にオーブリーが固まった。

思わずうろたえた顔で目を走らせると、ガックリと肩を落としている彼が目に入ってくる。

——もしかしてアデールの言うとおり、彼はわたしに会いに来たということ？

頬をこわばらせながら、マルゴは急いでバカげた考えを追い出した。

「え、ええ……荷物を片づけたら帰るつもりなんです」

「ご一緒できず残念だ」

アデールの言葉を一部認めれば、オーブリーが悲しげに眉尻を下げた。どうやら彼は心からそう言っているようだ。

親友がハハッと短く笑い声を上げる。

「次からよくシフトを確認することね」

「なるほど、シフトを……」

「しまった、わたくしったら……余計なことを口走ってしまったわ。オーブリー卿なんかには手を貸したくないのに」

「しかし、手伝いに来たわけなので、あなたに手を貸すしかなさそうです。ここで帰ってしまったらただの嘘つきですから」

咳払《せき》いをしてオーブリーがアデールに向き直ると、彼女は淑女らしからぬ仕草《しぐさ》で腰に手を当てる。

「いいえ、結構ですわ。わたくし、こう見えて二等上級魔法士ですから」

「それならお役御免《やくごめん》ということでマルゴと――」

「あああああ――わかりましたわ！　こき使ってやりますわ！　ついてきなさい！」

――この二人は仲が悪いの？　同じ貴族なのに？

どちらかというと、アデールが一方的に食ってかかっている感じもいなめないが。

マルゴは呆然と二人の言い合いを見つめながら考えた。

――それにしても、並んでいると美男美女だわ。わたしなんかよりよっぽどお似合い。

そんなひねくれた思いに、

『わたしなんか、なんてそういう言い方は良くない』

戒《いまし》めるようにオーブリーの言葉が頭をよぎった。

どうしてか、胸が絞めつけられるように痛くなるばかり。

だが彼が何をしようが、はたまた誰と付き合おうが自分には関係ないことだ。

そう思うのに、彼がマルゴに会いたくてここにやって来たというおかしな考えを、どうしても打ち消すことができなかった。


突然のオーブリーの施療院訪問から半月ほどが経った。

「オーブリー卿は院内の風紀《ふうき》を乱している気がする！」

またしても施療院の一室に、ああと悲鳴にも似た友人の声が響いた。

マルゴはカリカリと走らせていたペンを止め、まぁまぁと隣の席を覗き込む。

ちょっと鼻息の荒い姿さえ文句のつけどころがない美人だが、アデールはぷんすかと怒っていた。

命の恩人を捜すのを手伝ってほしい、そんなふうに懇願《こんがん》されてから、オーブリーはたびたび施療院に現れるようになった。週に一度、多い時で二度も。

向こうが勝手に現れては荷物運びやら患者の搬送やら、おもに力仕事を率先《そっせん》してやってくれるのだ。

貴族の令息以前に騎士だからだろう。肉体労働はさほど苦にならないようだった。

ただおかしなことに、マルゴが何かをお手伝いするというわけではない。

いやはや、恩人捜しは一体どうなってしまったのか。頭の中は疑問符でいっぱいだ。

「でも、おばあちゃんたちはとても嬉しそうだわ」

神様が丹精《たんせい》込めて作ったようなあの容姿だ。女性患者だけでなく女性職員たちも諸手《もろて》を挙げて歓迎している状況。

何より魔法が使える貴重な人材なので、追い返そうにも拒否する要素が見当たらないのだ。

「どう考えてもおかしいでしょう！　そもそも人捜しするつもりなら施療院に通いつめなくてもいいはずよ。姿も見ていないと言うし、治してもらった時の状況を聞いてもはぐらかすし、本当に捜す気があるのかしら？」

「アデール、落ち着いて」

マルゴは納得のいかないアデールに力なく微笑《ほほえ》みかける。

あの時オーブリーは代償で目が見えていなかったし、治癒後に起きたことを知られないためにごまかすのは当然だ。

しかしそんなことを指摘したら、この賢い友人はマルゴが『命の恩人』だと気づいてしまうだろう。

思わず詳しくフォローしそうになって、マルゴは慌てて「き、きっといろいろご事情があるのよ」と当たり障《さわ》りない言葉を付け足した。

友人は笑い返さず、むしろ暗い顔をする。

「マルゴ、オーブリー卿のこと気になっているでしょう？」

「え……？」

マルゴはグイッと首を反《そ》らし、ぽかんと口を開けてアデールを見つめた。

お見通しとばかりに彼女が頷いてみせる。

「最初はあまり感心しなかったんだけど……オーブリー卿も熱心にアプローチしているみたいだし、あなたも満更《まんざら》でもなさそうじゃない」

「オーブリー様が熱心に？」

「だってその指輪、オーブリー卿からもらったんでしょう？　ほんのちょっと前までつけていなかったじゃない。よく嬉しそうに手元を眺めているわね。オーブリー卿の瞳と同じ色の宝石まであしらわれちゃって……いくらなんでもあからさますぎよ」

「……き、気のせいだわ。これはお手伝いのお礼にといただいた護身用のものだもの。宝石だって、たまたまそうだったってだけ。彼は命の恩人を捜したい一心で、わたしに恩を売ろうとしているのよ。それにわたしだって――」

そんなふうに決めつけるべきではなかったと、言ったあとで気づいた。

罪悪感で胸がだんだん苦しくなってくる。

言葉につかえると、アデールの顔がさらに曇った。

「……今までつらいこともあったでしょうけど、ここで穏やかに過ごして、そのうち誰かと恋に落ちるというのはきっと素晴らしいことだわ。わたくしも心から祝福したいのよ。……だけど、あの人はやめておきましょうよ」

「どういうこと？」

「社交界では結構有名な話よ。彼が女嫌いって話は」

「女嫌い？」

マルゴはおうむ返しに聞いた。

「ええ、ああいうお顔立ちでしょう？　優秀な魔法騎士であるうえに第一王子殿下のご学友だもの。普通に考えれば女に困るはずないじゃない。とっくに結婚していてもおかしくない年齢なのに、彼がまだ独身なのは女嫌いだからって話よ」

「そ、そう、なの……」

その話が本当だとしたら疑問が出てくる。あの戦場での状況を考えれば、途中でやめることもできたはずなのに、どうして彼はそうしなかったのだろう？

体の作りが違うように、男の性欲も女とはまた違う。もし本能の部分がそうさせてしまったのだとしたら……？

――可哀想《かわいそう》なことをしてしまったわ。

後ろめたさが増して、マルゴは心配そうな友人の顔を直視できずに目を伏せた。

「実際、女性には冷たいんじゃないかしら？　別に無礼なことをするわけではないけど……紳士なら愛想笑いの一つや二つするものよ」

「そんな感じは受けなかったけど……」

マルゴは首をひねった。

オーブリーは紳士だ。礼儀正しい挨拶はもちろん、ドアを開けたり重い荷物を持ったり女性への気遣いやエスコートも忘れていない。

アデールの言うように、あまり笑わない印象はあるものの、たまに微笑みかけてくれることもある。人の話もよく聞いてくれるほうだ。良くないことは良くないと、きっぱりと返してくれる。

マルゴにとって、いっそ清々しいほどの好青年のイメージだが。

「ほら、好きな人にはやっぱり自分を良く見てもらいたいって言うじゃない？　マルゴの前だと豹変《ひょうへん》するもの」

「そんなまさか……」

思わず持っていた羽根ペンに力が入り、インクが滲《にじ》むとともにペン先がぐにゃりと曲がった。

ぽりぽりと頭を掻きながらアデールが溜息を零《こぼ》す。

「……それにね、彼の母親は絶世の美女だったらしいわよ。社交界でもかなりの浮名《うきな》を流していたっていうのは、はした金で買えるようなネタだけどね。ずいぶん前に、どこの馬の骨とも知れぬ男と駆け落ちしたとかなんとか……」

「なんだか……本人もいないのに悪いことを聞いてしまったわ」

これは本当にそう思う。陰《かげ》で噂されるのは誰だってイヤなはずだ。

ところが話を逸らそうにも、アデールがそうはさせてくれなかった。

「これくらい誰だって知っているわ。貴族なら……っていう条件はつくけど」

「でも、どうしてそんなことをわたしに教えてくれるの？」

こうなったらしかたない。話を早く終わらせようと問いかければ、アデールが悲しげに首を振った。

「あなたが本気になる前に……いいえ、ショックを受ける前に知っておいてほしいと思ったからよ」

不安をつのらせた声に、マルゴは目を見開いた。

「オーブリー卿が何を考えているのか、わたくしにもわからないわ。女嫌いって話も嘘かもしれないじゃない。第一……心配なのは身分よ。このわたくしでさえ自由に恋愛できないというのに……。貴賤結婚なんてしてごらんなさい。親戚一同から笑い者にされるわ、社交界では爪弾《つまはじ》きにされるわ……肩身の狭い思いをするのはあなたよ。彼だってタダでは済まないわ」

「え？」

「貴族の結婚は王の許可がないとできないの。陛下が認めてくださらなければあなたは内縁《ないえん》の妻だし、仮に妻になれたとしても、オーブリー卿の出世の道は断たれるのよ。意外とシビアなの、貴族って」

「……うん」

「ごめんね、マルゴ。脅《おど》かすつもりじゃなかったの……ただ心配なのよ。あなたが傷つかないか」

マルゴは言葉を失った。

アデールの懸念は、マルゴ自身も感じていたことだったからだ。

実際マルゴは、オーブリーのことが気になっていた。初めて森で出会ったあの日から。

彼のことが頭から離れない。忘れたいのに忘れられない。

彼の人となりを知っていくにつれ、その想いはいっそう強くなっていくばかりだった。

自分では隠していたつもりだったのに、こんなにも簡単に心の内を読まれるとは思いもよらず、マルゴは震え出した唇を嚙み締める。

そして目の前を覆《おお》っていた膜が破られたかのように真実を悟った。

マルゴはオーブリーに心惹《こころひ》かれているのだ。

けれども、その思いを正直に言うことはできない。

『こんな穢《けが》らわしい人間だから、あなたは親から捨てられてしまったのだわ』

人の命を――彼を救ったことに後悔はない。

しかしながら過去に浴びせられた言葉は、マルゴをいまだ恐怖で縛りつけている――。

「だ、大丈夫……わたしは傷つかないよ」

マルゴはやっとの思いで言葉を返した。

オーブリーとどうこうなるつもりなんてない。今ならまだ間に合う。この想いもコントロールできるだろう。

だけど、マルゴは友人にまた一つ嘘をついたような気がしてならなかった。

マルゴは疲れた目で窓の外を眺めながら、胸の内で幾度も詫《わ》びることしかできなかった。


週末になり、マルゴは休みを返上して施療院に来ていた。

シフトに入るはずだった人が急に来られなくなったらしく、特に予定があったわけではないマルゴは、院長の要請に快く頷いたのである。

アデールを含め、院長や同僚はみな人がいい。以前と比べても、今は恵まれた環境で働けている。

ただどんなに好きな仕事であっても、まったくイヤなことが起こらないわけではなく……。

マルゴは本日何度目かの治療を終え、診察室を出て調薬室に向かって歩いていた。患者に処方する薬の準備も、大事な業務の一環《いっかん》だ。

ほどなく、広い待合室に差しかかったあたりで声をかけられた。

「マルゴちゅわ～ん」

低く甘ったるい、けれども聞き覚えのある声が後ろから聞こえてくる。

「あら、ギャスパルさん？」

足を止めて振り返ると、よく街でも見かけていた小太りの中年男性が立っていた。どうやら怪我をしたようで、これ見よがしに足を引きずりながら歩いてくる。

「ちょっと足を火傷しちまって」

「まぁ！　鍛治屋《かじや》さんが火傷だなんて大変！」

「俺、うっかり屋さんでね」

まずは怪我の具合を見てみましょうと診察室に促《うなが》せば、ギャスパルがにったりと薄気味悪い笑みを浮かべた。

その笑みになぜだかイヤな予感がして、マルゴの背中に冷や汗が滲む。

不安が見事に的中したのは、来た道を引き返そうとした時だった。

背を向けたのをいいことに、ギャスパルがマルゴのお尻を撫で上げてくる。

「ひゃあっ⁉」

そのことを一拍遅れて理解して、マルゴはお尻を庇いながらすっ頓狂な声を上げた。

「可愛いお尻」

「ギャスパルさん、怪我をしているんでしょう⁉　そういうのは困ります！」

「じゃあ、手当てが終わったら相手してくれるのかい？　やっぱり女の子は若いほうが――」

いいよね、とギャスパルは続けてマルゴを抱き締めるつもりだったらしい。

マルゴは素早く伸びてきた腕に蒼褪める。

――……イヤ！

ちょっとした悪ふざけで触られることは、不特定多数の人を相手にする仕事では、珍しくなかった。アデールも『そんなヤツには張り手をお見舞いしなさい』と言うくらいだ。毅然《きぜん》とした態度がいいことは知っている。だからといって慣れるわけではないけれど。

「やめてください！」

マルゴは身をこわばらせながらギュッと目を瞑《つぶ》った。

その瞬間、ぐいと後ろのほうに腕を引かれる。

「これは一体どういうことだ？」

何かが背中にぶつかったかと思いきや、頭上から低く艶気のある声が振ってきた。

マルゴの心臓がトクンと音を立てる。

――え？　この声は……。

「……許せない」

最近になってギャスパル以上によく聞くその声は、いつもより怒気を含んでいる。

おずおずと目を開けて肩越しに振り向くと、いつの間に現れたのか、マルゴの背に覆い被さるようにしてオーブリーが立っていた。

「オーブリー様!?」

まるで敵と対峙《たいじ》するようにギャスパルを睨《にら》み据《す》えるオーブリーに、マルゴは吃驚する。

「え、あ……ええと――」

当然のことながら、マルゴに抱きつこうと伸ばしたギャスパルの手は届かなかった。

オーブリーがマルゴを後ろに下がらせたというのもあるが、ギャスパル自身もオーブリーの威圧に耐えかねたようで、ジリジリと後退しているからだ。

——もしかして……わたしを助けてくれて……？

だが疑問を口にするよりも早く、オーブリーはギャスパルから守るようにマルゴを自分の背に隠した。

そうかと思えば、彼は腰に佩いた長剣の柄に手をかけ、まばたき一つする間もなく男の懐《ふところ》に飛び込んでいる。まったく躊躇《ちゅうちょ》がない動きだった。

「手当ての前に、永遠の眠りにつくのはどうか？」

淡々《たんたん》と話しながらも、オーブリーのこめかみにはビキビキと亀裂でも走るかのように青筋が立っている。怒りに染まる美しい顔ほど迫力のあるものはない。

これほど感情をあらわにする彼を見るのは初めてで、思わずマルゴは息を呑んだ。

「ひぃっ！　死んじゃいますって！」

ギャスパルは喉元に長剣の切っ先を突きつけられ、いっそ気の毒なほどガタガタと震えている。

「怖！　こえーよ！　ほんと謝りますから許してください！」

「彼女に触れるなんて許せない」

「ごごごごめんなさい！　もう触りません！　火傷も実はたいしたことなかったんです！　ただ若い女の子を触りたかっただけなんです！　ここなら触り放題なんで！」

ギャスパルがあとずさり、床に額を擦りつけて謝り始める。

「何？　触り放題……だと？」

が、それがかえってオーブリーの逆鱗《げきりん》に触れたらしく、脅《おど》しの範疇《はんちゅう》を超えて彼は今にも男に斬りかかりそうだった。

――いけない！　このままじゃ怪我どころの騒ぎじゃなくなっちゃう！

それこそ死人が出てしまいそうだ。

「オーブリー様!!　彼は患者ですから！　どうか無体なことはしないでください！」

そこでやっとマルゴは焦りの声を上げて、オーブリーの前に立ちはだかった。

「……この男はピンピンしているようだが？」

「でも、火傷を負っているようですし……」

「鍛冶屋なら火傷なんて日常茶飯事《にちじょうさはんじ》だ。自分でいくらでも対処できるだろう」

「だとしても、ここは施療院です。命だけは奪わないで！」

オーブリーは頑固だった。けれど、頑固さならマルゴも負けていない。

命は大切だ。そこだけは絶対に譲れない。

しばし押し問答が続いて、最終的に折れたのはオーブリーのほうだった。

「それが素のあなた……なんだな……」

怒った顔から一転し、何やら神妙な面持ちで彼が言った。

「え……？」

「下を向いていることが多いと思ったが、仕事中のあなたはしっかり顔を上げている。今も……そんな男の命のために使命感に燃えて……」

そんなふうに評価されたことが意外で、マルゴは驚きに目を瞠《みは》る。

「使命感だなんて……」

「この仕事が好きなんだろう？　さっきも……患者を見送る時に笑っていた」

「へ……？　いつから見て……？」

「感謝の言葉をかけられて、笑い返すあなたはとても素敵だった……。あなたは今みたいに前を向いているほうが似合っている」

まるで極寒だった地に暖かな春が到来したかのように、オーブリーがふ、と表情を和《やわ》らげて、このうえなく嬉しそうに目を細めた。

春と言ったように、なんだか花のいい匂いまで漂ってくるような気がする。

彼は一体どうしてしまったのか。ここまでくると完全に別人である。冷たい美貌に親しみのある温かみが差して、マルゴどころかギャスパルまで彼のかすかな笑みにぼうっと惑わされた。

――わたしが……素敵……？

仕事中の姿を見られていただけでなく、まさか賞賛の言葉までもらえるとは思いもしていなかった。驚きや困惑を通り越して気持ちが華やぐのを抑えきれない。

マルゴは急に気恥ずかしくなって、火照りを冷ますように両頬を押さえた。

オーブリーも照れくさいのか、頭を掻きながら目線を落とす。心なしか彼の耳も赤い。

「だが今回みたいにイヤなことがあったら、さすがに殴り返すくらいのことはしたほうがいい」

「え、殴り……？」

「その指輪――ちょっと触られるくらいなら反応しないだろうが、蹴られたり殴られたりしたら、衝撃を軽くしてくれるはずだ」

彼の視線の先をたどれば、ちょうどマルゴの右手があって――。

「いや、やっぱり衝撃を軽くする程度じゃ心配だな。加護だけじゃなくて攻撃のまじないもかけておく必要が――」

「今のままでじゅうぶんですから！」

彼の物騒な物言いに、マルゴはブルブルと首を振った。

「本当に？」

「攻撃魔法なんて……戦争中でもないのに相手に傷を負わせるのは……」

もちろんマルゴとてオーブリーの言いたいことがわからないわけではない。

彼は純粋に気にかけてくれているのだ。暴力的なやり方はいささか問題かもしれないけれど。

正直に言うと、その優しさに胸がときめいてしまった。ついつい甘えたくなって、それではいけない、と赤くなった頬を片手でつねったくらい。

「ご心配をおかけして申し訳ありませんでした」

「そんな……」

勢い良く頭を下げたマルゴに、オーブリーが参ったなぁというふうに肩を竦める。

「……俺も急に訪ねてあなたを驚かせてしまった。事を大きくしたかったわけじゃないのに。こちらこそすまなかった」

どうやら怒りを鎮めてもらえたらしい。彼は剣を下げてカチンと鞘《さや》に納めると、マルゴに頭を上げるよう言った。

ちなみにギャスパルのほうはというと、足を引きずっていたのが嘘のように、ほうほうのていで逃げ出している。オーブリーの言ったとおり、火傷は軽いもので、自分でなんとかするのかもしれない。

——わざわざ謝ってくださるなんて……。

マルゴはほっと胸を撫で下ろした。

けれども素直に顔を上げたところで、ふとあることに気づく。

「ところで、あの……今日は？」

——オーブリー様はどうしてこちらにいらっしゃったのかしら？

「手伝いに」

どういうわけか、先ほどよりも赤面したオーブリーが咳払いを二度、三度と繰り返している。

「あ、ああ……何度か手伝いをしたから、だいたい何をすればいいかわかっている」

「は、はぁ……」

「なんだか納得いかないって顔だな」

「え……そんな顔、していますか……わたし？」

「もし魔法のことを心配しているなら、俺は魔法士としてそこそこ鍛えているから」

「……そう、なんですか？」

テキパキと動く姿から、彼の要領を疑っているわけではない。当然、彼の力が弱いとも思っていない。むしろマルゴが想像する以上に強いだろう。

確かに稀血の魔法がどんなものか気になってはいるものの、ここで問題なのは……。

——わたしは何もしなくていいってこと……？

それではマルゴのほうが世話になってばかりではないか。

戸惑いを隠せないマルゴに、オーブリーも焦ったようだ。いつもの彼らしくなく、動揺して目が泳いでいる。うーんと唸りつつ考え込んだあと、急にいいことを思いついたと言わんばかりにぽんと手を打った。

「それに……もし恩人捜しのことを気にかけてくれているのなら……」

彼は努めて真面目な口調で言った。キョロキョロとあたりを見回し、

「よし、今日はいないな」

一体誰を探しているのか、その者の気配がないことに安心してから、もう一度マルゴを見下ろす。

「えーと、大丈夫、何も取って食べはしない。ただ来週の休みに……一緒に話を、その……街を散策したり食事をしたりしないか？」

途中何度かつかえながらも一生懸命口にしようとするオーブリーに、たちまちマルゴの顔の赤みが広がった。

——話!?　えっと……散策に食事って……。

まるでデートの誘いのようだ。

そうだとしたら、今すぐにでも突っぱねるべきなのかもしれない。

——だけど、恩人捜しに関する重要な話かもしれないし……無碍には……。

そもそも否とはっきり言えるくらいなら、今ごろ苦労はしていないだろう。

「わたしなんか……あ、いいえ、わたしでよければ」

そして気づけば、返事をしていた。


やっと訪れた休日。

マルゴは鏡に映った自分を見て、急に不安を覚えた。

深緑のミモレ丈のワンピースにブーツ。華やかさを演出するのは右手の指輪と胸元の襟《えり》についたブローチ——といっても、ブローチのほうはずいぶん前に露店で買ったエメラルドのイミテーションだが。

——ああ、どうしよう……！

時計を見ているうちに落ち着かない気持ちになって、マルゴは鏡の前で何度もポーズを変えた。

肩まで伸びた髪を後ろで編み上げても上品には見えない。どちらかというと上京してきたばかりの田舎娘のよう。

——別にデートでもなんでもないのに……！

ギュッと目を瞑り、自惚《うぬぼ》れてはダメだと何度も自分に言い聞かせた。

彼の誘いに深い意味はない。アデールにも言ったように、恩人を見つけたいという気持ちからくるものだろう。

だからマルゴがボロだろうが、はたまた華美なドレスをまとっていようが、彼にとっては些末《さまつ》な問題なのだ。

——気にするのはやめ！

マルゴは自分の格好を入念にチェックしたい気持ちを堪えながら目を開けると、急いで部屋をあとにした。

こんなにも気持ちがそわそわするのは、決してオーブリーに会うのを楽しみにしているからではない。足取りが軽いのも、ただの気のせいだ。

自分は代償に悩まされて魔法もろくすっぽ使えない落ちこぼれだが、彼に思い焦がれるほどバカではないはず。

外は晴れで、午後の陽射しが燦々《さんさん》と降り注いでいる。ちょうど午睡後のティータイムと重なって、りんご飴《あめ》やクレープを食べ歩く子どもと何度もすれ違った。石畳《いしだたみ》の通りに面したカフェテラスからは、人々の楽しそうな話し声も聞こえてくる。

待ち合わせの場所に行く途中、ショーウィンドウに飾られた服を見て、マルゴは思わず足を止めた。

それは、裾が床につくほど長くて、濃い紫色のドレスだった。

襟ぐりは深いがいやらしさはなく、上質な絹と繊細なレースが品の良さを引き立てている。スカートにはクリスタルがちりばめられ、春のやわらかな陽射しを受けて目線を誘うようにきらめいていた。

——これ、可愛いかも。

マルゴはガラスに顔を近づけ、しげしげと眺めた。

値札がないことからも、庶民には手が届かない値段なのは容易に想像できる。おそらく貴族や裕福な家が利用する店だろう。

——オーブリー様のような美男子と一緒に並んだら素敵かもしれないわね。

そう考えて、慌てて我に返った。

いつの間にか彼のことを考えていた自分に苛立ちを覚えてしまう。

——わたしって、本当にバカだわ。

そうこうしているうちに、

「マルゴ」

すっかり聞き慣れた声に呼びかけられ、マルゴは振り返った。

——わぁっ！　かっこいい……！

街角から駆け足でやってくるオーブリーを見た瞬間、マルゴは心臓が止まるかと思った。

彼とは一線を引いておかなければならないと思っていただけに、外出用に改まった彼の私服姿は衝撃的だ。

いつもの普段着にコートがプラスされただけの格好だというのに、彼は息を呑むほど美しかった。おまけに走ってきたせいか、わずかに呼吸が乱れ、上気した頬が艶っぽい。

現に、通りかかった人々がいっせいに注目した。男ですら目を瞠っている。中にはマルゴに羨望《せんぼう》や嫉妬の眼差しを向けてくる者もいるのだから、どう反応すべきかわからず困ってしまったくらい。

「制服姿のあなたもいいが……私服姿もいいな。その服、似合っているよ。今日のあなたはとても素敵だ」

オーブリーは顔を赤らめながら言った。

社交辞令だとしても恥ずかしすぎる。殺し文句という言葉があるとおり、彼はマルゴを殺しにかかっているのではないだろうか。

とにかく刺激が強すぎる。実際、先ほど会った瞬間から息が苦しくて、これ以上は心臓が保たないとも感じていた。

「オ、オーブリー様、ありがとうございます。その、お誘いもいただきまして……」

「家まで迎えにいったのに」

「いいえ、あんな立派な馬車が家の前に停まったら、みんな大騒ぎですから」

「あなたがそう言うなら……まぁ、待ち合わせもドキドキして楽しいものだな」

「え……あ、えーと、そうですね」

マルゴは俯きがちにもごもごと言った。

普段はもっと滑舌《かつぜつ》良く喋れるのに、口を開くたびに子どものようになってしまう自分が恨めしい。

「夕食にはまだ時間が早いから公園でも散策しようか。あっ、ちなみに今夜はレストランを予約したんだ。どういうものが好きかわからないが、気に入ってくれると嬉しい」

「公園、いいですね。レストランのほうは……ドレスコードがないといいのですが……」

「大丈夫、レストランは個室を頼んでいる。それにマルゴはとても綺麗だから、誰も文句なんて言わないと思う」

「あの……すみません。ちょっと、いたたまれないです」

「もう？　食事はまだだというのに？」

ハハハ、と珍しくオーブリーが笑い声を上げる。

てらいのない彼の優しい言葉と眼差しに、マルゴは心の奥で封じ込めようとしていた欲望がふつふつと湧き起こるのを感じた。

特に一緒に出かける約束をしてから今日までの数日間は、本当に彼が恋しかった。すぐそばに彼がいる。視線を、笑みを向けられていると、まるで二人きりの世界にいるかのようで、この世のどんな問題をも忘れてしまいそうになる。

——イヤだ、わたしったら！　自分のことなのに、どうして思いどおりにいかないの？

「そういえば……」

しばらく並んで歩いていると、ふとオーブリーが足を止めてマルゴの顔を心配そうに覗き込んできた。

「さっきから顔が赤いが……もしかして風邪でも？」

「いえ、大丈夫です！　少し陽射しが強いなぁって思っていただけで……。そういうオーブリー様のほうこそ顔が赤いですよ？」

猛烈な恥ずかしさが込み上げてきて、マルゴは顔を背けながら即座に否定した。

ついでに指摘し返せば、オーブリーの薔薇《ばら》色に染まった頬がひくりと引《ひ》き攣《つ》る。

「そ、そうだな……ちょうど俺も熱いと思っていたところなんだ……」

オーブリーはバツが悪そうに頬を掻いた。

お互い真っ赤な顔で困ったようにおろおろする。

端《はた》から見たら、いい歳をした大人が揃って何をやっているんだと呆れられそうな光景だ。もしこの場にアデールがいたら、「もう！　焦れったいわね！」ときっと怒り出していただろう。

そのまま気詰まりになって、会話も途切れてしまうかと心配した時、プハッと吐き出すように笑ったのは彼のほうだった。

「あ、突然笑ってすまない。あなたを笑っているわけじゃないんだ。どちらかというと自分に対して。仕事でもこんなに緊張することはないから……。おかしいよな、もっとスマートに振る舞えると思っていたのに……」

彼のその言葉だけで、ドキドキして何を話せばいいのかわからなかったマルゴも、心を落ち着けて笑い返すことができた。

「気にしないでください。わたしはいつでもこんなふうにガチガチな感じですけど」

冗談めかして言えば、彼の笑顔が濃くなる。

――ずっと落ち込んではいられないわ。せっかく誘っていただいたんだもの、オーブリー様にイヤな思いをさせちゃダメよ。楽しんでもらわないと。

「そうだわ！」

そして安心したとたん、マルゴの頭にあることがひらめいた。視線を巡らせて、菓子屋台が並んでいる方向を指差す。

「こないだアデールと一緒にシャーベットを食べたんですよ。あそこです。公園に行く前に食べませんか？」

「シャーベット？」

「冷凍の魔道具が使われているので本格的というか……キンキンに冷えていてとても美味しかったんです。もしかして甘いものは嫌いですか？」

「いいや……嫌いじゃない」

オーブリーが赤い顔でぎこちなく首を振った。

――良かった。甘いものが苦手な男の人もいるみたいだから……。

二人は屋台の前まで行くと、ガラスのショーケースの向こうに並べられた苺《いちご》、レモン、キウイといった色とりどりのシャーベットを眺めた。互いに腰を屈めて中を覗き込んでいるので、ほんのちょっと肩先が触れ合ってしまう。

おかげで隣が気になり、内心どの味にするか決めるどころではなくなってしまったが。

「オーブリー様は何味にします？」

「マルゴはどうするんだ？」

「わたしは苺味にしようかと」

「それなら俺も」

オーブリーはそう言うと、マルゴが鞄に手をかけるよりも早く支払いを終えて、ひょいと小さなカップに入ったシャーベットを差し出してきた。

「あ、あの……お代は……？」

「気にしないでいい。こういう時は男に任せて」

恐縮するマルゴに、オーブリーが胸を張ってきっぱりと言った。

――こういう時って……もしかして、いろんな女の子に言っているのかな？　そんなことを言ったら、絶対誤解されちゃうのに……。

彼は女嫌いではなかったのか。さっきまで振る舞いに自信がないと言っていたにもかかわらず、急に慣れた感じの物言いに、胸のあたりがモヤモヤしてしまう。

すると、彼がつけ加えるように言った。

「……とクロヴィス殿下がおっしゃっていたんだ。女性は財布を持ち歩かないらしい」

貴婦人でもあるアデールが外出する場合、大きな荷物ともなると使用人が持っている。

とはいえ彼女自身よく日傘を差して歩いているし、香水や小銭の入った手提げ袋を携帯していたように思う。

当然庶民ともなれば、自分の世話は自分でするのが基本だ。手の込んだ作りではないにしろ、マルゴも可愛らしい刺繍の鞄を持っている。

はて、とマルゴは首を傾げた。

「わたし、お財布くらい持っていますよ？」

「そうじゃない。甲斐性のある男のほうがモテるって……その、ええと、とにかく気にしないで食べてくれ」

歯切れ悪く、しかし言外《げんがい》に「好かれたい」という彼の言葉に、マルゴは身悶《みもだ》えしそうなった。

先ほど『素敵だ』と褒めてくれたのもしかり。なんだか女性として見られているような気がして、ますます恥ずかしさが込み上げてくる。

おまけに美しく、それでいて凛々しい彼の見せる、照れた可愛らしい一面にも、どうしようもなく胸が高鳴った。

とにかく彼と一緒にいると、マルゴは調子を狂わされてばかりだ。

彼を好きになるのはいけないこと……なのに……。

「……お気遣いいただきありがとうございます。いただきますね」

なんと答えるべきか必死に考えて、どうにか口にできたのは無難《ぶなん》なものだった。

困ったように笑いながらシャーベットを口にすれば、口の中に苺の甘酸《あまず》っぱい味がゆっくりと広がっていく。

「シャリシャリしていて美味しいですよ。溶けてしまいますから、オーブリー様も早くいただきましょう」

記憶に違わぬ……いいや、それ以上の美味しさに、続けざまに二口、三口と食べる。

オーブリーも頷いて、小さな木のヘラでシャーベットを掬《すく》った。

「本当だ、美味しい……」

歩きながら、ともすれば無作法にも思える行為だったが、オーブリーは特に気にならないようだった。それどころか彼はうっとりと目を閉じてシャーベットを味わっている。

——そうしていると少年みたいに見えるわ。

そんな姿もまた新鮮で、不覚にもマルゴは天にも昇りそうな心地になった。

「マルゴ」

これではいけない、と邪念を振り払うように夢中でシャーベットを食べていると、何かを指摘したいらしく、オーブリーがトントンと自分の口のあたりを叩いている。

「ついているよ、ここ」

「え？」

マルゴはきょとんと目を丸くした。

「しようがない」

頭上に疑問符を浮かべたままのマルゴを見て、オーブリーが軽く肩を竦める。

そのままマルゴの頰を親指で拭《ぬぐ》うと、自分の口元に持っていって、ぺろりと舐め上げる。

「美味しいな」

刹那、オーブリーが凄艶な唇をニッと笑ませて、腰に響くような低い声で言った。

「え……！」

マルゴは零れ落ちそうなほど目を見開いて固まる。なんなら一時、心臓も止まったように思う。

二呼吸ほどの間を置いて、ようやく自分の食べたアイスを拭われ、舐め取られたことに気づいた。

「〜〜〜!!」

ボッと火が出る勢いで顔が赤くなる。

普通なら「何するんですか！」と叫んでいたかもしれない。

だが彼の心底嬉しそうな顔を見ていると、そんな気持ちには到底なれなくて……。

「……え、ええ、また食べましょうね」

はっきりイヤだと言えなかった。

シャーベットを食べたあと、二人は王都で一番広い王立公園に向かった。

園内は見頃の薔薇が咲き乱れ、マルゴとオーブリー以外にも花見を楽しむ人々でいっぱいだ。

歩きながら、とりとめのない会話をした。

——あまりお喋りが好きそうには見えないけど……。

最初の頃に比べれば、居心地は悪くなくなっていた。時折会話に詰まることもあったが、そんな
時は必ずと言っていいほどオーブリーが話題を振ってくれることが、なんだかマルゴをくすぐった

い気持ちにさせる。

――どことなく一生懸命な感じがするのよね。

「普段マルゴは週末、どう過ごしているんだ？」

「休みは交代制なので、週末が仕事の時もあります。ただお休みの時もだいたい勉強をしているか、そうでない時も救護院《きゅうごいん》に顔を出していますよ」

「休みの日に勉強？　信じられないな」

オーブリーの口調は驚いたというよりも賞賛に近く、マルゴは照れくささを隠そうとつい顔を伏せてしまった。

「施療院で働いている人たちは、みんな小さな頃から専門教育を受けているんです。オーブリー様も魔法学校へ行かれたのでしょう？　わたしは勉強を始めるのが遅かったので、今必死に学んでいるところなんです。勉強は仕事でも必要なことですから」

それは、オーブリーが騎士として日々の鍛錬が欠かせないのと同じかもしれない。

「だけど、救護院へはどうして？」

「ええと……手伝いというほどでもないんですが、子どもたちと遊んだり読み書きを教えてあげたりしているんです。なんだかんだいって、救護院ではお世話になりましたから」

「すごいな……。感心したよ。まるで聖女様じゃないか」

「そんなたいそうなものじゃないですよ」

マルゴは自嘲《じちょう》気味の笑みを零した。

戦争が終わってからというもの、魔法を使わない後ろめたさが誰かの役に立たなければならないという気持ちをいっそう駆り立てていた。勉強も、救護院の手伝いもそうだ。

何より本音を言うと、休みの日に何をすればいいのかわからないというのもあった。今日のように、誰かとこんなふうにゆったり過ごしたことはない。

仕事の休憩時間にするアデールとのカフェ巡りも楽しかったが、オーブリーと一緒に食べ歩いたり、公園を散策したりするのはもっと、ずっと楽しかった。シャーベットが何倍も美味しく感じるし、咲《さ》き誇《ほこ》る薔薇はいい匂いがして、遊歩道やベンチなど公園全体がなんだかキラキラ輝いているようにも見えてしまう。

もうずっと前から理性はダメだと言っているのに、体のほうはまったく言うことを聞かない。胸はドキドキしっぱなしで、足もスキップでも踏みそうなくらい軽い。

――わたし、こんなに呑気に遊んでいてもいいのかしら？

「マルゴ、あなたは――」

とたんにオーブリーが歩みを止めて渋《しぶ》い顔をした。

時々こんなふうに気持ちが沈んでしまうのは、マルゴの悪い癖《くせ》である。

――卑屈になっちゃダメ……！

少なくとも、一緒にいる相手にまでイヤな気持ちにさせてはいけない。マルゴは暗い気持ちを振り払うように頭を振ると、もう少し歩こうと促した。

――話題を変えなくちゃ。

「あの！　オーブリー様のほうこそ、週末どんなふうにして過ごしているんですか？」

「俺か？　俺は……そうだなぁ……」

急に話を振られて焦ったのか、オーブリーがポリポリと頬を掻いた。ありがたいことにそれ以上追及されることなく、彼は短く嘆息してから話し始める。

「俺はよく馬の世話をしている。天気のいい日は乗馬もするんだ。馬に乗っているとイヤなことも忘れられるから」

「馬が好きなんですね」

「ああ、掃除も餌やりも俺がするんだ」

「まぁ！」

これだけ身分の高い人が、使用人のやりそうなことを買って出るのが意外だった。

もっともアデールといいオーブリーといい、二人ともマルゴと違って施療院では無給で働いているが。

馬と戯《たわむ》れる彼を想像すると、なんだか心がほっこり温かくなる。

「優しいんですね、オーブリー様は。きっと魔法騎士団のお仕事でも、みんなから頼りにされているんでしょう」

「優しい？　見てのとおり、俺は堅物というか……あまり愛想はいいほうじゃないかもしれない」

「そうなんですか？」

「最近副団長にもなったから、なおのこと厳しいと感じる者もいるみたいだ」

「仕事を頑張っているだけなのに？」

「入団当初に比べればだいぶ減ったが、今でも冷たいだの怖いだの言われることはある」

「ええっ!?」

マルゴはぽかんと口を開けて、オーブリーを見上げた。

彼がきまり悪そうに笑ったが、それも一時のことで、すぐに落ち着いた調子を取り戻して語る。

「もちろん好んで尽くしてくれる部下がほとんどだ。実力主義なのも大きいだろうな。ただ百人いたら百人みんなから好かれるのは難しいんじゃないか？　それに俺だけじゃない。不敬かどうかはさておき、この国の王でさえ嫌っている人もいると思う」

「それは……」

オーブリーの言っていることは至極当然のことのように思えた。人の数だけ価値観は違う。それこそ神様を好きになれない人だっているだろう。

そして自分がいかにまわりの評価を気にしてビクビクしていたか、あらためて気づいてしまった。

「俺が嫌いだからって任務をおろそかにされたんじゃたまらないが、そうでないなら俺は自分を嫌っている人間に好かれたいとは思わない。むしろ自分の好きな人に好かれたい。そのためならなんだってするよ」

言葉を詰まらせていると、いつの間にか湖の舟着き場までたどり着いていた。繋がれた小さな手漕ぎボートの横で、二羽の鴨《かも》が仲良く泳いでいる。

けれど、湖よりも彼のほうが気になってしかたなかった。

「気持ち良さそうだな。一緒に乗らないか？」

そう問いかける紫の目があまりにも熱っぽいせいで、マルゴもぼんやりと頷いてしまう。

「揺れやすいから、姿勢を低くして」

誘われるまま舟に乗り込もうとしているのに、どうしても彼の顔から視線を外すことができなかった。きちんと足元を見るべきなのに。

——もしかしてオーブリー様は……わたしに好かれたい……？　そんな……まさかね……。

そんなことはありえない。

ただ互いに向き合い、見つめ合っていると、そんなおかしな妄想に取りつかれてしまうのだ。

「ええと……あの、」

やがて耐えきれなくなって視線を泳がせるのと同時に、体勢を崩した。それも派手に。

「きゃっ……！」

揺れやすいと言われたそばから、ぐわん、と足元が揺れ、広くたくましい胸に倒れ込む。先に座って桟橋を手で引き寄せてくれていたオーブリーに上からのしかかるような形だ。

舟が左右に大きく揺れ、あわや転覆《てんぷく》か、と体が動かなくなった。

しかし幸いにも、ふわふわと温かな風が舟の揺れを静めて、落水という最悪の事態だけは免《まぬが》れたようだ。

バチッと火花が弾けるような音を聞くのは二度目だ。同時に、ふんわりと輝く白い光を見るのも。

——これって魔法……？

そうでもない限り、揺れに弱いミニボートのバランスを取るのは難しいだろう。

「落ちなくて良かったな……」

オーブリーはほっと息を吐き出しながら低く呟いた。

——ま、待って！　近い近い！

というより、抱き締められている。

安心したのも束の間、マルゴは心の中で悲鳴を上げた。

施療院でも何度か助けてもらったが、こんなふうに抱き合うような格好になるのは彼と森の中で出会って以来かもしれない。胸いっぱいに広がる彼の匂いに体が熱くなる。

――ダメダメダメ！

慌てて体勢を立て直そうとすると、今度は腰を摑まれ慎重に座るよう促された。まるで転びそうになった小さな子どもを抱っこして座らせてやるような動作だ。

――わたし……ほとんど動いていないし、そもそも体重もそんなに軽くないと思うんだけど……オーブリー様って力持ちなの？

「大丈夫か？」

オーブリーのほうも腰を落ち着けると、オールを手にしながら心配そうに顔を覗き込んできた。

「あ、ありがとうございます……その……」

当然マルゴの頬は朱に染まり、心臓は破裂しそうな勢いで脈打っている。

彼はつまずいたマルゴを助けただけ。それなのに彼を意識しているなんて、愚かな気持ちを知られたくない。

「……問題ありません……」

なんとかそう答えたものの、問題がないなんて嘘だ。

なかなか収まりそうにない胸のドキドキに、頭の中では『どうしよう』という言葉がぐるぐると駆け巡っていた。

陽も沈む頃、オーブリーは予約していたレストランに案内してくれた。

「素敵なお店ですね」

レストランに足を踏み入れたマルゴは、ゆっくりと息を吐き出しながら言った。

小さいが、いかにもカップルが好みそうなムーディーな雰囲気の店には、ピアノの音と一緒に人々の談笑で溢れている。

とはいえ個室があるということは、貴族がお忍びでやってくるほどの人気店ということだろう。気が引けるような高級店ではないにしろ、カウンター席やテーブル席はどこもかしこも満席だ。

更紗《さらさ》で飾られた張り出し窓の向こうでは、街頭の——温かみのあるオレンジ色の光が美しく王都を照らしている。

「こういうところは初めて？」

個室の丸テーブルに着席すると、オーブリーが不安そうに問いかけてきた。

「はい、最近アデールと喫茶店やスイーツ店を回っていますが、レストランは……」

「……それは良かった。ほかの誰かと来たことがあるなんて言われたらどうしようかと思ったが、それを聞いて安心した。ここはオムレツが美味しいそうだ」

しかし、すぐに心底嬉しいといった感じに笑みを向けられて、マルゴはくらくらしてしまった。

ふたたび呼吸が乱れて平衡感覚を失いかけたが、なんとか落ちつきを取り戻して固い表情を意識した。

「……びっくりしました。オーブリー様、詳しいんですね」

「そんなことはない。この店は殿下に教えてもらったんだ。お洒落で、若い女性に人気があるとか」

マルゴは目を丸くした。

――え？　わざわざ調べて……？

ほんのちょっと嬉しくなった気持ちには、あえて気づかないフリをする。

「そういえば……こないだ会った第一王子殿下とお友達なんだとアデールから聞きました」

「……ああ、殿下は子どもの頃からの友人なんだ。俺に楽しい気持ちと、魔法騎士としての役割を与えてくれたのは彼だから……」

オーブリーの表情が翳《かげ》り、マルゴは目をしばたたかせた。

ちょうどその時サラダと前菜が運ばれてきたので、ひとまずサラダに手をつけてから顔を上げる。

「あ……あの、質問してもいいですか？」

どういうわけか、オーブリーはカトラリーを手にするわけでもなく、真剣な顔でじっとこちらを見据えている。それがやけにおもはゆい気持ちにさせるのだが、とうの本人はまったく気にしていないようだ。

「ああ、どうした？」

「実はアデールからもう一つ聞いたんです。オーブリー様は、その……女性のことをそんなに好きじゃないという話を」

「え……？」

マルゴはハッと息を呑み、急いで口に手を当てた。

「おかしな質問をしてしまいました。ごめんなさい。でも本当の話だったら、わたし、とんでもなく失礼なことをしているような気がして……申し訳なくて……」

赤面しながら口ごもり、何回かに分けて言う。その声は自分でも驚くほどに掠《かす》れていた。

汚れ一つ、シミ一つない真っ白なクロスの上で握りしめられている男らしい手は、じっくり見なければわからないほどに小さく震えている。

彼からすると、食事はおろか、女性と一緒に時間を過ごすなんておもしろくないはずで……。

楽しさのあまり、ついその事実を忘れそうになってしまう。

だが、彼は肩を竦めただけだった。

「……気を遣わせてすまない。ただ……正直に言うと、女性は好きじゃない。むしろ嫌いだ」

彼の言葉に胸がチクリと痛んだ。いっそ女好きだったらここまで罪悪感に苛まれる必要はなかったかもしれない。

けれども罪悪感とは別の部分で、マルゴは胸が苦しくなった。

「……俺に両親がいないという話は覚えているか？」

マルゴはこくりと頷いた。

「母は……俺の顔によく似ていたらしい」

「とても……綺麗な人だったんですね……」

どうやら答えを間違えたようだ。急にオーブリーが顔をこわばらせた。

他人のことをとやかく詮索《せんさく》するのは良くないことだ。当然もう答えてくれないだろうと思ったが、彼はわずかな間を置いてから重い口を開いた。

「……確かに顔は。だけど母親としては失格だったと思う。家族を捨てて屋敷を出ていったんだから」

オーブリーは口を引き攣らせながら認めた。

「ずいぶん昔の話になる。俺の母は遊び人だったんだ。父はそんな母にいつも怒り狂っていた。殴られこそしなかったが、父はいつも怒鳴って屋敷じゅうのあらゆる物を壊していた……子どもの頃、俺が大事にしていたブリキのおもちゃも絵本も何もかも……。さすがに母も愛想が尽きたんだろう。母が屋敷を出ていったのは俺が十歳の時だ。それからというもの、父はもっとおかしくなって……」

イヤな記憶を思い出したらしく、すぅっと彼の目の光が弱まった。

「オーブリー様、大丈夫ですよ」

部屋の隅で震えながらうずくまり、父親の怒りが過ぎ去るのを耐える小さな彼の姿が目に浮かんで、マルゴは胸が締めつけられるようだった。子どもながらに、さぞかしつらかっただろう。殴られていなくても心は傷だらけだったに違いない。

やっぱりこんな質問などするべきではなかった。彼も無理をして答える必要はない。そんな意味を込めて話せば、オーブリーは首を横に振った。

「いいや、言わせてほしい。俺は兄上とは違って父に似ているところが何一つないんだ。髪もそう、目もそう、魔法が使えることも。それにいくら俺と母の顔が似ているといっても、母は魔法士ではない。だから……ずっと母が外で作ってきた子どもだと言われてきた。本当の子じゃないって……。母はもちろん……兄も目を背けて助けてくれなかった。そんな父も最終的には自殺するほど追い詰められていたというわけだ……。俺は……幸せな夫婦がどんなものか想像できない。化粧や香水の匂いがダメになったり、女性に対してひねくれた見方をしたりするのもそのせいだ。家族なんていらない、そう思ってしまう……」

「とても苦しまれたんですね……」

いつになく伏し目がちの紫の目の上で、長い睫毛《まつげ》がかすかに揺れている。

「だがクロヴィス殿下と出会って、これでもだいぶマシになったほうなんだ。もう父は怖くないし、母に対してもなんの思い入れもない。兄は……少し罪悪感があるようだが、昔に比べれば俺のことを気にかけていると思う。もう大人だからそのへんはうまくやれているつもりだ。ただ……やっぱり心に根づいた苦手意識はなかなか取れないみたいだな」

オーブリーは苦虫を嚙み潰したような顔で言った。

「オーブリー様の気持ちをすべて理解できるわけではありませんが、わたしも……わたしにも苦手なものはあります」

魔法を使わないマルゴと同じように、オーブリーもまた女性を――家族を持つことを恐れている。

「でも、なんだか不思議です」

「何が？」

オーブリーがパッと顔を上げて、面食《めんく》らった表情になった。マルゴの言葉をどう解釈したらいいのかわからない、そんな様子だ。

マルゴは唾を飲み込むと、ひたとオーブリーを見つめる。

一生懸命相手に気持ちを伝えようとする彼を見ているうちに、マルゴも自分の思っていることを口にしたくなったのかもしれない。

「小さな頃だったので記憶はありませんが、わたしは両親に捨てられて救護院で育ちました。ですが、わたしは逆に家族が欲しいと思っています。オーブリー様とは正反対の考えですね。わたしは両親みたいに我が子を手離したり苦しめたりしない。決して彼らのようにはなりたくない……反面教師ってやつです」

　思い切って口にすれば、声が震えた。

　いつかこんな自分にも家族ができるのなら——何よりも大切にしたい。それはマルゴの心の奥深くに眠る願いでもある。

「……なるほど、考え方は人それぞれだ。あなたは立派な女性なんだな。マルゴ……俺は」

　顔を上げると、オーブリーが赤面し、言いにくそうに言葉を切った。

　彼の目に同意の色が浮かんだのは、彼自身納得する部分があったからだろう。

「……確かに女性は好きじゃないけど、あなたのことは特別に思っている」

「——ふぐっ！」

　どうしてオーブリーは突然そんなことを言い出すのだろう？

　彼の眼差しは好奇心に満ちていて、まだ見なかったマルゴの一面に喜んでいるかのようだった。

　マルゴは噎《む》せながら視線を膝に落とす。

「そ、それは……わたしなんか、あ……えっと、でも、わたしは立派ではないです」

　いつもの口癖を言いそうになって、しどろもどろになる。

　しかしそんなマルゴに構わないかのように、オーブリーが言った。

「いつも真面目に仕事に取り組んでいるだろう？　顔が生き生きと輝いている。救護院出身者でここまで頑張っている人も珍しい。ほとんどが学問の習得もままならず働き始めると聞いているから」

「……よ、よくご存じですね。確かにわたしのように治癒院に引き抜かれるケースは珍しいと思います」

救護院での生活そのものは、つらくもなんともなかった。

雨風をしのげる場所で三食ありつけるし、ある程度の読み書きもシスターたちが教えてくれる。路上生活に比べたらよっぽどマシな暮らしぶりだ。毎日決まった時間の起床、食事、掃除に洗濯、自由時間。ちょっと見方を変えれば、寄宿学校のようにも見えるだろう。

ただしみんなで雑魚寝《ざこね》する中、毎日決まって誰かしらうなされていた。マルゴよりもずっと小さな子どもが、「お父さん、お母さん……」と枕を濡らしている姿を見るのはよくあることだった。

救護院にいるのはそれぞれに事情を抱えた子どもたち——つらいのは決して自分一人だけではないのだ。そう思うと、つらいとか悲しいとか余計に言えなくなってしまうもので……。

そんな救護院での生活に嫌気が差して、途中で逃げ出す者も多かった。そのまま犯罪に手を染めたり、娼婦《しょうふ》に身を落としたり、出産して母子家庭で子どもを育てたりする仲間たちを何度目にしてきたことだろうか。

救護院を退所するとほとんどが働き始めるが、必ずしも将来が開けているとは限らず、心折れてすぐに仕事を辞めてしまい、路上生活に逆戻りするようなパターンも決して少なくなかった。

アデールが貴族の生き方をシビアだと表現したが、救護院出身者だって同じだ。

結局どんな生まれであっても、それぞれに大変な生き方や思いがそこにあるのだ。

「残念ながら魔法はダメでしたが、それでも頑張りたかったんです。オーブリー様のおっしゃる『頑張っている』は、わたしの理想の姿なんです。本当のわたしは……とても臆病者ですから」

マルゴはもう一度顔を上げて苦笑いを浮かべた。

卑屈になりすぎたかもしれないと思った時、オーブリーの顔が一変し、切羽詰まったような表情に変わった。

「……自分に自信がなくても、逃げずに向き合うべきだ」

彼が真顔で言う。それから身を乗り出して、マルゴの手にそっと自分の手を重ねてきた。

とっさに手を引っ込めようとするも、ギュッと上から力がかかって抗えそうにない。

——逃げられない。

謎の焦燥感を覚えながら、どうしても適切な言葉が見つけられないでいた。

「……マルゴ、命の恩人を見つけたらどうしたいのか、と以前俺に聞いてきたよな？」

「え、ええ……確認したいことがあるんでしたよね？」

熱い息の混じった声に、目を見開いた。

紫の目にも好意とも非難ともつけがたい、熱っぽいものが浮かんでいる。先ほど見た時と同じような目だ。その目が懸命に何かを訴えている。

「…………ああ、確認したい」

「な、何を——」

戸惑いながらも目が離せない。

周囲から聞こえるナイフとフォークが皿に触れ合う音、グラスが擦れ合う音、話し声が小さくなっていく。

重ねられた手から指を搦め捕られ、指と指を激しく擦られると、力強さと熱を感じ、肌がゾクゾクしてしまう。

いけないことだと承知しながらも、マルゴは蕩けそうな気分になった。

——しかし。

「お客様、困ります！」

「いいから通しなさい！」

折しも、甘い雰囲気に水を差すように言い争う声が聞こえてきた。

マルゴはギクリとして手を引っ込める。オーブリーも驚いたらしく、握りしめていた手から一瞬にして力が抜けたようだ。

「失礼します！」

店の主人の制止を振り切って、若い女が個室に乗り込んできたのだ。

「ジャクリーヌ!?　あ、あなたがどうして!?」

それはマルゴの治癒院時代の同僚——ジャクリーヌだった。

マルゴは拳を握って、そのままギュッと胸に押し当てた。

向かいに座ったオーブリーが唇を引き結んで、怒りに満ちた目で闖入者《ちんにゅうしゃ》を見つめる。

ジャクリーヌはいつものように傲慢《ごうまん》な態度を窺《うかが》わせつつも、どういうわけか頬を赤らめ、はにかんでいる。

彼女の視線の先にはマルゴではない、オーブリーがいた。

「オーブリー卿は戦争中、命を救われて、その恩人をお捜しだと伺いました」

「それがどうした？　食事中いきなり入ってくるなんて無礼にもほどがある。ここはプライベートルームだと聞いていないのか？」

オーブリーはそっけなく返した。さっきまでの熱っぽさは消え失せ、冷ややかな表情だけが残っている。

ジャクリーヌはふんと鼻を鳴らして、肩にかかった美しい黒髪を背中に流した。

その仕草がやけに色っぽく、自信に溢れているのはなぜか。

「私こそがオーブリー卿を助けた治癒師だと言っても、そうおっしゃいますか?」

第四章 逃げるな

Ochikobore chiyushi ha, kishi no ai kara nigerarenai

「え?」

「は?」

食事中突然の闖入者《ちんにゅうしゃ》の発言に、オーブリーとマルゴの声が見事に重なった。

互いに顔を見合わせたあと、うわずらせた声を上げたのはマルゴのほうだ。

「ジャクリーヌ、あなた戦争になんて——」

「おまえは黙っていなさい。私の邪魔をしないで」

しかしピシャリと声を被せられ、マルゴは身を竦《すく》めて押し黙る。

——違う、あなたを助けたのはわたしなの、なんて……。

そんな図々しいことを言えるわけがない。

そもそも真実を明かさないと決めたのは、ほかならぬ自分自身であって、目の前でふんぞり返っているジャクリーヌではない。

意気消沈《いきしょうちん》するマルゴを、ジャクリーヌがフッと鼻で笑った。そしてもう一度オーブリーに向き直る。

「私は先の戦争で治癒師《ちゆし》として従軍していましたジャクリーヌ・ニナ・パ・ブノワと申します」

ジャクリーヌは優雅な所作でお辞儀《じぎ》をすると、尋ねてもいないのに勝手に自己紹介を始めた。

彼女は苛烈《かれつ》な物言いの一方、目鼻立ちのくっきりした美少女で、少し幼い印象の外見だけなら、周囲の庇護欲《ひごよく》をそそるかもしれない。

おずおずとオーブリーの様子を窺《うかが》えば、意外なことに彼は挨拶《あいさつ》を返さずにそっぽを向いてしまった。好意なんてまったくないと言わんばかりに、その横顔は不機嫌そうに歪んでいる。

「なっ……」

あからさまな無視に、ジャクリーヌの頬《ほほ》にカッと怒りの色が混ざった。

それでも彼女は怒り出したいのを懸命に堪《こら》えているようだ。引《ひ》き攣《つ》った笑みを浮かべながらなおも言いつのる。

「戦闘で怪我を負ったオーブリー卿《きょう》を助けたのは私です。恩着せがましいと思い、あの時はあえて名乗り上げませんでした。ですが、最近になって噂《うわさ》を聞いたのです。命の恩人である治癒師を捜していらっしゃると……。しかも、その方と結婚するとか」

『結婚』という言葉をやけに強調する。

――結婚？

その言葉にマルゴはピンとくるものがあった。

真偽はともかく、ジャクリーヌはオーブリーに結婚を迫っているのだと。

「突然押しかけてきたうえ何を言い出すかと思えば……どうやらあなたは勘違いしているようだ」

溜息混じりにオーブリーは言ったが、ジャクリーヌは臆《おく》することなくオーブリーの前にズカズカとやってきた。

「……オーブリー卿のほうこそ、そこの平民にたぶらかされているようですが、その女は偽者ですよ。治癒師として雇われたにもかかわらず魔法が使えず、税金を無駄に食い荒らした厄介者なのです。同じ魔法士なら言っている意味がわかるはずでしょう」

オーブリーから思ったような反応が得られなかったためか、ジャクリーヌの機嫌はますます悪くなった。

けれども帰るという選択肢はないらしく、むしろ当然の権利とばかりにマルゴを睨《にら》みつける。

彼女はマルゴのほうに近づき、まるで内緒話でもするように前屈みになりながら言った。

「マルゴ、おまえは身のほどを思い知るべきよ。オーブリー卿から離れなさい。私のほうがよっぽど治癒師として優秀だわ。施療院《せりょういん》なんて……貧乏人相手にエセ治療を施《ほどこ》すようなあなたとは格が違うというのがわからないの？　おまえなんか、伯爵《はくしゃく》の怒りを買って戦地に飛ばされるような人間なのよ。わかったらさっさと——」

個室といっても完全な密室ではない。周囲の声がそれなりに聞こえる中、ジャクリーヌはお目当ての人物であるオーブリーに聞こえないような声で非難してきたが、マルゴの心には大声のように響いた。

彼女が命の恩人というのが、嘘《うそ》であるのは明らかだ。ジャクリーヌは戦争に行っていないうえに、何より彼の命を救うだけの強力な治癒魔法を使うことができない。

そう理解しているにもかかわらず、マルゴは彼女の言っていることを否定できなかった。

——そうよ、わたしは、オーブリー様にふさわしくない。

『平民』という言葉がぐさりと胸に突き刺さる。

かつてシスターにかけられた『穢《けが》らわしい』という言葉と同じくらいの衝撃だった。

――アデールは忠告してくれたのに……。

ただでさえ名乗り出ないことで彼を騙していて、それだけでも心苦しいというのに。

次第に背中に冷や汗が滲《にじ》み、膝の上で両手がわなわなと震え始める。

「まったく……」

不意に零《こぼ》れたオーブリーの溜息に、たとえ彼にそんな意図がなかったとしても、心底呆《あき》れられているような錯覚を覚えてしまった。

「どこのどなたかは存じませんが、お引き取り願います。不愉快です」

「ジャクリーヌと申し上げたはずです！　オーブリー卿、どうかジャクリーヌとお呼びください！」

「――あの、お話し中のところ申し訳ありませんが」

依然として言い争う二人に、マルゴはおそるおそる声をかけた。腹をくくって席から立ち上がる。

「わたしはそろそろ失礼します。お金は足りるかどうかわかりませんが、百シンスあれば足りますか？」

「マルゴ？」

うまく言えたとは思わない。声は小さく、語尾も震えていたと思う。

オーブリーが驚いてマルゴを見上げたが、マルゴは振り向かなかった。

すぐさま鞄《かばん》を抱えて席を離れると、夕食時で賑《にぎ》わう店内を駆け抜ける。

「待っ――」

後ろで彼が何やら叫んだ。

もとから足は速くない。普通であればすぐに追いつかれてしまうだろう。

しかしこれだけ大勢の人がいれば、彼もそう易々とは追ってこられないはず。

「オーブリー卿、あんな女、友人としてでもあなたには不釣り合いですわ！」

何よりジャクリーヌの金切《かなき》り声が彼を引き留めている。

その隙に走って、走って、とにかく走った。

――これでいいのよ……！　いい加減に目を覚ましなさい！

マルゴはいつものように自分を叱りつけた。

――おかげでこれ以上心を乱されなくて済むじゃない！

いっそのこと命の恩人捜しの手伝いも断ってしまおうか。王子には平身低頭して許しを乞《こ》おう。

そうすれば、自分の将来だけを考えられる。

マルゴはギュッと唇を引き結び、込み上げてくる自嘲《じちょう》を押し殺す。

店の外に出たものの、どこへ行けばいいかわからず足が動かなかった。

止めどなく脳裏に浮かぶのは、オーブリーのこと。

森の中だけではない。卑屈になってはいけないと窘《たしな》めてくれたこと。

危うく転びそうになったり、ボートから落ちそうになったり、困った時にためらわずに助けてくれたこと。頑張っていると褒めてくれたこと。命の恩人に確かめたいことがあると言って、自分の手を握りしめてくれたこと……。

やがて我慢できなくなり、マルゴは乾いた笑い声を漏《も》らした。

——バカね。あの時戦場から逃げた時点で終わっていたのよ。いいえ、それよりももっと前、オーブリー様に身を委《ゆだ》ねてしまったことが問題なの。殺気立った戦場なら、代償を鎮めてくれる兵士はほかにもきっといたはず。選《え》り好《ごの》みしなければ誰に抱かれようと一緒じゃない。

そう思って、すぐに頭を振った。

——でも、それはイヤ！

ようやく足を繰り出したところで、涙も込み上げてきた。涙はとどまることを知らず、拭《ぬぐ》っても拭っても頬を流れ落ちてくる。

道ゆく人々が何事かとこちらを見たが、情けないことに、俯《うつむ》くだけでどうすることもできなかった。

胸が締めつけられるように痛む。そればかりか、まるで冷たい濁流《だくりゅう》に呑みこまれたかのように呼吸までもが苦しくなってくる。

——このままじゃ、溺《おぼ》れてしまう。

その刹那《せつな》、マルゴはオーブリーを心の中から締め出すことは不可能だと理解した。

この先どんなに時間が経とうとも、心はずっと彼とともにあるだろう。

一方で、彼にきちんと真実を告げられなかったことを後悔し、嘆《なげ》き悲しみ続けるに違いない。

マルゴはズキズキと痛む胸のあたりをさすった。

彼の命を救うことができたとしても、結局臆病風に吹かれて代償と向き合うことができなかったのだから、こうなることはわかりきっている。

そんなふうに考えながら道を曲がろうとした時だ。

「どこを見ているんだ！」

「きゃ……」

予期せず目の前を人がよぎり、マルゴは悲鳴を上げた。

視界に広がったのは高級そうな仕立ての紳士服で、頭から一気に血の気が引く。

心ここにあらずで泣いていたせいで、人が来たことに気づかなかったのだ。

すんでのところで回避はしたが、問題だったのは――。

「おい、そこの女――」

「あなたは――」

その相手が、以前マルゴに言い寄ってきたばかりか、裏で手を回して戦場に送り込んだロイク・ドニ・パ・アリストロシュだったことだ。

「お、おまえはあの時のまがい物！　この僕をタライで殴りやがった女じゃないか！」

「……あ、あの、」

「せっかく戦場に送ったというのに、どうして死んでいないんだ！　こんなの聞いてないぞ！」

「すみません！　すみません！」

慌てて頭を下げようとしたところで、ロイクの靴にすねを蹴り上げられ、息が止まってしまった。

人間はパニックに陥《おちい》ると何も考えられなくなるというが、とっさに頭を抱えて防御の姿勢を取れただけでもマシだろう。視界の隅《すみ》で指輪が光ったような気がしたものの、確認するまでには至らなかった。

「このっ！　クソ女っ！」

嘲笑《ちょうしょう》や非難を浴びせられた日々が思い出され、今度は恐怖のせいで涙が止まらなくなった。この場から走り去りたい。

だがどうすることもできず、二度、三度と腿《もも》のあたりに衝撃を感じた。

ただ嵐が過ぎ去るのを待つしかないと目を閉じて諦めかけた、その時、

「まったく……今日はなぜこんなについてないんだ……」

突然、声が聞こえた。

衝撃も四度目と続かない。

「……？」

不思議に思って顔を上げると、今さっき別れたばかりのオーブリーと目が合った。

「え？　オー、ブリー様……？」

見間違いではない。額に手を当てて嘆いているのは、まぎれもなくオーブリーだ。もう片方の手は制止するようにロイクの肩を摑《つか》んでいる。

マルゴはわけもわからず小首を傾けた。驚きのあまり涙が引っ込む。

「指輪が反応したようだったから心配で様子を見にきたんだ。でも、店から近いところにいてくれて良かった。人混みで魔法はあまり使いたくないからな」

「……指輪？」

そういえば護身用に持たせてくれた指輪があったと思い出して、右手に目を落とした。

使うことはないと思っていたが、指輪がいくらか衝撃を和《やわ》らげてくれたようだ。もしロイクの怒りをまともに食らっていたら……と思うと背筋がゾッとする。

「は、離せ！　おまえは何者だ!?　僕を誰だと思っているんだ!?　僕は伯爵家の嫡男《ちゃくなん》だぞ！　アリストロシュと言えばわかるだろう!?」

だが、カッと目を血走らせながらロイクが金切り声を上げた。

「何を言っているのか、ちっともわからないな。そんなことよりも、暴力は良くないだろう？」

オーブリーは大袈裟に溜息をつくと、そのまま後ろ手にロイクの腕を捻《ね》じり上げた。

大声で言い返しているわけではないが、冷静な物言いがかえって彼の全身から発する獰猛《どうもう》な気配を際立たせている。彼が怒っていることは一目瞭然《いちもくりょうぜん》だった。

同時にゴキッと不気味な音がしたのも、決して気のせいではない。骨を折ったのだろう。ロイクが泣き叫びながら地面に膝をついた。

「グエエッ！　この女が僕にぶつかりそうになったんだよ！」

「ぶつかりそう……？　ぶつかったならまだしも、そんな言い訳が通用するとでも？　貴族が聞いて呆れる。このまま衛士団に引き渡すしかないな」

「待て！　こいつは僕に手を上げたことがあるんだぞ！　平民の分際で！　文句を言われる筋合いはない！　やられたからやり返しただけだ！　わかったら離せ！」

「彼女が理由もなく人に手を上げるわけがない」

「うるさい、この女がいけないいんだ！　治癒師でもないくせに治癒院で働いて！　ちょっと遊んでやろうと――」

「やっぱり衛士に引き渡すのではなく、このまま死んでもらおうか」

オーブリーはロイクの背中に自分の膝を押し当て、力を込めた。ミシミシとおかしな音が出たことに、マルゴはハッと体を硬くした。

「や、やめろおおっ!!」

「オーブリー様！　ぼんやりしていたわたしも悪いんです！　怪我とか、痛めつけるのは……その、やめてください！」

「マルゴ、あなたはとんでもなくお人好《ひとよ》しだな」

「オーブリー様！　お願いです！」

できるだけ大きな声でもう一度呼びかけると、しかたないといった具合にオーブリーが手をゆるめた。

けれども顔は険《けわ》しいままで、いつもならかすかに見せてくれるだろう笑顔の一つもない。

「……わかった。俺はひとまずこいつを衛士の詰所に連れていこうと思う。あなたは少しここにいてほしい。脚が痛むのであれば座って待っていてもいい。どこか座れる場所まで肩を貸そうか？」

「いいえ……わたしは大丈夫ですから、その方を……」

マルゴが遠慮がちに答えると、オーブリーの眉間の皺が深くなる。

「……わかった。だけどそれ以上、逃げてはいけない」

オーブリーはロイクの首根っこを摑んだまま、こわばった口調で言った。

「は、はい……」

助けてもらいながら逃げるわけにもいかず、マルゴはただこくこく頷《うなず》くことしかできない。

「ここにいるんだ、絶対に」

「わかりました。ここで待っています」

マルゴは往来の邪魔にならないよう道の隅に移動して、その場にうずくまることにした。指輪のおかげで脚はちょっと青くなっているくらいか。涙も止まったものの、さすがに街をぶらぶらと歩き回るような気分にはなれない。

さんざんすり減った神経は今にもポキリと折れてしまいそうで、本当は今すぐにでもこの場を離れてしまいたいのが本音だった。

――このまま家に帰ったら、また泣きそう……。

そんな危うい状態をオーブリーはしっかり感じ取っていたようだ。

だから何度も念を押し、いくらも経たないうちに戻ってきたのだろう。ふたたび現れた彼は、ずいぶん息が上がっていた。

「良かった。ちゃんと待っていた……。怪我はない？　大丈夫か？」

「……はい、待っていました。オーブリー様のくださった指輪のおかげで軽い怪我で済みましたよ。ほら、歩けますしって――わっ！」

言うが早いか、オーブリーはマルゴを抱き上げた。いわゆるお姫様抱っこというやつだ。

すぐそばにたくましい胸と腕を感じ、目をしばたたかせる。

心臓が警鐘を鳴らし始めるのと同時に、頬が急速に熱くなっていく。

「あの……助けていただいてありがとうございました。ですが、そこまでされなくても結構ですので――」

「俺が心配なんだ。このまま家まで送ろう」

だがオーブリーは頑として譲らなかった。意外と頑固、加えて押しが強い。

彼と再会してから、マルゴは驚かされるばかりだった。

きっと激しく抵抗すれば解放してもらえるだろうがそんなことはできなかった。そうなればたちまち人目を引いて、彼に恥《はじ》をかかせてしまう。

とはいえ、それが言い訳だということはわかっている。

彼を拒《こば》まない理由は一つ。

ここが——彼の腕の中が、ずっといたかった場所だと感じているから……。

「……わかりました。……それで、あの方は？」

歩き揺られながら、マルゴは胸から顔を背《そむ》けるように俯きがちに尋ねた。

「ああ、ちゃんと引き渡してきたから安心していい。といっても伯爵家らしいから、一晩かそこら勾留されただけで家の者が迎えに来るだろう。貴族は醜聞《しゅうぶん》を嫌うからな。揉み消そうとしてくるはずだ」

「……そ、そうなのですか？」

「今からでも始末《しまつ》してこようか？　俺は正直納得していないんだ」

「もう大丈夫ですから！　ありがとうございます！」

ブンブンと首を横に振れば、抱き締める手に力を込められた。

このまま彼のぬくもりに身を投げ出したくなってしまう。衝動に駆られるまま流されそうになったが、すんでのところで耐えた。

「マルゴ」

慌てて顔を上げると、オーブリーが長い睫毛《まつげ》を大きく揺らした。どうやら途方に暮れているらしい。

「さっき、あなたはどうして逃げた？　まだ食事も途中だったじゃないか。お金のことだって……俺がごちそうしようと思っていたのに」

「……も、申し訳ありません」

「いや、俺が聞きたいのは謝罪ではなく理由だ」

「それは……」

マルゴは自分の愚《おろ》かさに臍《ほぞ》を噛《か》んだ。

「……ジャクリーヌがいたからです。わたしがいてはお邪魔だと思いました」

それでも、喉《のど》の奥から言葉を絞り出した。

今もまたこうして触れられているだけで、舞い上がりそうなほどの高揚感に包まれている。

その一方で、現実を思い知るとまた胸が苦しくなってしまう。

傍目《はため》に見てもお似合いだったジャクリーヌとオーブリー。身分だって釣り合っている。

もう無理だ。罪悪感も、叶わない恋にも苦しみたくない。

そういえば、彼女のことは店に置いてきたのだろうか。そう思っていると——。

「ああ、あの嘘つきか」

「嘘つき？　ジャクリーヌが、ですか？」

ふたたび顔を上げると、オーブリーは厳しい表情をしていた。

「彼女が俺の命の恩人だと言うなら、素晴らしい治癒魔法を見せてくれるはずだろう？　瀕死の俺を治してくれたんだ。さすがに胸を刺すわけにはいかないけど、代わりに俺の指を一本切り落とすから証明として治癒してほしいと言ったら、そんなことはできないと泣き出してしまった。俺を騙して既成事実を作れば結婚してくれると思っていたと、すぐに白状したよ」

「え……？」

声が裏返った。

あまりにも物騒な話だが、彼の言うように、稀血《まれち》の治癒師であれば指の治癒くらいは可能だろう。

「たとえ自分の指でなくても、血なんて見たくないんだそうだ。あげく俺の頭がおかしいとまで言われたよ。俺と結婚しろと迫っていたくせに、あの女は早々に尻尾《しっぽ》を巻いて逃げていったんだ」

「そ、そう……なんですか？」

こわばっていたマルゴの肩が、安堵《あんど》をあらわにして下がる。

「マルゴは邪魔じゃないって、安心したか？」

「安心だなんて……そんな！　やっぱり下ろしてください！　一人で帰れますから！」

図星を突いたその言葉が、マルゴから深い悲しみを引き剝がして、代わりに激しい怒りをもたらした。

オーブリーにではない、自分に対して――だ。

マルゴはオーブリーの腕から抜け出そうと、子どものようにもがいた。

醜態《しゅうたい》を晒《さら》したって構わない。すでに通りすがりの何人かには泣き顔を見られたではないか。今さらもう遅い。

しかし彼はマルゴがどれだけ暴れようがびくともせず、ガッチリと腰と膝を摑んで離さず、歩き続ける。

「離してください、オーブリー様」

強い口調で言うと、彼はひたとマルゴを見つめ、こう返してきた。

「そうやって、何度も逃げるつもりなのか？」

オーブリーの口から低い非難の言葉が漏《も》れた。

「……………え？」

彼は苛立《いらだ》ったように唇を結んだあと、ゆっくりと口を開く。

「マルゴ、俺に何か言うべきことはないか？　あるだろう？　絶対にあるはずだ。『逃げずに向き合うべきだ』と、俺は先ほども言った」

オーブリーの指摘にマルゴは息をするのも忘れてしまった。

紫の目がメラメラと燃え、その奥に切望の光をチラチラと映している。

「まさか……」

不意にドクンッ、と心臓が跳ね上がる。

もしかして彼はすべてを承知しているのではないだろうか。

戦場で命を救い、代償で傷つけ、謝りもせず逃げた女——彼の捜すそんな人物こそ、マルゴだということに。

「オーブリー様……」

「マルゴ、逃げるな。ちゃんと言ってくれ」

——ああ。

彼の再度の言葉に、今度こそマルゴは確信してしまった。

命の恩人を捜すのを手伝ってほしい、そう言って彼がなかなか行動しなかった理由は、すでにマルゴの正体に気づいていたからだろう。

どこかのタイミングでボロを出してしまったのだ。そうとしか考えられない。

「……も、申し訳ありません。話します。話しますから下ろしてください」

「あなたは前科があるからダメだ。このまま言うんだ」

あっさりと却下され、マルゴは唇を窄《すぼ》めた。

しかし突き落とされないだけマシだろう。深呼吸を繰り返しながらなんとか息を整える。

「本当は……きちんと話さなければならないと思っていました。謝らなければ……けれど、勇気が出ませんでした……怖くて……」

低く、悲しい声でマルゴは言った。

今でも怖い。

これを言ってしまえば、どうなるかなんて火を見るより明らかなのに。

きっとオーブリーはマルゴを憎むに違いない。

「あの時、戦場でオーブリー様を助けたのはわたしです。そして、あなたを辱《はずかし》めたのもわたしです。すぐほかの兵士に見つけてもらえるよう計らいましたが、それでも……あなたをあの場に置き去りにしたのは……わたしです」

一度口にした言葉は、もう戻ってこない。マルゴは言葉を選びながらゆっくりと続けた。

「最低なことをしました。わたしは……」

「治癒魔法が使えるんだろう？　本当は……」

「はい……。ですが、みっともないことに代償を伴《ともな》うんです。恥ずかしいことです。口にするのも憚《はばか》られるような……。魔法を使うとどうしても自分が抑えられなくなるんです。男の人が欲しくなって……ダメなんです。娼婦《しょうふ》みたいに……でも、これでは娼婦の人に失礼ですよね」

急に喉が詰まって、目の奥がチクチクした。

シスターの心配そうな、しかし冷たい目を思い出して、あの日の悲しみが蘇《よみがえ》る。

「だから……」

まばたきと咳《せき》払いを繰り返して、マルゴはなんとか最後まで話そうとみずからを奮《ふる》い立たせた。

時間がかかってしまったが、きちんと真実を伝えなければならない。

「今まで隠してきたんです。せっかく……魔力を見込まれて、救護院《きゅうごいん》から治癒院で働くチャンスを得られたのに……うまく活かせず棒に振ってしまいました。戦地に送られたのもある意味では自業自得なんです。今まで黙っていて……本当に申し訳――」

震える声を抑えきれず、手の甲を唇に押さえつけた。

オーブリーがマルゴを抱く手にさらに力を込めたのが分かる。身をよじっても、今もなお解放してくれなかった。

「良かった」

その言葉に、彼を見上げてしまう。

彼の目には喜びの色が浮かんでいた。

「どうして……何が良かったんです？」

――オーブリー様は怒らないの？　わたしを嫌いにならないの？

ダメだ。彼を避《さ》けなければならない。そう決めていたはずなのに。

マルゴの意志はオーブリーの言葉でいともたやすくくじかれてしまった。

「本当のことを話してくれたからだ。それにあなただけが悪いとは思っていない。代償につけ込んで、俺はあなたに無理をさせてしまった。情けないことに……俺も途中で理性が……飛んでしまったんだ。あなたを止めるべきだったのかもしれないのに……すまなかった」

オーブリーは歯切れ悪く言った。

「オーブリー様がどうされようとも、わたしのほうが止められませんよ。代償なんですから」

「稀血とはそういうものだ。俺もそうだから、ある程度はどういうものかわかっているつもりだ。ただ……」

「……ただ？」

中途半端なところで言葉を切って、彼が申し訳なさそうに顔を覗き込んできた。

いつもそうするように下を向いてしまいたかったが、マルゴは涙を堪えながらオーブリーを見返した。

「あの時、気を失わずにあなたを捕まえておけば良かったと思っている」

彼の言葉に苦笑する。

「罰するため……ですよね。わかっています。申し訳ありません。謝って済む問題ではないのも――」

「違う、罰するなんて！　あの時は俺も悪かったと言っているじゃないか！」

オーブリーが歩みを止め、声を荒らげた。

マルゴは首を竦めると、彼は悲しそうに眉を下げて言い直した。

「いや、怒っているわけじゃないんだ。その……すまない」

「いえ……こちらこそ申し訳ありません……」

二人は互いに見つめ合ったまま、しばらく無言になった。

いつの間にか店の明かりが消え、人通りがまばらになり始める。

やがてオーブリーがためらうように言った。

「……俺のそばにいれば……少なくとも俺ならあなたを助けられる。だけどあなたがいなくなって……代償のせいであなたが誰にでも欲情しているのかと思ったら、気が狂いそうになった。だから、あなたが自分の能力を隠していると知った時、どれほど安心したことか」

「そんなの……変ですよ」

「わかっている。つい最近まで俺もそう思っていたから。あなたは自分の能力を隠したがっていて、そのせいで悩んでいることも容易に想像できたのに……。意地汚いだろう？ それでもあなたが魔法を使っていなくて良かったと思ったんだ。俺でさえ見たことがない乱れたあなたを、ほかの誰かが見るなんて……もしそんなことがあったら、そいつの存在を消したくなってしまうから」

「それじゃあ――」

まるでマルゴに恋しているみたいな言い方だ。

「……おかしいかもしれないが、初めて会った時からあなたに夢中なんだ、俺は」

その瞬間、鼓動《こどう》がドクドクといっそう速まる。

震える手をオーブリーの胸に当てれば、彼の心臓もまた早鐘《はやがね》のように打っているのがわかった。

そんな信じられないことがあるだろうか。

彼は怒っていない。それどころか――。

「でも、オーブリー様は女性が好きじゃないって――」

「ああ、今でも苦手だ。だからあの時、欲に溺れた自分が情けなかった。だけど戦場から戻って、ずっとあなたの幻影を追っていた。そしてあなたに再会した時、俺は……ずっと胸のあたりを苦しめるものがなんなのか、わかったんだ」

オーブリーの目は信じてほしいと懇願《こんがん》していた。

「悪いが、もう逃がしてやるつもりはない。あなたを特別に思っている」

オーブリーはマルゴの身を起こすと、自分を見下ろさせるような位置で抱き上げ直した。それから空いたほうの手をゆっくりとマルゴの頬に伸ばす。

その手がわずかに震えていた。

あの日のように彼を置いて逃げ去ることが、マルゴには可能だとでもいうように。

「マルゴ」

オーブリーが熱のこもった声で呼びかけてきた。口元がかすかに上がっている。

だが今にも泣き出しそうな顔だ。指がマルゴの頬を撫で始める。

「わたしも……オーブリー様のことが……」

マルゴは知らず知らず止めていた息を吐き出しながら囁《ささや》いた。

「好き」

オーブリーが驚きに目を瞠《みは》った。

そして答える代わりに、マルゴの頤《おとがい》に長い指をかけて、自分のほうへとゆっくりと引き寄せる。

◆◆◆◆

「んっ……！」

キスした瞬間、鼻から抜けるようなマルゴの声に甘やかな息が混じった。

それがオーブリーを刺激して、全身が燃えるように熱くなる。

「ふ……うっ……」

耳に心地良く響く荒い息遣《いきづか》いを聞きながら、オーブリーは長い間大きな秘密を抱えてひとりぼっちで苦しんできた背中を、戦場で死にかけた自分を救ってくれた傷だらけの小さな手を、包み込むように抱き締めた。

キスを受け入れた唇はふっくらとして、とても甘い。

これまでの怒りや悲しみが一瞬にして吹き飛び、ただ彼女が欲しいという純粋な欲求だけが心の中に残った。

「ん……ふぅっ」

マルゴの頰を片手でそっと包む。

頰は女性らしく丸みを帯《お》びていてやわらかく、指に絡みついた後《おく》れ毛《げ》も絹のようになめらかだ。

オーブリーはキスを深めて、唇をトントンと舌でノックしてから優しく開かせた。

マルゴがオーブリーの腕に添えていた手にギュッと力を込める。

そうかと思えばオーブリーの首に両手を巻きつけて、なんと彼女のほうから舌を差し入れてきた。

互いの舌先が触れ合ったその時、オーブリーは歓喜するとともに確信する。

――マルゴも俺が欲しいんだ！

オーブリーは鋭く息を呑んだ。

ほのかなラベンダーの香りに欲望を掻き立てられ、通りのど真ん中にいるということも忘れて一線を越えてしまいそうになる。

すると、すっかり忘れていた周囲の音が戻ってきた。先ほどよりも人の数は減ったものの、驚きの声や笑い声なんかも耳に入ってくる。

だが恥ずかしい気持ちにはなれなかった。むしろこの上なく幸せだった。

「あ……は、オーブリー、様……」

やがてつうっと銀糸を引きながら唇を引き剝がし、代わりに額を押し当てると、どうしてやめたんだとでも言いたげに、マルゴが熱で潤《うる》んだ瞳で見つめ返してきた。

うっとりするような沈黙の中、クスリと笑みを漏らせば彼女もつられるように笑みを浮かべる。

「オーブリー様は、どうして……？　いつ、その……わたしだと気づいたのです？」

また前を見据えて歩き始めたところで、マルゴが尋ねてきた。

「……再会した時から」

性急に足を動かしながら低くこもった声で答える。

「え……？」

チラリと視線を向けると、マルゴが困惑して目をしばたたかせた。

「戦場で俺を助けてくれた女性とあなたが似ていると思ったから……わりとすぐ疑い始めていたん

だ。最初はおや？　と思った程度だ。けれど、あなたは自分でも気づかぬうちにそうと教えてくれた」

「そんな……」

マルゴはショックだった一方で、やっぱりそうかとどこか納得したような顔をしている。

「……前線に治癒師がほとんどいないという話はもちろん、魔法騎士に魔法を使って大丈夫かなんて聞くのは、自分で自分の正体を明かしているのも同然だ。あなたは嘘が苦手だろう？　おまけに優しすぎる。魔法騎士が魔法を使うのは別におかしなことじゃない。俺が稀血であることは騎士団の中では広く知られているが、どんな代償を持っているのかは限られた人間しか知らないんだ。だけど一番は――」

オーブリーは一度歩みを止めた。編み上げたマルゴの髪に手を伸ばして、目にかかりそうな前髪を払いのけた。

「え？」

「この香りだ。何をつけている？」

そのまま頭を引き寄せ、首元に顔をうずめてすんすんと鼻を動かすと、マルゴがくすぐったそうに身をよじった。そんな何気ない仕草《しぐさ》さえ、オーブリーの興奮を掻き立てるということも知らずに。

徐々に位置を変えてさらに耳に息を吹きかけてやれば、あっと悲鳴のような喘《あえ》ぎ声が上がった。

――実は、耳が弱いところも。

口の両端がこっそりと愉悦で持ち上がる。

「な、何もつけていません」

マルゴは顔を耳の先まで真っ赤にしながら俯いた。それから思い出したようにワンピースの胸元に手をやり、小さな巾着袋を取り出す。

「けど……しいて言うなら、ラベンダーの匂い袋《サシェ》を持ち歩いています」

どうやら首から下げて持ち歩いているものらしい。

「これがあると安心するんです。よく眠れるし、お守り代わりにもなるので。もしかしてイヤな匂いでしたか？」

「……いいや、ほのかに香っていい。好きな匂いだ」

やはり、といった具合にオーブリーは頷いた。

「本当に……よく今まで隠しとおしてこられたものだ。魔力検査をすればある程度わかるものなのに……」

「わたしに簡単な魔法が使えなかったせいでしょう。治癒魔法以外の魔法はてんで使えませんでしたから、まわりが勝手に才能なしだと思ってくれたんです」

「確かにいくつか魔法を使いこなす魔法士は多いし、それによって階級も分けられている。けど、得手不得手は誰にでもある。それに簡単といっても、すべての属性の魔法を使いこなすのは上級魔法士ですら難しい。だから魔法士にはそれぞれ専門分野というものがあるんだ。あなたのそれは治癒魔法だろう」

「そう、なんでしょうか……」

あはは……と自嘲気味に笑うマルゴにオーブリーは眉をひそめた。

彼女は自己評価が低すぎる。

だけど、そんな彼女だからこそオーブリーは出会えたのかもしれない。もし彼女が有能な治癒師だったら、今こうして二人の人生が交じわり合うことなどなかったのだろう。

それでも――だ。彼女に自分自身の素晴らしさを伝えて、もっと自信をつけさせなければならない、と使命にも近いものを感じていた。

――今まで一人で頑張ってきたぶん、存分に甘やかすんだ。

「自分を卑下しないでほしい。あなたは俺の命を救ってくれた。俺は心から感謝しているんだ。あらためて礼を言うよ。ありがとう」

「そんな……わたしにはもったいない言葉です」

気持ちにただ一点の曇りもないオーブリーは、微笑《ほほえ》みを返した。

◆◆◆◆

街中から結構な距離を歩き、小さな一軒家の前にたどり着いたところで、マルゴはようやくオーブリーの腕から下ろされた。

――ああ、もうついてしまった。

互いに気持ちが通じ合ってからさほど時間は経《た》っていないというのに、離れるのがすっかり名残《なごり》惜《お》しくなっていた。

玄関扉を開けて、ありがとう、さようなら、と言おうとして口を開く。

けれどマルゴが言葉を発するよりも早く、オーブリーが言った。

「このまま送り狼になってもいいだろうか？」

「――うぐっ！」

急に喉の奥が詰まった感じがしてマルゴは咳き込んだ。

「……そんな言葉、初めて言われました」

ボッと顔から火が噴《ふ》き出る。しかし、言葉の意味がわからないほど初心《うぶ》でもない。

「そう何度も言われた過去があるとしたら、言ったヤツらを片っ端から殺したくなる」

オーブリーの作り笑いには、そういうことが起きてもなんら不思議ではなさそうな、そんな危うさが滲み出ている。

「やめてください。なんて物騒な……。わたしは治癒師ですよ。そう名乗るのは……いささか気が引けますが」

「ああ、知っているよ。俺を煽《あお》ってくる治癒師だろう？　これでもかなり怒りを抑えているほうなんだ。現にあなたに暴力を振るったアリストロシュも、施療院であなたに抱きつこうとした不届き者も、どちらも殺していないじゃないか」

「なっ……！　とにかく、今までそんな男性はいませんでしたので！」

露骨《ろこつ》なアプローチに戸惑いつつも、それでもどこかで嬉《うれ》しいと感じていた。

あらためて自分はオーブリーに恋しているのだと思い知らされる。

「マルゴ……俺はずっと我慢していたんだ。戦争が終わって、あなたにずっと焦がれていたから。あなたが正体を隠している間もずっと――だ。わかってくれ。あなたが欲しくてたまらないことを」

オーブリーは整った顔を曇らせた。

そんなふうに言われると、罪悪感が胸に押し寄せてくる。

どんな事情があるにせよ、逃げたこと、黙っていたことは褒められたことではないからだ。

「俺にマルゴをくれ。マルゴは俺のものなんだと刻みつけたい」

息がかかりそうなほど距離を詰め、オーブリーが大きな手でマルゴの顔を包んだ。

彼の力強さと己の弱さを感じて、マルゴは体をこわばらせる。

「今さら俺の気持ちが重い、耐えられないと言ったところで逃がしてやるつもりはない。もうイヤなんだ――」

一人になるのは――。言葉の続きが聞こえたような気がした。

自分も同じ気持ちだというのに、どうして拒めようか。

けれども幸せというには不完全で、わずかな疑いが首をもたげていた。

「……でも、わたしは平民です」

言いたいことはわかるはずだ。オーブリーは貴族で、マルゴは平民なのだ。分不相応《ぶんふそうおう》、不釣り合いにも結ばれて、はたして幸せになれるだろうか。

心の奥底にはずっと不安がつきまとっている。

緊張しながら答えを待っていると、それほど間を置かずに彼がニッコリと微笑んだ。あらゆる芸術品をも圧倒するような美しさで。

こう言ってはなんだが、いつもうっとりした気分にさせてくれるアデールをも上回る――情熱と色気を孕《はら》んだとびきりの笑顔だ。

彼はマルゴの顔にかかった髪を耳の後ろにかけながら言った。

「貴族である前に俺はただ一人の人間にすぎない。あなたがいない人生なら俺は死ぬしかない。実際あの時あなたがいなければ、間違いなく俺は死んでいただろう」

オーブリーは本気なのだ。

しかしすぐには納得できず疑問を浮かべるマルゴを見て、彼の顔がいつになく硬くなった。

「頼む」

ふたたび懇願し、唇を重ねられた。

「んっ！」

熱く、激しく求められ、それ以上の抵抗はできなかった。

むしろ体のほうは歓喜に震えて、太い腕を摑んでキスに応じている。

彼の舌がするりと内側に入り込んできて、優しく丁寧に愛撫《あいぶ》されていくうちに、腿のあわいにじんわりと熱が溜まってきた。

「部屋に、入れて？」

オーブリーが耳元で囁いた。

「……オーブリー様」

「オーブリーと呼んでほしい。敬語はイヤだ」

「そんな……」

大きく骨張った手が顔から離れ、体を滑り降りていく。甘く、誘うように。

「何、言ってみて？」

オーブリーの両手が胸のふくらみを包んできた。谷間に引き寄せるようにギュッと持ち上げたあと、布越しに胸の頂を探ってくる。

突然、マルゴは頭がぼうっとするのを感じた。

魔法も使っていないのに、代償もないのに、どうしようもなく彼が欲しくなった。

彼はなおも興奮して硬くなった胸の頂点を擦ってくる。

ついに膝から力が抜けた。

頭の中に靄《もや》のように立ち込めていた疑問がどこかへ消えていく。

「……オーブリーッ！」

たまらずマルゴはオーブリーの首に腕を回した。

彼は唇を離すと、もう一度マルゴを抱き抱えて開いた扉を通り抜ける。

小さな家には寝室とキッチン、浴室しかない。彼はすぐ寝室に入って、マルゴをベッドに下ろした。

「マルゴ……いいか？」

心の内を探るような眼差しを向けられた。掠《かす》れた低い声が、もう引き返せないと言っている。

マルゴはこくりと頷いた。

「……良かった」

返事を確認するやいなや、オーブリーは上着もシャツも脱ぎ捨て上半身をあらわにした。

長身の体にマルゴの視線が引き寄せられる。

分厚い肩と胸、引き締まったお腹、どこをとっても男らしい。体のあちこちに残る痛ましい傷は、むしろ勲章のように見えてくるから不思議だ。

あの日から何度も夢見ていたとおりの彼がそこにいたのだ。

やがてベルトをゆるめて下穿《したば》きごとトラウザーズを下ろせば、彼のものが飛び出してきた。硬く鍛え上げられた体に張りつくようにそそり立っている。

「……っ！」

彼の脚の間にあるものを見て、マルゴは喉の奥をヒュッと鳴らした。

あれが自分の中に収まった感触は知っているが、正気の時にまじまじと見るのは初めてだ。

太くて長い。窓から差し込んだ月明かりの下で、それは血管がいくつも浮き出て、ズキズキと脈打っている。しかも赤黒い先端には、先走りの粘液が乗っている。

「髪を下ろして」

不意にオーブリーの手がすっかり乱れた髪を撫でてきた。

マルゴは頷いて髪留めを外す。

解いた髪が肩に垂れると、彼は髪の中に指を入れ何度も梳《くしけず》った。

「ああ……思ったとおり、綺麗な髪だ。ずっと確かめたくてしかたなかった」

「くすぐったい」

髪に鼻を寄せて、首の付け根に口づけられる。

「今夜は全部、この目に焼きつけるつもりだ。髪も目も……この下も」

思わずたじろいだ。

紫の瞳は完全にマルゴを捉《とら》えており、どんな隙も逃さないと言わんばかりにギラギラと燃えている。

「あ、あの……でも、まだ身を清めて……」

「一緒にバスルームへ行くか？」

「それはちょっと……恥ずかしい……」

「大丈夫だ。マルゴの体はどこもかしこも綺麗だから。マルゴの匂いが好きだ」

手を取り、ちゅっ、ちゅっ、と小さな口づけを落としてくるオーブリーを、信じられないものを見るかのように見つめた。

先ほど夢中と言ったとおり、彼はぐいぐいと積極的にくる。いっそ怖いくらいに。

「見つめてくれて嬉しいけど、もしかして俺の顔に何かついている？」

「う……ううん、綺麗だなって」

「その言葉は……本当は好きじゃないが、今日初めてこんな顔に生まれて嬉しいと思ったな」

見開かれた目がすぅっと細められ、その中で見え隠れする熱い雰囲気に焦りの色が帯びてきた。

「自分で脱ぐ？　それとも俺が脱がす？」

彼の荒い呼吸を感じて、マルゴの頬に血が上った。

しばし言葉を失ったあと、ためらいながら口を開く。

「じ、自分で……」

そう言うのもやっとだった。

ワンピースのボタンに手をかけ、一つひとつ、ゆっくりと外していく。

オーブリーの喉仏《のどぼとけ》が大きく上下に動いた。

熾火《おきび》のような熱い光が瞬《またた》く目も、愛でるような甘ったるい表情も含めて、すべてが欲望にまみれて激しいものに変わっている。

ただマルゴの動作が遅すぎると思ったのか、途中でオーブリーの手が伸びてきた。

「このままだと俺のほうが先に果ててしまうかもしれない」

「え……っ」

「やっぱり手伝わせて」

驚いたが、制止はできなかった。オーブリーが焦れったさに呻《うめ》いたかと思えば、気づいた時にはすでに下着を足から引き抜かれていたからだ。

瞬く間に裸《はだか》に剝かれてしまい、マルゴは顔どころか全身が熱くなるのを感じた。

ベッドの上に押し倒され、両手の指を搦め捕られていなければ、込み上げてきた羞恥心《しゅうちしん》のせいで暴れ出していただろう。

肌と肌がぴったりと密着し、彼の熱が加わったことでさらに体が焼けつくように熱くなった。

お腹にますますいきり立った彼のものが当たっている。

「オーブリー……！」

口からオーブリーの名が迸《ほとばし》るように出て、その荒々しさに自分でも驚いてしまう。

不安に思って彼の顔を仰《あお》ぎ見ると、鋭い目がじっと胸元を凝視していた。

怒っているのではなく、興奮しているのだろう。彼は次の瞬間、マルゴの言葉をよしの合図にするかのようにじかに胸のふくらみを握ってきた。

「……あっ！」

今度は艶《つや》めいた悲鳴が喉から押し出された。

我慢できなくなったのか、オーブリーはすぐさま胸の先端にしゃぶりつく。

「そこはっ……！　ああ……あっあ」

口に含まれ、強く吸われた。時折尖らせた舌で軽く転がされれば、ビリビリと痛みにも似たものがそこから生まれて、胸のしこりがいっそう硬くなる。

「え？　な、に……んっ」

不意に鎖骨の下あたりに唇が這った。

ツキン、と痛みを残して離れた唇は、そのままデコルテへと移動し、じゅっ、じゅっ、と肌に何度もきつく吸いついていく。

肩口のほうを見れば、赤い花のような痕《あと》がいくつもできていた。

「俺のものだ……マルゴは俺の、俺のもの……」

「そんな……恥ずかしっ……」

言葉が、吐息が、彼の一挙手一投足が、下腹部を熱く重く刺激した。

ゾクゾクするような感覚に身をくねらせると、逃げるなと言わんばかりに腰を両手で掴まれ、難なく元の位置に引き戻される。

実際、逃げようと思ってそうしているわけではない。

かつてすり込まれた快楽がここへきて呼び起こされ、マルゴの体を勝手に動かしているに違いない。体が期待に揺れてしまうのだ。

彼が下りていった。

胸から下へ。臍《へそ》から下へ。もっと下のほうへ。

「きゃ……っ、あ!?」

やがてグイッっと脚を開かされ、秘すべき場所があらわになった。

そのまま顔を伏せられたことで、彼が一体何をしようとしているのかすぐに理解したが、時すでに遅し。今さら脚を閉じようにも、間にいる彼の大きな体がそれを妨《さまた》げた。

「オーブリー!」

マルゴは窘めるように言った。

脚の間に膝をついたオーブリーが顔を上げる。もう我慢ならないといった目を向けてきた。

「すごく濡れている」

非難の声などちっとも耳に入っていないようだ。彼はすぐにまた顔を伏せた。

節くれだった指が内腿を伝って割れ目に触れ、くぱっと押し広げてくる。

「あんっ」

大事な部分を晒していると思うと、とてもではないが落ち着いていられなかった。さっきから心臓はずっとドキドキしっぱなしでだ。

「あっ、そんなところは……やぁっ」

彼が秘所に口づける。

「やめるか?」

彼は躊躇《ちゅうちょ》したのか、いいや、違う。意地悪そうに笑いながらマルゴを見上げた。なまじ顔が美しいので、悪魔の微笑みのようにも見える。

「んっ……汚い、の！」

「前にもしたよな？　それにマルゴはどこも綺麗だ。そんなに気になるなら、俺が清めてやろうか？」

もちろんそれは入浴するのではなく、舌で清めるという意味だろうが。

「ああっ、ほんとに！　もうっ……ああっ、恥ずかしい、から」

「恥ずかしいというのが理由なら受けつけない。これからもっと恥ずかしいことをするからな。俺とあなたは一つになるんだ」

オーブリーは堂々と言った。

もっとも、今さらやめられたところで自分が壊れてしまうような気がした。

キスと呼ぶには背徳感がありすぎるものを、素晴らしいと感じてしまったのだ。

「あっ、ああっん、こんなぁ……」

濡れた秘所に何度も舌が這い、マルゴは腰を揺らしながら悶絶した。

さらに大きく脚を広げられ、執拗に舐め回されると、悦《よろこ》びに腰が浮いて、オーブリーの顔に秘所を押しつけるような格好になる。

彼は目の前のごちそうをたいらげようと秘裂をなぞったり、小さな豆粒を吸ったり、溢れる蜜を舐め啜《すす》ったりと、唇と舌を縦横無尽《じゅうおうむじん》に動かした。

「んっ、もうっ……」

ひくひくする花弁を割り開き、今や舌は蜜壺の中にまで達している。

彼の整った鼻が当たっているような気がして、それもまた一種の快感になった。

「オーブリー！　あっ、はぁっ！」

舌が出入りを繰り返して、唇は溢れて止まらない蜜を啜っている。

このままではマズイ。達してしまいそうだ。

ガクガクと揺れる腰の動きを追って、オーブリーが深く顔をうずめて密着してきた。

「んっ、もうっ……あああっ！」

よりきつく吸われたことで、マルゴは背を弓のようにしならせながら快楽の頂点を極めた。

腹の奥からドッと溢れた蜜を舐め啜ったところで、オーブリーがようやく顔を離してマルゴの上体のほうへと身を寄せる。

「ああ、可愛《かわい》い。マルゴの欲情した顔はほかの誰にも見せてはいけないよ。……いいか？　魔法の代償だとしても俺は許さない」

顔は真っ赤で、目には涙の膜が張っている。半開きの口からは涎《よだれ》まで垂れている始末《しまつ》。

自分でも目を背けたくなるほどの有様のはずなのに、一体どこをどう見たら可愛いという感想に至るのだろうか。

しかしみっともない顔を隠す暇《ひま》も与えられず、今度は指の刺激が始まった。

敏感になったお腹の奥に容赦《ようしや》なく指を突き立てられたのだ。

「え？　あっ……ま、待って！　今、おかしいの……っあ」

お腹の中が絶頂を極めて収縮している。だが頼んでも、彼は止まらない。

「何度でも達していい。目で見るのは初めてなんだ。たくさん見せてくれ」

オーブリーが甘く囁いた。

「やっ、耳は……はぁっ」

絶え間なく続く刺激にうなじの毛が逆立《さかだ》つのを感じ、二度目の絶頂に押し上げられた。

即座にたくましい背中に腕を回して、いまだ慣れない激しい快楽から振り落とされないよう必死にしがみつく。

「あんっ、あ……ああああ――っ」

オーブリーにぴったりと体を添わせ、マルゴはギュッと目を閉じた。瞼《まぶた》の裏で光が明滅する。

「マルゴ、さぁ、起きて」

「あっ……」

絶頂の余韻《よいん》から冷めやらぬまま、マルゴは上半身を抱え上げられた。

体は心地良い気だるさに襲われ、オーブリーの手助けなしにはまともに動けそうにない。

そうして二人向かい合って座るような格好にさせられると、胸のふくらみを持ち上げるようにして揉まれ始めた。

「……あ、オーブリー……ぅ」

名前を呼ぶと、太い両腕で強く抱き締められた。

乳房が硬い筋肉に押し潰される。

「は、んっ……」

さっきから翻弄《ほんろう》されっぱなしなのが悔しくて、マルゴはオーブリーを抱き返すとみずから唇を重ねた。

深く舌を絡めながら、背中の筋肉に添うように垂れた三つ編みを摑んで紐《ひも》をほどいていく。

唇をもぎ離して確かめた黒髪は、マルゴのそれよりも長かった。

ずっと縛っていたためウェーブがかっているが、猫の毛のようにやわらかく、さらさらと輝いている。しかも、いい匂いまでする。

髪を下ろした彼は、女神もかくやというほど美しさが増していた。

マルゴの髪を綺麗だと彼は褒めたものの、はたして本当のことだろうか。すぐ負けを認めたくなるほど、美しさという点では敵わないような気がする。

「マルゴ」

オーブリーは瞠目《どうもく》したのも束《つか》の間《ま》、鋭く目を光らせた。

「あ……ひゃあっ!?」

意趣返《いしゅがえ》しとして成功したように思われたのはほんの一瞬——いいや、ただの気のせいで、彼がより獰猛になっただけで終わった。

しどけなく開かれた両脚の間に、彼の昂ぶりが当てられる。

「あっ……ああっ、あ……」

「欲しいか?」

腰を引こうとするとガッチリとホールドされて、いきり立ったもので割れ目を大きくなぞられた。

ぬめりを帯びた水音が下から聞こえてくる。

「う……そんな、言えない……」

マルゴはオーブリーの上でもどかしさに震えた。

それで体いっぱいに満たされたいということは、自分でもわかっている。

代償ならまだしも、正常な状態でそれをあからさまに欲しがるほど淫乱な女だと思われたくないだけ。

「ああっ……」

腰を支える手から力がゆるむと、重力に従ってマルゴの体が下がった。蜜壺が口を開け、彼のものを軽く先端まで呑み込んでしまう。

背中が快感にゾクゾクとざわめき、お腹の奥がきゅうきゅうと切なく悲鳴を上げている。

しかし、見透かすように腰を掴んで引き留められた。

「マルゴ、素直になってほしい。俺は今すぐにでもあなたが欲しいというのに、あなたは恥ずかしいと言って言葉にしてくれない」

「あ……ああっ、だって、あ……」

「何事も言葉にしなければ相手に伝わらない。俺はあなたの心が読めないいんだから、な？」

中途半端に彼のものを呑み込んだまま、マルゴは喘いだ。

このまま下から突き上げてほしい、と肉体が切望している。

だが、それはただのきっかけにすぎない。体だけが彼を求めているわけではないのだ。

「はぁ、本当は……っ」

「本当は？」

興奮して真っ赤になった顔を、オーブリーがすぐ近くでじっと覗き込んでいる。

「全部、欲しいのっ」

「全部？」

「オーブリーの心も、全部――あっ、きゃあっ!!」

言い終わるのと同時に、奥を抉《えぐ》るように激しく突かれた。

悲鳴を上げた喉に肌触りのいい髪が掠める。

直後、あっさりと三度目の頂点に達し、オーブリーを嬉々《きき》として締めつけた。

「俺の全部は、あなたのものだ……」

くっ、とオーブリーが眉をひそめながら言った。

彼はあの時のように瀕死の重症を負っているわけではない。魔法騎士ならこんなものは運動のうちにも入らないだろう。

にもかかわらず彼は苦しそうで、犬のようにふるふると体を小刻みに揺らしている。

お腹の奥で何か熱いものが注《そそ》がれるような感じがするのは――。

「あ……はぁっ、すまない。予想外にあなたの中が良すぎて、すぐ達してしまった」

「あっ……はぁ、え……?」

「あれから時間も経っていたし、今日は目が見えるから興奮の度合いも……。何より、あなたがあんなに可愛いことを言うから……」

吐精を迎えたのだろう。言い訳を並べる彼の顔は赤かった。

それだけでいくらか溜飲を下げ、マルゴは小さく笑みを浮かべる。

「ふぁ……」

間もなく体を満たしていたものを引き抜かれ、喪失感を覚えずにはいられなかった。

終わってしまった――けれどもその予想を裏切るように、ぐるんとうつ伏せに返される。

「え？　え……何」

呆然《ぼうぜん》としていると腰を持ち上げられ、そして次の瞬間にはずん、と熱杭に貫かれた。今度は獣のように最奥を突かれる。

「ひゃあ……っ！」

激しく突かれ、四度目の絶頂を迎えた。

ビクビクと総身が引き攣り、すぐに力を失う。

お腹の奥はいまだ狂おしいほどに蠕動《ぜんどう》している。

しかしながらオーブリーはそんなことなどお構いなしに腰を律動させた。

「待って！　あっ、ああ……んっ！」

「まだまだ全然足りない、あと五回はいける。それでも足りないくらいだ」

驚くべきことに、彼はすっかり余裕を取り戻した調子でがつがつと腰を振っている。

剛直が溢れる愛液をぐちゅぐちゅと掻き回した。

「ああっ、あっ……ご、五回なんて、うそっ」

「はぁ、マルゴの中、すごく締めつけて……気持ちいい」

こんなふうに会話しつつも、突きの動作に加えて、腰が一際揺れる箇所を執拗に狙って抉ってくる。

「あっ、また……あああああ――――っ！」

マルゴは続けざまに快楽の頂点を極めた。

「我慢しないで、たくさん気持ち良くなっていい。素直になってたくさん甘えてほしい。マルゴに

「つ、素直に、甘える……？」

俺の全部をあげるから」

肯定するように、熱くて大きな胸に後ろから抱き竦められた。

マルゴは誰かの『ありがとう』と『笑顔』が好きだ。しっかりしなければならないと、常《つね》に自分に言い聞かせながら、他人の世話ばかり焼いている。

それが悪いことだとは思わないが、生まれ育った環境のせいか、そうでもしないと自分という人間を認められなかったのだ。

本当は自分のすべて——いいところだけでなくダメなところも受け止めてもらいたいと、どこかで願っていたのかもしれない。

マルゴはオーブリーの腕に包まれてひどく安堵してしまった。

それからの記憶は曖昧《あいまい》だ。

「……マ——俺の————どうか…………！」

締めつけに引きずられるように、オーブリーがまた精を放った。

疲労からベッドに突っ伏したマルゴの頬に唇が寄せられる。

何を言ったのだろう？

頭がぼうっとするせいできちんと理解できなかった。

それが実際に聞いた言葉なのか、それとも自分の願望がもたらしたただの夢なのか、それすらもわからない。

けれどもどこか甘い響きの言葉に胸が熱くなり、マルゴは無意識に微笑んだ。

彼の声がところどころ抜け落ち、だんだんと遠くなっていく。
マルゴは知らず知らずのうちにまどろみの中に落ちていった。

第五章 選択の時

くったりと力の抜けたマルゴの体を、心地いいぬくもりが包んでいた。

あれからどれくらい眠っただろうか。意識が目覚めかけてきたようだ。たゆたうような夢の中で、だんだんと思考がクリアになっていく。

つむじにキスを落とされたり、強く抱き込まれたり……。

時折頭を撫でられる感覚もした。シーツに広がった髪を指に絡ませ、ゆっくりと梳《す》いて、また絡めて、を繰り返される。

マルゴは気持ち良さそうに、それこそ猫のようにごろごろと喉《のど》を鳴らしながら自分の頭を広い胸に擦りつける。

「……オーブリー、様？」

不意に枕元に置いたランプから蠟《ろう》の溶ける匂いがして、うっすらと目を開けた。

部屋の中は夜明け前の爽《さわ》やかな薄明に包まれている。

あくびをして寝転がったまま伸びをすると、顔のすぐ間近でマルゴを熱心に見つめる紫の目とぶつかった。

「そうじゃないだろう？」

いつの間に着替えを済ませたのか、シャツとトラウザーズ姿のオーブリーがふ、と目元をゆるめた。

ただ、いつもきっちり結ばれている髪はほどかれたままで、寝起きのせいなのか、はたまたゆうべの情事の激しさのせいなのか、妙に色っぽく乱れている。

夜ならまだしも、もうじき朝だというのに強烈な色気にあてられて、マルゴはくらりと眩暈《めまい》を起こしそうになった。

──そうよ、わたし昨日オーブリー様と……。

好きという感情の昂ぶりに任せて、お互い激しく求め合った。

何度も快感の頂に押し上げられ、さすがのマルゴも力尽きてしまったが。

「あ、ええと……オーブリー？　おはよう？」

太くたくましい腕にすっぽりと包まれたまま、マルゴはぱちぱちと何度かまばたきをした。それからカッと目を見開いて、お腹のあたりまで下がった掛布を胸の方へ引き寄せる。

彼の目線が下がり、胸のあたりを彷徨《さまよ》ったことで、ようやく自分が裸《はだか》であることに気づいたからだ。

同時に昨日の出来事がより鮮明《せんめい》に思い出されて、頬《ほほ》がみるみる赤く染まっていく。

「おはよう、マルゴ。いろいろ気持ち悪いだろうと思って、寝ている間に体を清めさせてもらった。それで……体のほうは平気か？」

「え？　あ、ありがとう。体はそうね……ちょっとだけ痛い……かな……」

肩肘をついて起き上がろうとするも、腰のあたりがズキズキと痛んで動きがぎこちなくなる。

施療院《せりょういん》の仕事もそうだが、休日もボランティアなどで動き回ることがあるので、これでも体力には自信があるほうだと思っていたが、どうやらそれは思い違いだったようだ。

少し考えれば、マルゴがオーブリーの体力に到底敵わないことなどわかるだろうに。

おかげで彼がいかに本気でマルゴを欲していたのか、身をもって思い知らされた気分だった。

もちろん彼と体を重ねるのはイヤではない。嬉《うれ》しい気持ちのほうが大きいのだが……。

「次は手加減してほしいな……」

今日は予定がなくて本当に良かったとしか言いようがない。

苦笑しながら素直に頼めば、オーブリーが眉を下げてすっかりしょげてしまった。

「夢中になってすまなかった。次から気をつけるから許してもらえないだろうか？」

「わかったわ、次からそうして」

マルゴは背中に大きな手のひらを添えられながら上半身を起こした。

それからふと、あることに気づく。

「オーブリー、もしかして寝てないの？　目の下にクマが……」

オーブリーの美貌に疲労のような色が浮かんでいる。疲れたというより、どちらかというと眠そうな感じのほうが強い。

心配そうに彼の頬のラインをなぞると、彼はマルゴの手に自分の手を重ねながら弱々しく微笑《ほほえ》んだ。

「またあなたに逃げられたら、と思うと一睡《いっすい》もできなくて」

「ご、ごめんなさい。そんなつもりで言ったわけでは……」

――でも、森の中に置き去りにしたのは事実だもの……。

彼が不安に駆られるのも当然だ。今度はマルゴが申し訳なさそうな顔になる番だった。

すると、慌てた様子で彼が首を振る。

「……も、もちろんそれもあるが、久しぶりだったから悶々《もんもん》としたのが一番大きい。あなたの寝顔を見ながら自分をずっと静めていたんだ」

「も、悶《もん》……？」

「俺も男だから生理現象には逆らえない。ある程度自分を律することはできるが、あなただけは別だ。マルゴのこととなると頭がおかしくなるらしい」

あまりにもあけすけな言葉に、マルゴの頬に差した赤みが耳の先まで広がった。

オーブリーは即座にマルゴを抱き寄せると、首元に顔をうずめる。

彼の表情はよく見えなかったものの、なんだかニヤニヤ笑っていると思うのは気のせいだろうか。

「そんな……」

「何か飲むか？」

オーブリーが首元に顔をうずめたまま言った。

マルゴはオーブリーの頭を撫でながら頷《うなず》く。

「さっきキッチンでお茶を淹れてみたんだ。勝手に触って申し訳ないが、喉が渇《かわ》いているかと思って」

「オーブリーが!?」

「別に驚くことでもないだろう？　お茶に限らず料理も洗濯もある程度はできるつもりだ。魔法学校ではずっと寮《りょう》生活だったからな。といっても、料理はそんなに凝《こ》ったものは作れないが」

マルゴは目を白黒させた。

自分で馬の世話をするという話もそうだが、彼にはだいぶ庶民に近いものを感じる。

「びっくりしてごめんなさい。なんというか意外で……親近感が湧くというか、素敵だなぁって思ったの」

思わず、といったふうに彼が噴《ふ》き出した。

「ありがとう、マルゴのほうがずっと素敵だよ」

くつくつと肩が揺れているのは、彼が笑っているからだ。

屈託のない笑みについついつい見惚れていると、しばらくしてオーブリーが気まずそうにコホンと一つ咳《せき》払いをする。

「――ああ、そうだ。俺はそろそろ仕事だから、お茶を飲んだら失礼するよ」

「少し仮眠を取ったほうがいいわ」

「心配してくれて嬉しい。だけど、あなたの隣で寝たら理性が保たないから、屋敷に帰って休むことにしよう」

「なっ……！」

とたんにマルゴの顔が燃え上がる。

その反応がよっぽどおかしかったのか、オーブリーは肩口に頭をつけてまた笑った。

「嘘《うそ》じゃない。ただ……その」

「な、なぁに？」

オーブリーは笑いを収めたものの、その顔はまだ笑顔を保っていた。

まるで少年のようにコロコロと表情がよく変わる。昨日も笑っていたほうだと思うが、それ以上かもしれない。これほど感情豊かな彼を見るのは初めてだ。

「またマルゴの家に遊びに来てもいいだろうか？　もっと一緒にいたいんだ」

突然のお願いに、マルゴの心臓がドキリと跳ねた。

とっさに身を引こうとするも、腕を摑《つか》んでグイッと元いた場所に戻される。

「いつか一緒に住みたい。ずっと……」

――え？　それって……。

ゆうべの記憶は――特に最後のほうはあやふやだが、彼がマルゴを抱き締めながら何か訴えていたことをなんとなく覚えている。

「一緒に、ずっと……？」

――もしかして、もしかしなくても……プロポーズってこと……？

彼はうわごとのように、しきりにマルゴを自分のものだと言っていた。

彼がその言葉を口にするたびに、マルゴの胸がきゅん、と窄《すぼ》まり、切なさ混じりの喜びで満たされたのだ。

「ひょっとして覚えていないのか？」

どこか釈然としない様子のマルゴに気づいたようで、オーブリーが不安そうな面持ちで問いかけてくる。

「ごめんなさい。昨日の夜は……その、途中から記憶がなくて……」

覚えていないことを認めれば、オーブリーは悄然《しょうぜん》と首を垂れてしまった。

しかしそれも一時のことで、彼はマルゴの手を取るなりベッドの脇に跪《ひざまず》く。

「……だったら、もう一度言わせてくれ」

跪いたまま顔を上げたオーブリーと視線がぶつかる。

「マルゴ、俺と結婚してほしい」

その真剣な眼差《まなざ》しに、もうこれ以上ないほどマルゴの顔が赤くなった。

「花もないし指輪もないのに……格好悪くてすまない。自分でもせっかちだと思うが……これは魔が差したとか、一時の気の迷いとかじゃない。もちろん義務感からくるものでも……。俺は本気なんだ」

緊張のせいか、オーブリーの頬骨《ほおぼね》のあたりにも朱が差している。

「ゆ、指輪なら、もうもらっているわ」

「もっといいものをあげる。大きな宝石をつけたほうがいいかもしれないな。俺の瞳の色に似せるならアメジストもいいと思うが、最近になってパープルダイヤモンドという珍しい宝石もあるということを知ったんだ。あいにく俺はジュエリーに詳しくないから、宝石商を呼んで作らせようか」

さらりととんでもないことを言ってのけるオーブリーに、マルゴは目を回しそうになった。

すでに貴重な魔石《ませき》の指輪を持っている。珍しい宝石ともなると、一体いくらの値になるのか。それこそ家がいくつも買えそうではないか。

「一体どこでなんの話が役に立つかわからないな。だが、もっと徹底的にリサーチしておけばよかった……」

動転するマルゴをよそに、オーブリーは俯《うつむ》きがちに何かを呟いている。

「……ちょ、ちょっと待って。指輪はともかく……いいの？　わたし、こんな……田舎者みたいだし、へっぽこ治癒師《ちゆし》だし……そもそも治癒師として今後うまくやっていけるかも……」

「大丈夫、俺がいる。頼ってほしい。昨日も言っただろう？」

オーブリーはふたたび顔を上げて、今度は力強く言ってみせる。

『頼る』という言葉を胸の中で反芻《はんすう》して、マルゴはオーブリーとの未来を想像してみた。

夜は一人寂しく眠ることなく、彼の腕に抱かれながら朝を迎える。一緒に食事をしたり、二人並んで歩いたり、とりとめのないお喋《しゃべ》りをして笑い合ったりして日々を過ごすのだ。そして彼との子どもを産んで育てる月日を送って……。

家族になる。

そう思ったら、たちまち胸の中が熱くなり、たとえようのない幸福感に包まれた。

「結婚しよう」

オーブリーは何か眩《まぶ》しいものでも見るかのように目を細めながら言った。

本当はもっと熟考すべきだったのかもしれない。簡単に答えを出さずに、もったいぶって『どうしようかな』と迷う素振りを見せれば良かったのかもしれない。

けれどもマルゴは恥ずかしそうに無言で頷いた。

正直に言うと、昨日感じた不安はまだ拭《ぬぐ》えていない。

大好きな人から人生をともにしたいと希《こいねが》われて幸せなはずなのに……。

幸せすぎると人は不安になることもあるというから、そのせいだろうか。

互いの立場が違いすぎるという問題は、振り払おうとしてもなかなか消えなかった。

「大切にする」

その言葉に、マルゴはオーブリーの手をギュッと優しく握り返した。

◆◆◆◆

オーブリーは満ち足りた気分だった。

深刻そうな声をかけられたのは、そんな時のこと。

「帰ったか？」

マルゴの家から屋敷に戻ると、居室に入るところで呼び止められる。

眠たい目を擦りながら振り返れば、先ほど起きたばかりなのか、寝間着姿の兄サロモンが立っていた。朝に弱い彼がこんな時間に起きているのは珍しい。

「兄上、朝早くからなんでしょう？　少し仮眠をとったら仕事に行きますので、失礼しても？」

「その感じだと朝帰りだな。仕事が忙しいのか？　それとも……？」

言外《げんがい》に恋人でもできたのかという質問に、オーブリーは顔を顰《しか》めた。

――兄上が嫌いなわけではないが……。

兄弟だからといって、プライベートな会話を交わすほど仲がいいほうではない。正直『好きでもない』というべきか。

オーブリーが物心つく頃から、サロモンはほとんど屋敷に帰らず仕事に没頭していた。当然兄弟で仲良く過ごした記憶はほとんどない。

当主を務めるようになって兄の態度が変わったように見えるのは、小さな弟を残して逃げ回っていたことに、多少なりとも後ろめたさがあったからだろう。

やたらと話しかけてくるのもそう。結婚を勧めてくるのもそう。今もこうして――。

「詮索《せんさく》しないでください。子どもじゃないんですから。用件はなんでしょう？」

「……相変わらず冷たいヤツだな。まぁ……いい。昨日国王陛下の使者がやってきて、王宮に来るようにとのお達しなのだ」

オーブリーは訝《いぶか》しげな顔を兄に向けた。

「陛下が？　珍しいですね。もう戦勝祝賀会は終わって受勲《じゅくん》も済んでいるというのに……。顔を合わさなければならないほど、私は陛下と親しくありませんが。兄上に――の間違いではないですか？　内政業務は文官である兄上の仕事ですよね」

「まさか！　それならわざわざ朝早くからおまえを呼びつけたりしない。陛下からは個人的な話だと伺っている。呼び出しを受けたのは、私ではなくおまえだ」

「……っ」

真意を図りかねて、オーブリーはとっさに言葉が出てこなかった。

サロモンが心配そうに弟の目を見つめてくる。

「オーブリー、陛下のお話がなんなのかはわからないが、だいたいの察しはつく。もし困ったことがあれば――」

「それは……どういう風の吹き回しですか？」

オーブリーは当惑して兄を見つめ返した。

兄の目はいつも怯《おび》えているような、恐怖心のようなものが見え隠れしているのに。そう――いつもならそれ以上踏《ふ》み込んでくることはない。

だというのに、なぜか今日はオーブリーを受け入れ、向き直ろうとしているのが見えた。

普段の鼻にかけた様子はなく、むしろ誠実さと謙虚《けんきょ》さを感じてしまうのはどうしてなのか。

「これでも……父上が亡くなってから、おまえには悪いことをしたと思っているんだ。父上から庇《かば》ってやるどころか逃げてしまって……すまなかった……」

父とのことを兄がはっきり口にしたのは、もしかしたら初めてのことかもしれない。

しかしすぐには受け止められず、オーブリーは深く溜息をついた。

「さっきも言いましたが、子どもでもあるまいし、世話を焼くのもほどほどにしてください」

すげなく言ったあとで、思いとどまる。

確かにもう子どもではない。

大人になった今、父の暴言と暴力も、母の無関心も、思い出して怖くなることはない。当然、正視を恐れて目を背《そむ》けた兄も――。

気まずい沈黙が流れた。

――逃げずに向き合わなければならないのは……実は……俺にも言えるんじゃないか……？

ふと脳裏《のうり》によぎったのは、勇気を振りしぼってみずからの想いを伝えてくれたマルゴの顔。

彼女のことを思うと、愛しい気持ちが胸に込み上げてくる。今すぐにでも彼女の元へ駆けつけ、力いっぱい抱き締めたい。

オーブリーは心を落ち着けようと何度か前髪を掻《か》き上げてから、真一文字に結んでいた口をおもむろに開いた。

「許すとか、許さないとかの話ではありません……。ただ私は……困っていたあの時、兄上に助けてもらいたかった。本当は甘えたかったんだと思います」

我ながら驚いたことに、素直な言葉が零《こぼ》れた。

もちろんたったそれだけのことで、わだかまりがなくなったわけではない。現に、兄は今にも泣き出しそうに顔をくしゃりと歪めてしまっている。

だが少なくともこれからは、自分の言いたいことを我慢する必要はない。

オーブリーは兄の前から辞去すると、ほんの少しの達成感を覚えながら登城の支度《したく》を始めた。

——それにしても、どうして……？

その一方で、王からの呼び出しに一抹の不安が心の中で疼《うず》いていた。

◆◆◆◆

あれから一週間。数日に一度、施療院に顔を出すタイミングでオーブリーが家に訪ねてきた。

二人の新しい関係をまだ知らないアデールは、今日も施療院にやってきたオーブリーに喧嘩《けんか》腰で食ってかかっていた。その勢いは『もし俺とあなたが恋人同士になったと知られたら、俺は彼女に刺されるんじゃないか？』と彼が危惧《きぐ》するほどだ。

そんな状況なだけに、マルゴ自身も悩みながら話を切り出す機会を窺《うかが》っている。

また彼はマルゴの家にやってくると、最初の荒々しさが嘘のように丁寧にマルゴを抱いた。

魔法に疎《うと》いマルゴは避妊魔法があることを知らなかったのだが、そのあたりはきちんと対処してくれていたようだ。

オーブリー曰く、子どもは結婚してから、しばらくは二人の時間を楽しみたいそうだ。

彼はマルゴとの将来をきちんと見据《みす》えている。そのことを嬉しく思いながら、同時に赤ちゃんができないのかと残念にも思う。

いつだったか、彼がマルゴに『夢中』と言ったとおり、マルゴも彼に夢中になっているのかもしれない。

ただしここ最近、彼はふとした瞬間、心ここにあらずといった具合に動かなくなる時があった。

難しい顔から何かを考え込んでいるのは明らかで——。

想いが通じ合ったあの日以降、何か予期せぬ出来事でもあったのか。

「オーブリー、もしかして……悩み事？」

マルゴはフォークを手に取り、彼が夕食にと焼いてくれた鶏肉を一口食べた。

オーブリーがナイフとフォークを置いてこちらを見た。

「……驚いた。洞察力の鋭い人だ。新しい発見だな」

相変わらず過剰な褒め言葉だ。もし本当に洞察力が優れているとしたら、もっと早く自分の嘘が見抜かれていたことに気づいただろう。

ただ恋を自覚したばかりの頃と違って、マルゴは少しずつ彼の綺麗な顔を真正面から見られるようになってきている。それだけは確かだ。

「そうかな？　でも、あなたの顔を観察するのが好きみたい。それで、時々ぼうっとしているのはなぜ？」

切ない懊悩《おうのう》を宿した紫の瞳を見つめながら、マルゴは心配そうに眉を下げた。

オーブリーが食べかけの皿を見下ろして額に手を当てる。

「それは……」

彼は口ごもった。それでも言わなければと思ったのだろう。ためらいがちに口を開く。

「マルゴ。俺たちの結婚は……その、少し時間がかかるかもしれない」

オーブリーは苦虫を嚙《か》み潰したような顔をして言った。

「何か……問題があったの？」

『ただ心配なのよ。あなたが傷つかないか』

この時、アデールの話を思い出して胸が苦しくなった。

身分のことだろうか。マルゴとオーブリーの間にある問題といえば、そんなことくらいしか思いつかない。

好きだと告げてから、結婚しようとは言われていた。

夢かと思ったが、それは現実で。

けれど、結婚なんて畏《おそ》れ多いのでは？　喜びながらも、どこかでそんなふうに冷静に考えてしまう自分もいる。

「ずっと一緒にいたい気持ちに嘘はない。ただ……今すぐにどうこうというのは難しいことがわかったんだ。急《せ》かしてしまってすまない」

オーブリーは喉から絞り出すように言った。

しかし、彼は今にも弱音を吐いてしまいそうな困った顔をするばかりで、それ以上詳しく教えてくれない。

「オーブリー……」

苦しそうだった。本音を言えば知りたかったが必要以上に問い詰めるような真似もしたくない。

どうしたものかと首を傾げてオーブリーを見つめていると、彼がテーブルの上のマルゴの手を取った。

「少し、待っていてもらえないだろうか？　必ずなんとかするから……俺と一緒にいてくれるだろうか？」

オーブリーは手首をしっかりと掴んだまま懇願《こんがん》した。

眼差しは真剣そのもの。以前から少しも変わっていない。

マルゴは目をしばたたかせ、ふ、とやわらかな笑みを浮かべた。

「わたしも……オーブリーと一緒にいたい」

マルゴは席を立って彼のかたわらに移動すると、彼の頭を優しく胸に引き寄せる。

はたして夫婦になれるだろうか。心の中で疑いが燻《くすぶ》っていたが、叶うことなら彼のそばにずっといたい。

その気持ちは彼と同様で、嘘ではなかった。

――ただどうすればいいのか、自分でもわからないだけよ……。

笑って抱き締める。そんなことしかできない。

――わたしに、何ができるのかしら？

いつになく甘えてくるオーブリーに、マルゴはもどかしい気持ちでいっぱいになった。

翌朝、オーブリーを見送ってからそれほど時間も経たないうちに、誰かが玄関のノッカーを叩いた。

オーブリーだろうか。もしかして忘れ物かな、などと考えながら玄関に向かう。

「はい、今行き――……」

警戒せずドアを開けたマルゴだったが、彼とは違う、仕立ての良い服を着た紳士を見たとたん、慌てて言葉を呑み込んだ。

そして、すぐさまドアを開けたことを後悔する。

「やぁ、マルゴ殿」

『殿』とくすぐったい名で呼ぶ人物は限られている。少し前までの――想いが通じ合うまでのオーブリーともう一人――アジエスタ王国の第一王子クロヴィスだけ。

「で、殿下」

「堅苦しい挨拶《あいさつ》はやめて」

「で、ですが……」

「今日は突然やって来て悪いね。お忍びだから、声は抑えてもらえると助かるよ」

「はい、すみません。ではそのように……」

もしかするとオーブリーに会いに来たのだろうか。マルゴとの関係を察して？

――まさか！

マルゴはブンブンと左右に首を振った。急にお腹のあたりが痛くなってくる。

「中に入れてもらえる？」

しかしクロヴィスは涼しい顔をして、なかなか用件を言おうとしない。

「あ、あの……でも、急にどうしてでしょうか？　わたしの家も、なぜおわかりに？」

「そんなのアデール嬢に聞けばすぐわかるさ。今日はきみに用が会って来たんだ。人には聞かれたくない内容だから中で話したいな。それともきみが王宮に来てくれるのでも構わないけど」

「……わ、わかりました。どうぞお入りください」

平民が王子を訪ねるなど、考えただけでも恐縮してしまう。

結構強引な人だ。仲がいいというだけに、どこかオーブリーにも似ているような気がする。

「ふうん？　オーブリーはいないようだね」

仰天した顔を向けると、クロヴィスはニヤリと口の端を持ち上げた。

「なぜ知っているのかって顔をしているね。オーブリーは親友なんだ。本来の彼を僕はよく知っている。だからこそ、彼の変化がわかる。きみの影響だ。間違いない」

「……そ、それは……」

「オーブリーは何も言わないけど、付き合っているんでしょ？」

「……」

マルゴは言い淀《よど》んだ。

鋭すぎるにもほどがある。正直に言うべきか。

そもそも仲がいいというなら、オーブリーはどうしてみずから話さないのだろうか。いろいろな考えが頭をよぎって怖くなった。

「隠さなくていい。アデール嬢からもよく聞いているからね」

「その、アデールはどこまで……」

まだオーブリーとの関係を親友に打ち明けられていなかった。

けれども、彼の甘ったるい態度でバレるのも時間の問題だろう。

マルゴの目下の悩みは、彼との将来はもちろん、いつどのようにして友人に説明しようかということだった。

「……なんとなく察しているようだったよ。きみを心配している」

「そう……なんですね。折を見てわたしから話すつもりですが……」

「彼女もきみからの言葉を待っているようだったよ」

ちゃんと言わなければ。あんなにも自分に良くしてくれた人を騙すようで、申し訳ない気持ちになってくる。オーブリーは許してくれたが、アデールが許してくれるとは限らない。

「教えてくださってありがとうございます。今日はわざわざそのために……？」

「いいや」

応接間というものがないので、クロヴィスはキッチンにある椅子《いす》に腰かけた。

納屋も同然の小さな家に一国の王子がいることに違和感を覚えながら、マルゴはお茶の準備を始める。

「ところで、命の恩人とやらの治癒師は見つかった？」

クロヴィスはテーブルに肘をついてくつろいだ姿勢をとると、ああと思い出したかのように声を上げた。

「え、ええと……」

マルゴはギクリと肩を揺らした。

口を噤《つぐ》んでいると、さほど間を置かずにクロヴィスが片手を上げる。

「いや、やっぱりいいよ、答えなくて。その件はオーブリーに任せているから。彼からの報告を待つことにしよう」

「殿下……」

「そうそう、ここからが本題なんだけど、きみはどこまで本気なんだい？」

太陽って東から昇るんだっけ？　そんな軽い調子でクロヴィスは問いかけてきた。

思わず息を呑む。

「本気とは？」

「オーブリーのことだよ。彼は侯爵《こうしやく》家の次男といっても、戦争の英雄だし、れっきとした貴族なんだ。まさか彼の愛人にでも納まるつもりかい？」

王子の口から出た『愛人』という突然の言葉に、体がわなないた。

「それともオーブリーに貴族としてのプライドを捨てさせたい？」

「それは……そんなこと……」

オーブリーは結婚したいと言ってくれたが、それはマルゴも同じだ。ずっと一緒にいられたら……と思ってしまう。

しかし彼がどんなに愛していると言っても、あるいは子どもを宿したとしても、結局自分はいつ切り捨てられるかもわからない、愛人という座に納まるしかないのか。そうでなければ、彼に将来を諦めさせなければならないのか。

そんなことになったら耐えられない。

けれど、イヤだと口にする資格はないように思われた。

「別に……僕はきみを責め立てているわけじゃないよ。僕は友人の幸せを願っているだけだ」

「わたしは……遊び半分ではありません。ただ身分のことだけは……わたしにはどうにもならないことですから」

しばらく重い沈黙が落ちた。

マルゴはお茶を淹れてからクロヴィスと向かい合うように座る。

お茶を一口啜《すす》り、先に口を開いたのはクロヴィスのほうだった。

「……きみは聞いているかい？　オーブリーの過去を」

「はい……」

「母親は家出、父親は心を病んで自殺。オーブリーはあの家の一番の犠牲者なんだ。母親からは捨てられて、父親からは不義《ふぎ》の子と蔑《さげす》まれてきたからね。唯一の兄も、歳が離れすぎているせいか、理解者にはなり得なかった」

「その話は……以前聞いたことがあります……」

「昔のオーブリーはこの世に絶望していたね」

クロヴィスは先ほどまでの陽気さをしまって、急に真顔で言った。

突然漂《ただよ》い始めた陰鬱《いんうつ》な空気に、マルゴは目を伏せる。

「あんな悲惨な状況で、むしろまともな精神状態を保っていることのほうが難しい。ましてや子どもだったんだ。僕も当時は王宮でいろんなことがあってね……結構精神的にも参っていたんだよ。だからオーブリーとは傷を舐め合うような仲になったってわけ。今でこそ主従関係で思うようにいかないこともあるけど、それでもお互いに助け合って生きてきたよ。足りない部分を補《おぎな》おうと」

「……殿下は、友人を心配されていらっしゃるんですね」

クロヴィスは静かに首肯した。

「きみと出会ってから、オーブリーはずいぶん変わったようだ。今までは冷たい雰囲気をまとっていることのほうが多かったけど、だいぶ丸くなったというか……表情もやわらかくなったように思う。もともとオーブリーは上級魔法士の中でもかなり優秀だからね。実力という点ではあまり心配していなかったが、騎士団内でも『話しかけやすくなった』とちらほら聞くようになった」

とんでもない偉業を成《な》し遂《と》げたかのように言われ、マルゴは下を向いたまましきりにまばたきを繰り返した。

彼はゆっくりと囁《ささや》くように問いかけてくる。

「僕個人としても、このままオーブリーを応援したい。だって友人には幸せになってもらいたい、そうだろう？」

「幸せに……」

「こういえばもっと真剣に考えてもらえるかな？　陛下が先の戦争の追加褒賞として、オーブリーに姫を下賜《かし》するという話をしたんだ」

「えっ……！」

マルゴは勢い良く顔を上げてクロヴィスを凝視した。

彼は張り詰めた顔で言った。

「まったく寝耳に水の話かい？　オーブリーがきみに無駄な心配をかけまいとして言わなかったのかもしれないけど、僕ははっきり言うよ」

膝の上に置いた手がプルプルと震え出したが、マルゴはギュッと力を込めてなんとか抑えようとした。

オーブリーの様子からすると、彼がその話を素直に呑んで、好きでもない女性と結婚するとは考えられない。

彼のマルゴに対する愛情はきっと本物だ。ただ問題があるとすれば……。

「オーブリー……いえ、オーブリー様が姫殿下と結婚すれば、それは彼の将来にとってはいいことなんでしょうか？」

「……まぁ、そうかもしれない。もうすぐ僕の立太子の儀がおこなわれる予定でね。その祝いも兼ねて、結婚適齢期の彼と妹をくっつけたらどうかって陛下はお考えなんだ。実際、僕は彼のおかげで命拾いしたようなものだし、陛下がそうお考えになったのは当然の流れだ。褒賞としてすでに男爵《だんしゃく》位《い》を授《さず》けているが、そうなったらそうなったで姫にふさわしく伯爵《はくしゃく》くらいには陞爵《しょうしゃく》されるだろうね。一応、彼にとっては大出世ってわけ」

「そ、そんなお話が……」

次第にクロヴィスの話は深刻さを増していく。

褒賞やら立太子やら、貴族でなければしないような話ばかり。あらためて、クロヴィスもオーブリーも本来なら顔を拝むことすら許されない雲の上の人だと思い知らされる。

無意識に体を引いてしまうマルゴに、クロヴィスが顔を顰めた。

マルゴの目の奥で見え隠れする想いに気づいたようで、彼が悲しいような、怒ったような、厳しい表情で言う。

「僕としても、親友の幸せを応援したいよ。だけど、せっかく嫁《とつ》いだ相手に愛人がいるなんて、妹が可哀想《かわいそう》じゃないか。親友と妹の間で板挟みなのさ。僕の言いたいことはわかるね？　きみはすべてを知ったうえで、彼と幸せになる覚悟はあるかい？」

そのあと、クロヴィスはお茶を飲んで帰っていった。

どういう意図があってのことか、最後まで別れろという直接的な表現は使わなかった。

その代わり、問題に向き合うよう諭してきた。

黙って逃げるような真似をしないでほしいとも。

まるで『逃げずに向き合え』と言った、あの日の彼と同じだった。

クロヴィスを見送ったあと、マルゴは茶器を片づけながらチラリと窓の外を見やる。

今にも雨が降り出しそうな曇り空で、もうすぐ仕事へ――施療院へ行かなければならない時間に差しかかっていた。

――このままではダメよ。

マルゴは眉間の皺を揉んだ。

自分と一緒にいて、はたしてオーブリーは幸せになれるだろうか。

少なくとも、身分が釣り合わないことだけは確かだ。

息が詰まりそうになるこの感覚は、戦場でも感じたことがある。

魔法を使うか使わまいか、風前《ふうぜん》の灯《ともしび》の命となったオーブリーを前にして以来か。

思わず尻尾《しっぽ》を巻いて逃げ出したい気分になった。

本来のマルゴは臆病者だ。頑張りたいと自分なりに力を尽くすことはあっても、今までは誰かの陰に隠れながら安穏と暮らしてきた。

戦場という切羽詰まった状況でなければ、永遠に魔法を使うこともなかっただろう。

クロヴィスはやめろと言ったが、結局のところ彼の目の届かないところに逃げてしまえばいい。

人間どんなつらい目に遭ったとしても、人生が続く限りなんとかやっていくしかないのだから。

それが愛する人のためだというならなおのこと。一番簡単な解決方法だ。

——だけど、もう逃げるのはイヤ!

マルゴは涙を押しやろうとギュッと瞼《まぶた》を閉じた。

そんなことをすればオーブリーは間違いなく悲しむだろう。彼の苦しむ姿は見たくない。

何より、自分がそうしたくない。

——もしかしたら……何か別の方法が……。

あるはずだ。逃げなくてもいい何かが。自分にできる何かが。

次の瞬間、頭に浮かんだのは一番難しい方法だった。

心の中が温かくなり、闇を照らすように明かりが灯る。間髪《かんはつ》を入れずに、それが希望の光だと気づいた。

――ああ、こうしちゃいられないわ！

パッと目を開けると、マルゴは身支度を整えて家を飛び出した。

自分の行動のいかんによっては、良くない結果に繋がるかもしれない。

――それでも、やってみなきゃわからないわ！

頭の中で導き出した答えが全身に広がっていくにつれ、心の中の小さな光にすぎなかったものが、だんだんと大きく、輝きを増していく。

オーブリーは『頼ってほしい』と言った。『必ずなんとかする』とも。

だが何もせず相手に任せきりにするのは、甘えと言えないだろうか。

どちらか一方が頑張る関係は歪《いびつ》で、きっと長くは続かない。それこそ愛人のほうがお似合いなのかもしれない。それがイヤなら、潔く身を引くべきだとも思う。

――幸せになりたい……！

マルゴはオーブリーに出会った。

クロヴィスは、マルゴがオーブリーを変えたと言うが違う。オーブリーがマルゴを変えたのだ。

――今すぐアデールにすべてを打ち明けるのよ！

マルゴは体の脇で拳を固めた。

本当の話をしたところで、もしかしたら許してもらえないかもしれない。

正直になるのが怖かった。

それでも、実行したいと思う。

オーブリーと一緒に生きていく、その可能性に賭けて。

そう決意し、いつもならのんびりと歩く街中を、マルゴは走って進んだ。

橋を渡り、行き交う人と馬車の間をすり抜け、舗装道路に立ち並ぶ商店街を夢中で駆けていく。

もうすぐ施療院の門にたどり着くというところで、行く手を阻むような異様な人だかりができていた。

「どうしたのかしら？」

人々の指差す方向を見て、マルゴは顔をこわばらせた。

神罰が下ったとでもいうのだろうか。凄絶な唸《うな》り声を上げながら施療院が燃えていた。

◆◆◆◆

その数刻前——重い足取りでオーブリーが向かったのは、王宮の一室、親友のいる執務室だった。

眦《まなじり》を決してドアを開ける。

「稀血《まれち》の治癒師を見つけました」

入るなり、オーブリーは喉から絞り出すように言った。

「やぁ、オーブリー。その言葉を待っていたよ。一体いつになったら教えてくれるのかとヤキモキしていたんだ、こっちは」

執務机に座ったままクロヴィスが顔を上げた。笑いを湛《たた》えた目が、愉快そうにオーブリーを探っている。

「……すぐに言える状況ではありませんでしたので。本人の口からそうだと聞いた直後に問題が発生したためです」

ピクリ、とクロヴィスの片眉が持ち上がった。

「それって、僕の妹のせい？」

「……せい、だなんて人聞きが悪い。結婚話をなかったことにするよう、陛下に取り計らっていただけるのですか？」

「うーん」

直球で頼めば、案の定クロヴィスは渋《しぶ》った。

それもそうだ。打診とはいえこの婚約話は王命に近い。

「……ですから、すぐに言えなかったのです。言えば、彼女をどこぞの貴族にあてがうつもりでしょう？　確実に囲っておくために」

何より、そんなことになったらオーブリーは耐えられそうにない。

マルゴがほかの男と結婚して家庭を持つなんて……死にたい気分になってくる。

「魔法士は国にとって貴重な存在だよ。ましてや稀血ともなれば、ぜひ迎え入れたいという貴族家門も出てくるだろう。でも、どうして気にするんだい？　きみは女性が嫌いじゃないか」

クロヴィスが興味深げな表情で聞き返した。

「今でも嫌いですが」

彼の言うとおり、つい最近までそう思っていた。

——ただし、マルゴを除いては。

「もしかして、その治癒師と結婚するつもりなの？」

親友の言葉に、オーブリーは顔を真っ赤にした。

妄想のしすぎではないか、ここは笑い飛ばすべきだったのかもしれない。

けれども、それではダメだ。

クロヴィスとの付き合いは十年以上。なんだかんだ言いながらもお互い助け合って生きてきた。

そもそもオーブリー自身、秘密を作るのは性に合わないのだ。

「はい」

いつになくオーブリーははっきりと、そしてきっぱりと答えた。

「驚いた！　即答！　本当に？」

「もし認めていただけないなら、爵位を返上してでも彼女と結婚します。私が今生きていられるのは、彼女のおかげですから」

「極端なことを言うね。なるほど。で――誰なんだい？　そんなにきみが思い詰めるほどに心奪われている相手とは」

クロヴィスは顎《あご》に手を押し当てながら、急に真面目腐《まじめくさ》った口調で尋ねた。

「それは……」

言いかけて、オーブリーは唸った。

無理やりに仲を引き裂かれたらどうしよう……？　クロヴィスにはそれをするだけの力も、理由もある。

恐怖が全身を駆け巡り、堪《こら》えきれずに目を閉じた。

——逡巡《しゅんじゅん》はもうじゅうぶんすぎるほどやったじゃないか。だからもう……。

最後には親友を信じるのだと、オーブリーはみずからの気持ちを奮《ふる》い立たせながらようやく目を開けた。

「マルゴです。平民の」

「やっぱりね」

ところが予想に反して、クロヴィスはあっさりと首肯してみせた。

「ご存じだったのですか？」

オーブリーは目を開けて親友を見つめる。

「僕の目に狂いはなかった！　僕って名探偵だな！」

そう言って、クロヴィスは息が切れるほど大笑いを始めたのだ。

「おもしろがっている場合ですか！」

切実な悩みをバカにされたようで腹が立った。

マルゴと結婚したい。いざとなれば、自分の立場を捨てたって構わない。

ただ叶うことなら、まわりに祝福される結婚をしたい——もちろんこの親友にも。

そんな思いで王宮まで足を運んだというのに。

胸が張り裂けそうになって、オーブリーは息をするのもだんだんとつらくなってくる。

「そうか……きみはマルゴ殿に戦場で魂まで捧げちゃったんだ」

悲痛な表情を浮かべるオーブリーを見て、クロヴィスはいったん笑い声を収めたものの、目にはまだおもしろがるようなきらめきを残している。

「……っ」

このうえなく恥ずかしいやりとりだったが、それでも違うと言い返すことはできなかった。

「すごい、否定しないんだね」

一瞬、クロヴィスの顔に本物の驚きがよぎった。

「愛しています。マルゴがほかの男と結婚するなんて考えられません」

顰めっ面をさらに険《けわ》しくし、けれどもオーブリーは真実を述べる。

——愛している。俺はマルゴを愛している。

二人とも無言になると、いっそう静けさを感じた。

急に気まずくなり、オーブリーは友人から目を逸らして窓の外に目をやる。

遠くのほうに魔法学校の塔が見えた。自分もかつてあそこに通っていた時期がある。

両親からの愛を得られず、ひとりぼっちで耐え忍んでいた頃、同じような仲間を見つけた——それがクロヴィスだ。

彼は子どもの時から大人びていて、極度の人間不信に陥《おちい》っていたオーブリーと同級生との仲を取り持ってくれた。

表面上はニコニコと笑いながらまわりを付き従わせていたが、彼もまた孤独な人間だったのだ。

長期休暇のたびに家に帰りたくないと言ったら、王宮に遊びに来いと誘ってくれたのも彼だ。

おかげで彼の代わりに毒入りの紅茶を飲んで何日も寝込む羽目《はめ》になってしまったが、あのろくでなしの両親と顔を合わせるよりもはるかにマシだった。

剣と魔法の研鑽《けんさん》を積んでいたあの頃、人生はもっとシンプルだったように思う。

早く強くなりたい。大人になりたい。たったそれだけのことで良かったのだから。

『愛する人ができたら、何も考えられなくなるからね』

クロヴィスの話はまさしく本当のことだった。

自分が弱くなったように感じる。敵と対峙《たいじ》する時でさえ、こんな気分になったことはないというのに。

オーブリーもクロヴィスも互いに目を合わさず黙ったままだった。

長い付き合いの中で、これほど落ち着かない気持ちになった経験はない。

やがて我慢できなくなって、オーブリーは一つ深呼吸をしてから沈黙を破った。

「……ですから、王女殿下とは結婚できません」

たっぷりと間を置いて、クロヴィスも深く頷いた。

「…………うん、わかっている。うちの妹だって、きみと結婚なんてしたくないんだからね。結婚できる年齢といっても十四歳なんだ。まだ子どもだよ」

それにね、とクロヴィスの鋭い目がキラリと光る。

「つい先日の話だけど、きみの兄からも相談を受けたんだ。驚いたよ。昔はあんなに逃げ回っていたのにね……。ちょっと意地悪をしてやろうと思って迷う素振りを見せたら、プライドを捨てて土下座までしてきたんだ。『結婚については、どうか弟の意志を尊重してやってほしい』ってね……」

「え……？　兄上が？」

オーブリーはまばたきを繰り返した。

いつの間にサロモンが動いていたのか。

『兄上に助けてもらいたかった』というオーブリーの思いは、兄の心に伝わっていたということなのか。

「……まぁ、彼に言われるまでもないことだけど、ちゃんと布石は打っておいたよ」

いい仕事したなぁ、とクロヴィスは腕を組みながら背もたれに身を投げ出した。

「布石？」

手を差し伸べてもらえるのだと心の中で歓喜したのも束《つか》の間《ま》、ふたたびオーブリーの胸を疑問が占める。

クロヴィスの意味深な笑みに、イヤな予感がせずにはいられなかった。

「うん、だからフォローのほうはよろしく頼むよ」

「殿下……まさかとは思いますが、危ないことを考えていらっしゃいませんか？」

「いやいや、少し……こう、背中をドンッて、押してきただけだよ」

『背中を押す』というより『千尋《せんじん》の谷に突き落とす』という言葉のほうがしっくりくるのかもしれない効果音に、眉根を寄せていたが、

――なんだって？

オーブリーはハッと息を呑んだ。

「それはどういう意味です？　彼女に会ってきたということですか？」

「マルゴ殿にはまず、『自分が治癒師だ』って正直に名乗り出てもらわないとダメでしょ。どんな事情があるにせよ」

「それでも本人の気持ちとか……心構えとか……大事ですよね？　俺に黙ってそんなことをするな

んて」

わかっている。だからこそ、余計に困惑してしまう。

興奮のあまり、オーブリーは知らぬ間に素の口調に戻っていた。

「恋愛と結婚は違う。背中を押してそれでも動かないというなら、彼女はきみにふさわしくない。逃げるという選択をするならなおさら。互いに不幸になるだけだ。お節介だけど、僕がイヤなんだよ」

昔からの友人は、不敬を咎《とが》めるような真似はしなかった。

しかし明るくひょうきんな表情をしまって、今度は怖い顔をして言う。

こういう時の彼は本気だ。

ぐ、と喉を鳴らしてオーブリーが身構えると、クロヴィスは鍵のかかった抽斗《ひきだし》からおもむろに何かを取り出した。

小さな陶器の箱だ。その中に入っていたのは――。

「ついでに、これを渡しておこう」

「これは……？」

「前に言ったでしょ。きみの恩人なら、僕の恩人も同然だって」

次の瞬間、クロヴィスの顔に笑みが戻った。目にはいつもの悪戯《いたずら》な輝きを湛えている。

友人の言葉はオーブリーにこれ以上ないほどの衝撃を与えた。

恐怖と、そして希望も。

「殿――」

問いかけた言葉は、最後まで形にならなかった。

ちょうどその時、窓の外から狂ったように打ち鳴らされる鐘の音が聞こえてきたからだ。

魔法学校のある街のほう。どこか見覚えのある建物に、オレンジ色の光が揺らめいていた。

第六章　幸せになる覚悟

Ochikobore chiyushi ha, kishi no ai kara nigerarenai

「……そんな！」

火事を前に一瞬呼吸ができなくなって、マルゴは胸が苦しくなった。

赤々と炎が上がり、鈍色《にびいろ》の空にもくもくと黒煙が立ち昇っていく。

微風に煽《あお》られて、焦げ臭い空気がここまで届いていた。

「今すぐ水を用意しろ！」

まるで戦場に舞い戻ってきてしまったかのようだった。現場は騒然とし、今も火の手に追われた患者たちが命からがら建物から逃げ出している。

自分の目に映っているものが信じられず、マルゴは震える手で口元を覆《おお》いながら一歩、二歩とあとずさった。

それから数秒ほどの間を置いて、ハッと我に返る。

――ぼーっとしている場合じゃないわ！

逃げ惑っているのは兵士ではない、普通の人々なのだ。

人混みを掻《か》き分けて前へと進めば、ちょうど施療院《せりょういん》の門をくぐったあたりで馴染《なじ》みの患者と目が合った。

「何があったんです!?」

「あ！　マルゴ先生！　厨房《ちゅうぼう》から火が出たんだ！」

青い顔をした男が叫ぶ。

「厨房が……!?」

「一階の半分くらいは火が回っているらしい！　風向きによっちゃあ、建物全部が炎に包まれちまうかもしれねぇ！　患者だけじゃない、寝泊まりしていた連中も慌てて出てきているところだ！ほら、今も誰か逃げてきたぞ！」

つられるように男の視線の先を追った。

すると、窓から女性が這い出してくるのが見える。

「あれは……アデール!?」

急いで駆け寄って、その場にいた何人かで救出を手助けした。

やっぱりアデールだ。顔も制服も煤《すす》だらけで逃げてきた彼女は、四《よ》つん這《ば》いの姿勢のまま激しく咳《せ》き込んでいる。

「ああ、アデール。どうして、こんなことに……」

「マ、マルゴ……心配をかけて、ごめ……魔法で火を消そうとした、けどっ」

喉元《のどもと》を押さえながら、アデールが途切れ途切れに言った。そんな苦しい状況にもかかわらず、彼女は手を伸ばし、マルゴの手をきつく握りしめてくる。

マルゴはなんとか励まそうと笑みを浮かべようとしたが、できなかった。鼻の奥がつんと痛む。

しかし泣くまいと、ギュッと唇を嚙《か》んでから、おそるおそる口を開いた。

「…………無理して喋《しゃべ》らないで。たぶん気管《きかん》をやられているのだわ。それに謝るのはわたしのほうなの。わたし……アデールにずっと隠し事をしてきたんだから」

「マルゴ……？」

アデールがびっくりしてこちらを見た。

マルゴは頷《うなず》くと、一度彼女から目を離して周囲を見回す。

「ほかに怪我人は？　患者たちを一箇所に集めてもらえるよう協力してもらえませんか？」

「いいぞ！　今いる連中で、急ごしらえだが天幕を張ろう！」

「それなら俺はみんなに協力を仰《あお》いでくる！」

「よろしくお願いします！」

自分でも驚くほど、はきはきと皆に呼びかけているマルゴを、アデールがぼんやりと見上げる。

幸いなことに物や人手はすぐに集まり、天幕はあっという間に張られた。

患者たちが収容されるかたわらで、商店街の人たちだけでなく、通りがかった人たちまでもがバケツを手に懸命に消火活動に参加している。

「この中に治癒師《ちゆし》は？」

天幕に入ってから、マルゴは近くにいた人を捕まえて尋ねた。

搬送作業を手伝っていた女性が顔を曇らせる。

「それが……治癒師の方々も皆怪我を負っている状況でして……とてもじゃありませんが魔法なんて使えず……」

「わかりました。今からわたしが治癒しますので、患者以外はいったん外に出てもらえますか？」

いく。

「え？　あ、はい……」

突然の指示に、女性はわけもわからないまま外に出された。ほかの者もぞろぞろとあとに続いていく。

その様子をすぐそばで見ていたアデールが眉をひそめた。

「くっ、マルゴ……一体、なんの話を、しているの？　あなたには無理、だわ」

「……アデール」

「あなたは……治癒魔法が、使えないんでしょう？　誰かほかの人を……」

「……ごめんなさい」

マルゴはかぶりを振りながら、懺悔《ざんげ》するように地面に両膝をついた。

「アデール、タイミングとしては最悪だと思うけど、本当のことを話すわ」

目のまわりがこわばった感じがして、マルゴはまばたきを繰り返す。

やっと真実が言える。もう大切な友人を欺《あざむ》かなくていいのだ。

「わたし……本当は治癒魔法が使えるの。オーブリーが捜していた治癒師とは、わたしのことなの」

「なっ、なんですって……!?」

アデールは理解が追いつかない様子でマルゴを見返した。顔面が蒼白になったのは、きっと火事のせいだけではないだろう。

「もしわたしが力を使ったら、おかしな真似をすると思う。そうしたらきっと話せなくなってしまうから……先に言わせて」

「……マル、ゴ？」

「わたしは稀血《まれち》なの。だけど代償のせいで……種を残したいという生存本能が高まって、自分が自分でいられなくなってしまうの……。それが恥ずかしくて……情けなくて……ずっと魔法も使うことができないし、治癒師としてふさわしくないって思っていた」

代償の内容を聞いて、アデールが息を呑む。

少し前に、オーブリーにも同じことを打ち明けた。そのことで多少心が軽くなったとしても、根本的な問題解決には至っていない。

マルゴは言葉につっかえながら続けた。

「穢《けが》らわしいって……まわりから軽蔑されるのがイヤで……ずっと隠してきたの。嘘《うそ》をついて……本当にごめんなさい」

「……自分を、受け止められなかったのね」

アデールの目に涙が浮かんだ。

マルゴは力なく頷く。

「……黙っていてごめんなさい。謝っても許してもらえないと思うけど……ごめんなさい」

誠心誠意、謝罪の気持ちを込めて頭《こうべ》を垂れた。

「……マルゴ、あなたって人は……まったく……」

「ごめんなさい。お願いだから無理に喋らないで。今、楽にしてあげるから」

今、『俺を頼ってほしい』と言ってくれた人はそばにいない。

怖くて膝が震える。

けれども歯を食い縛りながら立ち上がると、マルゴは天幕の下で寝そべったり座り込んだりして苦痛に呻《うめ》く人たちを見渡した。二十人……いいや、三十人くらいだろうか。これだけの人数を治癒できたら、それこそ奇跡かもしれない。

呼吸を整え、そしてマルゴは胸の前で祈るように両手を組んだ。

目をつぶる瞬間、視界の端で、キラリとオーブリーからもらった指輪がきらめくのが見えた。

青い光がアデールの体を包み始める。

すぐに体が熱くなってきたが、構わずもう一度祈る。

——ここにいる皆を、救って！

祈るたびに青い光が少しずつ広がった。天幕全体に広がるまであと少し。

代償を考えれば、無茶な行為そのものだった。

「マルゴ？　これが……あなたの魔法なの……！」

しばらくしてからアデールが喉元に手をやり、なめらかにわぁっと声を上げた。

「見て！　ほかの人たちの傷も癒えてるわ！　すごいじゃない！　火傷《やけど》まで治せるの？」

驚いた顔で自分の手足を見つめる者までいた。皆「奇跡だ」「ありがとう、治癒師さん！」と口々に言っている。

——ああ、わたし、皆を癒やせているわ。

ずっとずっと、人の役に立ちたかった。

けれどトラウマから、できないフリをしていた。

無謀な一歩かもしれないが、それでも皆を救いたい気持ちには、もう嘘はつかない。

マルゴはアデールに微笑《ほほえ》みかけると、いったん深呼吸をして、体に渦巻く熱を鎮めようとした。

——大丈夫、最後までできる！

そう発破《はっぱ》をかけて、また祈る。

だが最後の一人の傷跡が綺麗に消え、天幕に驚きと感動の声が上がった瞬間、運が尽きてしまった。

「は、あ……くっ」

「マルゴ？」

立っていることすらできず、膝が地面に激突した。

膝の痛みなんかよりも、体が、下半身が、体の奥が、燃えるように熱い。あの時——戦場で感じた時以上のものかもしれない。

——ああ、ダメ、どこかで一人にならないと……！

荒い呼吸を繰り返しながら、なんとか両手をついて体を支えようとするが、倒れ込むのも時間の問題だった。

「マルゴ！」

ふたたびアデールの手が伸びてくる。

「あ、はぁっ、ああ……」

彼女の指先にすら肩を震わせ、声が漏《も》れてしまう。

アデールはその美しい瞳を見開くと、マルゴと目線の高さを合わせるように片膝をついた。

「……そう、喋れない状況なのね。わかったわ。わたくしがどうにかしてみせるから安心して。今まで黙っていたのは少し寂しいけど、あなたはあなたなりにずっと悩んで……頑張ってきたのでしょう？　それに……お友達じゃない、わたくしたち」

アデールはショックを受けるだろうと思っていた。怒るかもしれないとさえ。それなのに。

彼女は笑っていた。頬《ほほ》は涙で濡れ、目には希望の光がチラついている。

性欲とは違う、熱い気持ちが胸に流れ込んできて、マルゴも泣きそうになった。

「アデー、ル……きゃあ!?」

しかしながら、マルゴはお礼の言葉を言い切ることはできなかった。

いきなり肩を掴《つか》まれ、マルゴはがっしりとした腕で体を押さえつけられる。男の手だ。

天幕がいつの間にか開いたのも、背後に人影が立ったのも二人とも――いいや、もしかしたらこの場にいた全員が気づかなかった。

マルゴはそのまま、外に向かってズルズルと引きずられていく。

「マ、マルゴ!?」

別の男に行く手を遮《さえぎ》られたアデールの甲高い悲鳴が響いた。

それと同時に、耳元で誰かが囁《ささや》く。

「とうとう見つけた。稀血の治癒師」

――この声は……ロイク・ドニ・パ・アリストロシュ！

背筋が凍りついた。

後ろ向きで蹴ってみたがまったく効き目がなく、むしろ絡まった腕に力がこもって体を激しく揺さぶられる。

それがかえって感覚を刺激して、感じたくもないのに体が熱くなった。

「はぁ……あな、た」

「よくもまたコケにしてくれたな」

不意に手の力が弱まった。

逃れようと身をよじるも、顔に短剣を突きつけられる。本当は悲鳴を上げたかったが、代償のせいで言葉すらままならない。

「なるほど、稀血の治癒師か。まがい物じゃなくてとんでもない嘘つき女だったのか。治癒院にいながら治癒魔法を使えない――いや、使わないとはな……。おかしいと思った」

「はぁ、あっ」

ウエストから手を離されると、マルゴは地面にうつ伏せに倒れ込んだ。

ロイクの手には縄があるものの、わざわざ縛らなくてもいいと判断されたのか、そのまま麻袋を被せられて荷物のように担がれる。

「おおかた治癒魔力を見込まれたが、稀血の代償のせいで隠さざるを得なかったんだろう？　よくまわりを騙せたもんだな」

「や、め……」

――どこへ連れていくつもりっ!?

火事の混乱に乗じて、この場から逃げおおせるつもりなのか。せめて連れ去られる現場を目撃したアデールがマルゴを見つけ出してくれたらと思うが、足止めされている以上それは難しいかもしれない。

「誰も追ってきていないな」

一体どこを歩いているのだろう？　ロイクが歩きながらフッと鼻で笑った。

ズカズカと歩くたびに体が大きく振動して、胸とお腹が苦しくなってくる。

一方で体じゅうに熱が渦巻き、そんな刺激さえ気持ちいいと感じてしまう自分は、やはりどうかしている。

なんとか意志の力をもって暴れようとしても、次第に体から力が抜けていく。

――オーブリー！

切迫した状況の中で、マルゴはオーブリーを想わずにはいられなかった。

身を委《ゆだ》ねたいのはこの男でも、ほかの男でもない。体が満たされても、きっと心がダメになる。

そんなことを想像するだけで、胸が引き裂かれるようにつらかった。

――オーブリーじゃなきゃイヤなの！

たとえ代償のせいだとしても、彼以外には感じたくない。

「あっ、やめ……ああっ、あん」

マルゴは体の熱を鎮めようとギュッと目を瞑《つぶ》る。

体が悦《よろこ》びを感じていることを気取られたくない。懸命に声を押しとどめようとした。

ところが、

「なんだ、その声は？」

突然乱暴に下ろされ、袋から出されて顔を確認された。

どうやらまだ施療院の裏手にいるらしく、そこは厩舎《きゅうしゃ》の中だった。人々はまだ火事に気を取られているせいか、ほかに誰かがいる気配はない。

こうしてわたしを連れ去ろうとしているこ

「はぁ……っ」

——触らないでっ！

マルゴは弱々しく首を振った。

すぐそばに馬がいる。ロイクはそのまま馬に乗って行方を眩《くら》まそうと企《たくら》んでいるに違いない。

——この火事だってきっと事故なんかじゃないわ！　こうしてわたしを連れ去ろうとしていることといい、アデールを引き留める男が現れたことといい、タイミングが良すぎるわ。

そんなこと、放火した犯人しか考えられないはずだ。

「ま、まさか……あなた、はぁ、施療院に火を……？」

怪訝そうに見下ろしていたロイクが、マルゴのそばにしゃがみ込んで冷ややかに笑った。

「そうだ——と言ったらどうする？」

声には表情と同じ冷たさが滲《にじ》んでいる。

「なっ……!?」

あとずさりしたいのに、体が動かない。

「……おまえだろう？　あのザスキアの命を助けたというのは。余計なことばかりしやがって！　第一王子が手柄を立てるなんて、あっちゃならないのに！　このクソッタレが！　おまえが間接的に第一王子を助けたも同然だろ！」

さっきまで悦《えつ》に浸って笑っていたロイクが、大きく頭を振ったかと思うと激昂した。

マルゴは息が止まりそうになる。

「そんな、の……」

「僕は第二王子殿下の側近だと言ったはずだ！　僕の家が今どんな状況か知らないだろう！　おまえのせいで派閥はメチャクチャだ！」

第二王子の派閥と言われたところで、マルゴには知る由《よし》もない。

問題なのは、あの火事のせいで重い火傷も含め怪我人が大勢出たことだ。

「ひど、いっ！」

――だからって無関係な人まで巻き込んで……！

マルゴはわなわなと体を震わせながらも口の中に唾を溜めると、ロイクの顔面に向かってぺっと吐きつけた。体を思うように動かせない、せめてもの抵抗だ。

ロイクの赤い顔が蒼褪《あおざ》めたかと思いきや、みるみる赤色に戻る。

そして次の瞬間、拳で殴られた。

いくらか衝撃を感じずに済んだのは、オーブリーがくれた指輪のおかげだろうか。しかし強烈な打撃によって、マルゴは干し草の中に吹っ飛ぶ。

「それがどうした！　ザスキアの野郎、僕をさんざん痛めつけやがって……！　あれから治癒院で治癒魔法を施《ほどこ》されたが、だからといって許されるもんじゃないだろ！　これは正当な復讐なんだ！」

「……はぁ、最、低……」

呻くマルゴに、ロイクは鼻を鳴らして近づく。

「おまえ、本当にバカだな。その力、隠していればいいものを。あの日、僕がおまえに手を出そうとしたのも、ジャクリーヌ・ニナ・パ・ブノアの手引きだって知らないだろう。治癒院の院長も厄介払いができたって喜んでいたな」

「――！」

あの時から仕組まれていたのだと知り、激しい憤《いきどお》りに震えたのも束《つか》の間《ま》、ロイクがマルゴの上に馬乗りになった。

男の息遣《いきづか》い、重みに体が否応なく反応する。頭がおかしくなりそうだった。

「あっ……ああ」

「おまえ、今感じているのか？　……おもしろいな、その代償。あの時の憂《う》さ晴《ば》らしをここでしてやろうか？」

「あっ、やめ、て……！」

マルゴは無力感に駆られながらも、ロイクを睨《にら》みつけた。

「すごいな。あれだけの人間の怪我を一瞬で治しておきながら、とんだ淫乱女だ。……さて、どれだけ乱れるか見ものだな！　どのみちヤッたらすぐ殺してやるから、とりあえず股を開いとけ」

ロイクが全身にゆっくりと視線を這わせて、ニタリと薄気味悪い笑みを浮かべた。手に持っていた短剣で服の胸元をビリッと切り裂く。

「やっ……！」

性欲で頭がふらふらした。

代償のせいで体は喜んでいるが、理性が抵抗する。

――オーブリー！

ギュッと目を閉じて顔を背《そむ》けていると――。

「そういうおまえは、二度と悪さができないように玉を潰してやるから、そこで寝転がっておけ」

と、すぐ近くでふわりと気配がした。

「え……？」

上から降ってきた低く、力強い声を、マルゴが聞き間違えるはずがない。

まさかという思いで頭を持ち上げると、ロイクの背後にオーブリーが悠然《ゆうぜん》と立っているのが見えた。

――オーブリー!?

胸の高鳴りを覚えるのと同時に、目からぽろりと涙が零《こぼ》れた。

一瞬ののち、ロイクは気を失い、重い体を前方に傾《かたむ》ける。

魔法のような目にもとまらぬ速さでロイクをのしたらしい。マルゴの上に倒れそうになるロイクを、オーブリーが横に蹴飛ばした。

「マルゴ……！」

「あっ、オー、ブリー……」

安堵《あんど》した瞬間、体を代償による欲望が駆け巡る。

「怪我はないか？」

「はぁ……あっ……」

立ち上がることはおろか喋ることすらできず、仰向《あおむ》けに寝たまま震えていると、ひとまず怪我の有無を確認された。それから肩にマントをかけられ、慎重に抱き上げられる。

マルゴは広い胸に顔をうずめた。愛する人に会えた喜びでまた涙が込み上げてくる。

「駆けつけるのが遅くなってしまってすまなかった。怖かっただろう？　このあと青の騎士団さえ来なければ、こいつを嬲《なぶ》り殺してやるところなんだが……今は峰《みね》打《う》ちで勘弁してほしい」

「だい、じょ……謝ら、ないで……」

「ああ、クソ……ッ」

彼の口から悪態が突いて出た。

「最初からこんなことになるとわかっていたなら、マルゴの反対を押し切ってでも指輪に攻撃のまじないをかけておくんだった……」

「だ、めよ……」

どんな悪人であろうとも、治癒師が人を殺《あや》める——そんなことはあってはならない。

もちろん心配してくれるオーブリーの気持ちはわかる。

わかっているからこそ、彼が助けに来てくれたことが本当に嬉《うれ》しかった。

マルゴが泣き笑いを浮かべて顔を上げると、彼もまた泣きそうな笑みで見下ろしてくる。

「……ただ指輪に発信機能をつけておいたのは正解だったな。もう心配はいらない。火事のほうも大丈夫。今ごろ魔法士たちが魔法で消火しているはずだ」

だから、異変を察知して駆けつけてくれたのか。以前、ロイクに遭遇した時のように。

「あ、ありが、と……」

大きな手で頬を撫でられる。

オーブリーの強さを再認識し、その手に守られているという安心感で胸がいっぱいになった。

一方で、体の熱はいっこうに収まらない。

むしろ彼の腕に抱かれたせいで、欲望が増したのかもしれない。胸の先端が硬くしこり、手足がかんかんに火照《ほて》っていく。

「……治癒魔法を使ったんだな。なんて代償だ」

みずから身をすり寄せると、グッとたくましい腕に力がこもる。

間もなく騎士たちが集まってきたところで、オーブリーは男たちの目からマルゴを隠すようにマントを掻き合わせた。

あっという間に視界が真っ暗になる。

「ああ、マルゴ！　やっとあの変な男を振り切れたと思ったら……！」

その中にはアデールもいた。消えたマルゴをさんざん捜し回ってくれたらしい。ずいぶんと息が上がっている様子だった。

けれども視界を塞《ふさ》がれたせいで、今マルゴには何も見えない。それどころか、声を上げる元気さえ出てこない。たぶん喘《あえ》ぎ声しか返せないだろう。

「変な男……？」

そんなマルゴに代わり、オーブリーが硬い口調で尋ねる。

「この男のほかにもまだいたのですか？」

すると、ふふん、とアデールが小馬鹿にしたように笑った。

「ええ、マルゴを追うのを邪魔してきたのよ。火事のどさくさに紛れてすぐに逃げるつもりだったみたいだけど、すぐに衛士が来て捕まえてくれたわ。自分は関係ないだの、金で頼まれただけだの、言い訳ばかりしていたわよ」

無関係の人々を平気で巻き込むロイクのことだ。あらかじめ自分だけ逃げられるように考えていたのかもしれない。

「そんなことよりも！」

アデールはさらに鼻息を荒くして言う。

「オーブリー卿《きょう》、マルゴをどうするつもり？」

「どうするも何も……」

「――待って。あなた、目が……？」

不意に何かに気づいたらしいアデールが、オーブリーの言葉に驚きの声を被せてきた。

「……アデール嬢、私のことはお気になさらず。あとは騎士団が引き継ぎますので、ひとまず私はマルゴの代償を鎮めなければなりません」

「鎮めるですって？　一体どうやっ………えっ！　なななんて破廉恥《はれんち》な！」

オーブリーがきっぱりと答えると、心配そうな声音がたちまち怒りに満ちたものに変わる。

それでもオーブリーは冷静に返した。

「じゃあ、どうしろと言うんです？　マルゴと同じ代償を持つ稀血――といってもほとんどが男性ですが、たいていは恋人か妻を頼りますし、時には娼婦《しょうふ》に相手をしてもらうものだと聞きました。マルゴの場合、男娼は論外ですので、私が一番適任だと思いますが？」

「ま、まぁっ！」

「私は凄腕《すごうで》治癒師の夫になるのですから、当然でしょう？」

マルゴはアデールが泣き出すのではないかと思った。

しかし間髪《かんはつ》を入れずに、とんでもない事実を目の当たりにしたかのようにハッと息を凝らす音が聞こえてくる。

「……凄腕の……」

最後のほうで一言、二言、二人が何か言葉を交わしていたが、その詳細な内容までは頭に入ってこなかった。

どうやらオーブリーは魔法で空間を捻《ね》じ曲《ま》げて、マルゴともども別の場所に移動したらしい。

気づいた時にはベッドの上に寝かされていたが、そんなことさえもはやどうでも良くなっていた。

マルゴはマグマのような圧倒的な熱に襲われ、自分の中に溜まっていく欲を持て余していた。

両脚をきつく閉じて、もじもじと擦り合わせる。

下腹部のざわめきが止まらない。まだ触れられてもいないうちから秘所が熱く濡れているのを感じる。

「マルゴ」

上にのしかかったオーブリーが、心配そうにマルゴの目を覗き込んできた。

もう心配や慰めの言葉はいらない。

それよりも、何よりも、彼が欲しかった。まるで何日も水を求めて砂漠を彷徨《さまよ》っていたかのように体が激しい渇きを感じている。

常《つね》ならば恥ずかしがるところを、マルゴはみずから彼のベルトに手をかけた。

だが魔法の使いすぎのせいで、指に力が入らない。ならば——と騎士服の上からウエストに震える手を添え、下に向かって撫で下ろしてみせた。

「こ、こら……っ」

く、とオーブリーが喉を鳴らした。

マルゴと同様、上着の上からでも彼の昂ぶりがわかる。代償もないのに臨戦態勢の彼はおかしくないだろうか。

けれども今、そんなことを指摘している余裕はなかった。

一刻も早く自分の中に彼のものを収めなければ、と気持ちばかりが急《せ》く。

つい欲求のままふたたびその昂ぶりに手を伸ばそうとすれば、逆に手首を摑まれてしまった。

「……マルゴ、いけない子だ。せめて魔法を使う時は俺に相談してほしかったな……」

さすがにマズイと思ったのだろう。オーブリーが眉をひそめ、窘《たしな》めるように言った。

「はぁっ、あ……」

が、マルゴは声にならない声でしか答えられなかった。

あの時は緊急事態だったのだ。あとから彼にも相談するつもりだった、と説明したところでもう遅いだろうが。

マルゴは摑まれていないほうの手でスカートの裾《すそ》を捲《まく》った。身をくねらせながら下着を脱ごうとしたが、下着が片足に引っかかってしまう。両脚を広げると、訴えかけるように、涙目で彼を見上げる。

——欲しいの！　早く！

その効果は絶大で、明らかに彼がうろたえるのがわかった。

「今までせっかく自制してきたのに、理性が千切れそうだな……」

参ったな……と頭を抱え、オーブリーが何やらぶつぶつと言っている。

しかし、そんな時間すら惜しい。

――わたしの代償を鎮めてくれるのでしょう？

マルゴはさらにねだるようにオーブリーの首に腕を回した。

目を見開いたのも一瞬、紫の目がみるみるうちに欲望にまみれていく。

「もちろん、俺が鎮めてやる……」

まるでマルゴの心の声が聞こえたかのようにオーブリーは頷いた。

乱れた前髪を掻き上げながら下唇をぺろりと舐め上げる姿は、獲物を前にした獣のようで、獰猛《どうもう》な色気が溢れ出ている。

「だから……そんなに煽らないでくれ」

熱の孕《はら》んだ声でそう耳に囁かれ、背筋がゾクゾクして一気に腰から力が抜けた。

期待に胸を高鳴らせるマルゴを見下ろしながら、オーブリーがトラウザーズの前をくつろげる。

「あっ……」

太く長いものがぶるんっ、と勢い良く飛び出してきた。

それをじっくり見る間もなく、お尻を突き出すような格好で横向きに寝かされ、後ろから抱き締められた。

腕枕が気持ちいいなどと思っていると、そのままぐずぐずに蕩けたそこに彼のものがあてがわれる。

「ん、ああっ……」

前戯はなかった。

だというのにマルゴは難なく彼を受け入れ、歓迎の嬌声《きょうせい》を上げる。

熱い襞《ひだ》を掻き分けながら彼がゆっくりと進む。しばらくして彼の下生えだろうか、さらさらと柔らかいものがお尻に触れた。

彼のものが収まったのだ。

「あああっ……！」

やっと欲しいものが手に入った。

その瞬間、とてつもない安堵感で満たされる。

「マルゴの中……狂おしいほどにうねって俺を締めつけてくる……」

はぁ、と熱い吐息が耳の後ろにかかった。

彼もまたえも言われぬ高揚感に包まれているようで、いつもより声がうわずっている。

「あ……気持ち、い……」

マルゴも同意するようにうっとりと目を細めた。

ゆるゆると始まった抽送《ちゅうそう》に合わせて、不器用にみずから腰を揺すぶる。

突き上げられるたびに体が揺れ、切り裂かれた胸元がはだけてあらわになっていく。

「たいした怪我がなくて本当に良かった……」

大きな手が脇腹を撫で上げ、胸を掬《すく》い上げるように持ち上げた。

「つあ、ああっ、ああ……」

背後から突かれながら、乳嘴《にゅうし》を摘《つま》まれ、転がされる。

さらには首筋に、背中に、耳の後ろにキスをされると、体じゅうにピリピリと心地よい痺れが走った。

「ああっ……あ……」

喉から絶え間なく甘い声が押し出される。

なすがまま、されるがままだが、それでいい。

もっと、もっと、と誘うように彼の手に自分の手を重ねる。

「ああ……締めつけがどんどん強くなって、このまま俺を食いちぎろうとしてくる……」

「んっ」

ひとしきり胸の感触を楽しんだあと、オーブリーは満足そうに大きく息をついた。それから両脚を大きく開かせて、秘めた場所の中心――敏感な粒に手を伸ばす。

「この裏側をカリカリされるのが好きだよな」

後ろを振り返るまでもなく、嗜虐的《しぎゃくてき》な笑みを浮かべている彼の顔が容易に想像できた。

おまけに腰の角度を変えられて、マルゴのいいところばかりを突いてくる。

こうなってくると彼は止まらない。自分でも止まらないでほしいと思った。

空いたほうの手は腕枕をしながら、快楽に震えるマルゴの手に指を優しく絡めている。それもたまらなく愛おしい。

「あっ、ああっ……」

やがて甘い痺れだったものが、突如衝撃に変わって頭のてっぺんに向かって走り抜けた。

「オーブ、リ……も……中に、ちょうだ……っ」

うまく呂律《ろれつ》の回らない舌でねだる。絶頂が近い。

肩越しに振り返ると、眉根を寄せながら秀麗な顔を赤く染め上げる彼と目が合ったような気がした。

そのまま唇を重ねられた瞬間、お腹の奥がぎゅうっと窄《すぼ》まり、背筋がピンと伸びた。

握り合った手にギュッと力が入り、同時にガツンと最奥を抉《えぐ》られる。

「んんんっ――……！」

溜まりに溜まった熱が弾《はじ》けて一瞬頭が真っ白になり、ぴくぴくと断続的に体が引《ひ》き攣《つ》った。

胎内に彼の熱い飛沫が広がるのを感じて、眩むような幸福感に包まれながらマルゴは目を閉じた。

まるで乾いた土に水をやるように、失われた力が体の隅々《すみずみ》にまでみなぎってくる。

幸せだった。この世界にこれほどの喜びがあるのかと思うほどに。

代償を鎮めてくれるのが、男なら誰でもいいわけがない。彼で――オーブリーで本当に良かったと心から喜んだのだ。

ふわふわと夢見心地でいると、ふとマルゴの中の彼が早くも熱を取り戻していることに気づいた。

「ああっ！　い、いつの間に、大きく……？」

マルゴは目を見開いた。

先ほどよりも体積が増したそれに敏感に反応して、ふたたび甲高い声が漏れ出る。

「可愛《かわい》いな。だが、あなたも一回くらいで満足できないだろう？」

オーブリーが唇を離してふ、と口角を上げた。顔はもう赤くない。

「え？　ええと……」

不思議と体の自由が戻ってきたなと思ったところで体を起こされ、彼の上に向かい合って馬乗りになるように促《うなが》された。

彼の言うとおり、体はまだ熱い。

そもそもあれだけ多くの魔法を行使したことを考えれば、たった一度きりの行為で代償が収まるはずもないのだ。

「……それに、さっきよりは少し動けるようになっただろう？」

今度はマルゴの顔が赤くなる番だった。

次第に頭のどこかに追いやられていた羞恥心《しゅうちしん》が、理性と一緒に戻ってくる。

代償を鎮めるために、彼を利用しているという背徳感《はいとくかん》も。

「なるほど、どれだけ魔法を使ったとしても、あなたは男の精を受け止めればある程度落ち着くらしい。急に恥ずかしさに震えて、なんてわかりやすいんだ」

「あっ……そう、みたい……」

しかしながら体は正直で、バカみたいに快楽を欲していた。

羞恥に悶《もだ》える一方で、彼の胸に手をついて、自分自身の体に快感を誘い込むようにゆらゆらと腰を振っている有様だ。

代償がなければ絶対にやらないような真似だった。

髪を振り乱し、玉のような汗をかき、興奮で赤く染まった顔を、オーブリーに熱っぽい目でじっと見つめられているような気がする。それすらも快感で肌がわなないた。

「……っ、いやらしいな、あなたは」

――ごめんなさい！　自分でも止められないの……！

わずかに頭が冴《さ》えてしまったせいで、素直に言い返すことができない。

「存分に感じればいい。自分のいいように動くんだ」

「あんっ、ああ、ぁ……」

みるみる息が上がり、またしても喘ぎ声しか返せなくなったマルゴを、オーブリーは決して責めなかった。

どこか嬉しそうな彼の言葉を合図に、マルゴは艶《なま》めかしく腰を揺らし始める。

特に自分のいいところに彼のものが当たるたびに、先ほど達したばかりの体がさらに大きくうねった。

内側がオーブリーに絡みつくように震えて、呆《あき》れるほどたくさんの蜜が溢れ出てくる。

「あっ、ああっ、あっ」

オーブリーの上に腰を下ろして、上げて、を繰り返す。いきり立つものを秘泉に沈めて、柔襞に擦りつけるように動きを速めていく。

一度絶頂を迎えてしまえば、二度目にさほど時間はかからなかった。

「あっ……ああああっ！」

ずんっと最奥に当たるほど挿入を深めた時、マルゴは大きく背中をのけ反《ぞ》らした。

お腹の奥が肉棒を深く咥え込んだまま悦びの悲鳴を上げる。

「あぁ……」

荒い息をつきながら、マルゴはゆっくりと快楽のてっぺんから下りていった。

蜜壺から大量の愛液が零れ、彼の着衣を濡らす。

すると、それを待っていたかのようにオーブリーが上半身を起こした。

「達したな？」

「は、い……はぁ……」

くったりと力の抜けた体を抱き留められながらマルゴは頷いた。

「あっ……」

「悪いな。優しくしてやりたいところだが、俺もまだ満足できそうにない」

けれどオーブリーの胸にもたれて微笑み、いくらも経たないうちに汗やら愛液やらで濡れた服を脱がされた。

「え……？」

恥じ入るように胸の前で両腕を交差させたが今さらだ。

結局は無駄な抵抗に終わり、裸《はだか》に剝かれてしまう。

そしてオーブリー自身も服を脱ぐと、マルゴの腰を摑んでふたたび膝の上に乗せた。

「あっ……ん……」

隘路《あいろ》に熱い切っ先が押し込まれていく。白濁《はくだく》と蜜で溢れたそこを、いまだ衰《おとろ》えを感じさせない彼のものでゆるゆると搔き混ぜられる。

「あっ、ああっ、ああ……」

「魔法を使ったおかげで、今、あなたの痴態《ちたい》が見られないんだ。残念だが、代わりにあなたがよく見てほしい」

「あっ、きゃあ！」

見られない。そう言ったとおり、紫の瞳は瞳孔《どうこう》が開き、焦点も合っていない。

代償を伴《ともな》う魔法を使ったということだ。

向かい合って座ったまま後ろに手をつくよう促されれば、互いに繋がり合った部分がマルゴに見えるようになる。

オーブリーはマルゴの腰を摑み、結合を見せつけるように自身の腰を動かした。肉棒をギリギリまで引き抜き、もう一度押し込む。

「そ、そんな……恥ずかし……っ」

オーブリーのものが出入りするところをまざまざと見せられ、マルゴは顔を真っ赤にして震えながら目を閉じた。

「あなたのここも、嬉しそうに感じている」

ぬちゃぬちゃと卑猥《ひわい》な水音が、二人の繋がり部分から聞こえてくる。

「あっ、言わない、でっ」

「目を瞑っているのはわかっている。目を開けるんだ、マルゴ」

ある程度代償が収まるとはいえ、マルゴとて完全に満足しているわけではない。

むしろまだまだ足りないくらいで。

願ってもない刺激に、体は嬉々《きき》としてオーブリーを受け入れた。

支配するような動きでありながらも、そんなふうにされると、それだけ彼に強く激しく求められているのだと胸に嬉しさが広がっていく。

「あっ、ああっ、あっ……んっ」

目を開けると、すぐに長い指が顎《あご》を捕らえた。

その表情を確かめるよりも早く、唇を重ねられる。

薄く開いた唇から舌をねじ込まれ、あっという間に舌を搦め捕られた。

貪《むさぼ》るようなキスに息が切れる。

思わず後方に倒れそうになった体を引き寄せられ、それまでゆるやかだった抽送にリズムが生まれた。

唇が滑るように耳に移る。

「愛している、マルゴ。あなたはどう思っている？」

耳朶《じだ》を軽く食《は》みながら、オーブリーが熱のこもった声で問いかけてきた。

「わたしも……わたしも……っ！　好き、大好き、オーブリー！」

マルゴは息も絶え絶えになりながら叫んだ。

「あなたを、姫殿下には……渡したくない！　誰にも……だから、わたし……立派な治癒師に、なりたくて……！　そうすれば……！」

きっとマルゴとオーブリー、二人の未来が開けると思った。

ちゃんと逃げずに向き合い、前に進むのだと。

「なんて可愛い人なんだ」

思いがけない言葉に視線を上げてみれば、光の中にオーブリーがいた。

まるでいつか見た天使のような、女神のような姿。

けれどもあの時と違うのは、彼が輝くような笑顔を振りまいていることだった。

さっきまで空を覆っていた分厚い雲の切れ目から青空が姿を現し、窓の外が色鮮《あざ》やかになっていく。

いつも彼の隣に寄り添っていたい。あの眼差《まなざ》しと笑みをまっすぐに向けられたら、これから先の人生はきっと幸せいっぱいに包まれるだろう。そんな予感がする。

「そんなことを言われたら、あなたのことがもっと愛しくなってしまう」

規則的な律動が急に激しくなった。

「え？　ひゃん！　ああっ」

体じゅうにくまなく悦びが刻みつけられていく。

「あなたの代償は俺が払う。だから、ほかの男に肌を許してはいけない。絶対に」

「はい……ああ……んっ、あ」

「愛している……マルゴ」

「わたしも……愛している、オーブリーッ！」

そう言葉にできた時、マルゴの瞳からついに幸せの涙が零れた。


それから心と体を繋ぐ行為は長く激しく続き、疲れ果てて意識が飛ぶすんでのところで解放され、マルゴはようやく詳しい説明を聞くことができた。

「つまりオーブリーのお兄様と第一王子殿下が、わたしたちのために一肌脱いでくださった——ということ？　オーブリーが姫殿下のほうから結婚をお断りされるだなんて……いつの間に……そんなことが……」

マルゴは二度、三度と目をしばたたかせた。

兄弟仲がいいという話は聞かなかったが、兄のほうはきっと弟であるオーブリーを心配していたのかもしれない。

また姫にフラせたというのも、相手が目上の方であれば至極当然のことだろう。男たるもの女性に恥《はじ》をかかせてはならないという面もある。

そんな彼の顔つきは、いつになく穏やかだった。

――だけど、もしもあの時わたしが逃げ出していたら？　きっとまた違っていたわ。オーブリーのお兄様の助け船は無駄になっていたでしょうし、何より王子殿下も助けてくださらなかったはず。

クロヴィスは友人を応援したいのだと言っていた。

結果として、マルゴは試されたのだ。

オーブリーへの本気と、そして勇気を。

「……ああ、もう安心していい」

ベッドの上に横たわるマルゴを、太い腕で抱き締めながら彼が頷いた。

「ずっとどうすべきか悩んでいたんだ。いざとなったらすべてを捨ててあなたと駆け落ちするつもりだったが……結局あなたのおかげで丸く収まった。かっこいいところはあなたに持っていかれてしまったな。情けない」

「そんなことないわ。オーブリーは助けに来てくれたじゃない。わたし、涙が出るほど嬉しかったのよ」

もしあのまま彼が駆けつけてくれなかったら、あるいは到着が間に合わなかったら……？　想像するだけでも恐ろしい。

ちなみに誰が手を回したのか、治癒院の院長やジャクリーヌが国境近くの辺鄙《へんぴ》な地に左遷《させん》させられたと知るのは、もう少しあとのこと。

「……殿下がどこまで画策《かくさく》していたのかわからないが、今回の件でアリストロシュ伯爵家《はくしゃくけ》もそれ相応に裁かれるだろう。多くの民に怪我を負わせたんだ。少なくとも実行犯であるロイクとその手助けをした男は刑に処せられる。さすがに言い逃れはできない。それにあなたは……」

オーブリーはそこで言葉を切った。

腕に力を込めて、これ以上隙間もないほどギュッと引き寄せられる。

ふたたびマルゴの肌が熱くなった。

代償とは関係なく、自分の中にこんなにも淫《みだ》らな欲望が秘められていたなんて信じられない。

しかたなく近くにあった枕を手繰《たぐ》り寄せて顔を隠そうとすれば、こんなものはいらない、とばかりに即奪われてしまった。

「凄腕の治癒師になれる」

彼が力強く言った。

耳元で囁かれるのは弱いのに。そのくすぐったさに身をよじり、今度は広い胸に顔をうずめる。

「凄腕？　それは言いすぎじゃないかしら？　確かに頑張るとは決めているけど」

マルゴはくぐもった声で返した。

きっと彼を困らせてしまうだろうが、これからどんどん治癒魔法を使って、治癒師として名をあげていくつもりだ。

彼の隣に立っても恥ずかしくない人間になる——それが彼とともに生きていくためにマルゴが選んだ目標だから。

「あなたがほかの男を欲しがるなんて想像するのもイヤなんだが……国家として魔法士を囲っている以上は……まぁ、能力を隠すというのはあまり褒められたことではない。だが事情が事情なだけに理解されると思う。それが良いことか悪いことかは別にしても、貞操観念は社会的にも宗教的にも重要だからだ。特に女性にとっては。俺もそのせいで両親を失ったし、あなたもつらい思いをしてきたはず」

かつてシスターに言われた『穢らわしい』という言葉が、不意に蘇《よみがえ》る。

しかし、心はもう痛まなかった。ずっと胸の内に巣《す》食《く》い、不安と悲しみでマルゴを押し潰そうとしていた何かは消えている。乗り越えた、そう感じるほどに視界が開けていた。

「それに今回の火事であなたは手柄を立てた。あなたが助けなければ、危なかった人もいたらしいじゃないか」

「もしわたしが頑張ったというなら、それは自分自身とあなたのためだわ。それでも……まだまだ努力が足りないと思うの」

「そんなに焦らなくていい。もともと先の戦争でも活躍しているのだから、陛下の耳に入る日も近いだろう」

「ええ……そうあってくれたらいいわ。ただせっかくオーブリーに出会えたんだもの。もっと頑張りたいのよ」

胸にうずめていた顔を上げて、大好きなオーブリーの頰を撫でた。

彼もまた嬉しそうにその手に頰ずりをする。

偶然が重なり、二人は巡り会えた。本来ならば一生出会うことはなかったかもしれない。そういう意味では、これまでの人生は無駄ではなかったのだ。

「それからこれを……」

ふとオーブリーが身を起こし、ベッド脇のチェストに手をやった。

スッと差し出してきたのは、繊細《せんさい》な薔薇《ばら》の絵と金箔が施された陶器のボックス。見るからに高級そうだとわかる代物である。

「これは……？」

マルゴは目を丸くしながら体を起こす。蓋《ふた》を開けると、魔石《ませき》をあしらったブレスレットが現れた。細身のチェーンを二連にした可憐なそれに、マルゴは目をしばたたかせる。

「魔力を制御する魔道具だ。殿下がくださった」

「え？　魔力を制御……？」

オーブリーが神妙な面持ちで答えた。

「どうやら殿下は早い段階で、あなたが俺の命を救った治癒師だと目星をつけていたらしい。当然なんらかの代償に苦しんでいることも……」

心の奥底を見透かすような美しく澄んだ紫の目は、マルゴをただじっと見つめている。

「俺もこういうものは初めて見た。あなたがこれ以上代償に悩まされないよう、魔法の出力を調整できる魔道具をわざわざ作ってくださったんだ。これを身につけていれば、代償などなしに魔法が使えるようになるはずだ」

「そうなの……!?　代償がなくなるの……!?」

思いがけない話に声がうわずり、マルゴはついつい前のめりになってオーブリーの腕を掴んだ。

その話が本当だとしたら、マルゴも人前で治癒魔法が使えるということだ。

歯がゆい思いをせず、目の前の人々を救える。

オーブリーはマルゴの手に自分の手を重ねながら、大きく頷いてみせる。

「ただし死にかけた俺を助けた時のような……大きな魔法は使えない。これを外す必要があるし、その時は代償が伴うだろう」

それだけでもじゅうぶんだ。嬉しい気持ちがじわじわと胸に広がっていく。

ところが晴れやかな顔を浮かべるマルゴとは反対に、オーブリーはよく見なければわからないほどわずかに表情を曇らせた。

「どうしたの?」

「それは、あの……これであなたの苦悩が少しでも軽くなると思えば、ここは喜ばなきゃいけないところなんだが……本音を言うと、殿下からの贈り物を……それもアクセサリーをあなたにつけさせるなんてイヤだな……と思ってしまったんだ」

オーブリーはバツが悪そうに肩を竦《すく》める。

そんな彼も以前マルゴに護身用の指輪を贈ってくれたはずなのに。妙なところで嫉妬心を丸出しにする彼に、マルゴはまたしても驚いてしまった。

けれどもイヤな気持ちにはならなかった。むしろ自分に向けられる想いに胸がいっぱいになるばかり。

――本当に……可愛い人……。

自然とマルゴの頬がゆるむ。

男の人に、それも高名な騎士に対する感想としては微妙なものかもしれないが、そう思わずにはいられなかった。

「助けられるとわかっているのに、目の前で誰かが苦しむのは見たくないわ。だから、もし今日みたいなことがあれば、わたし、きっとオーブリーがいないところでも魔法を使ってしまうと思うのよ」

「それは困る！　いや、そうなったらそうなったで、今回みたいに俺が駆けつければ――」

「さすがにいつでもどこでも……というわけにはいかないでしょう？　今日は良くても、いつかオーブリーの仕事にも影響が出てしまうかもしれないわ」

そこまで言って、ようやくオーブリーは納得したようだ。

少し冷静になって考えれば、お互いのためにもブレスレットはあったほうがいいとわかる。

「……そ、そうだな……マルゴの言うとおりだ。やっぱりちゃんとつけておこう。せめて俺が直接つけていいか？」

「ええ、もちろん。それから殿下にもきちんとお礼を言わないといけないわね」

マルゴが目元を赤くしながら微笑むと、オーブリーも安堵したように笑いながらマルゴの手首にブレスレットをつけた。

幸せを噛み締めるようにふたたび抱き締め合う。

そうしているうちに、おや？　とマルゴはあることに気づいて顔を上げる。

「そういえば目は……いつ治るのかしら？　わたしを助けるために無茶な魔法を使ったのでしょう？」

いつもと変わりない、いっそ自然と言っていいほどのオーブリーの動きに、彼の目が見えていないことをつい忘れてしまいそうになるが、彼もまたマルゴと同じで、稀血の魔法を使うと代償を伴うはずだ。

「こんなものは一日もあればすぐ治る。ちょっと近場を移動しただけだ。戦争中は半月も見えない状態だったんだ。それに比べればずいぶんマシなほうさ」

心配そうにするマルゴに、彼は微苦笑を漏らした。

普通の魔法士なら呼吸の一つくらい乱しそうなものなのに、どうしてこうも目が見えない状態で平静さが保てるのか。今になって彼のすごさを思い知らされる。

「本当に大丈夫なの？」

「……うーん、そんなに心配してくれているのなら、今日は手伝いを頼んでもいいだろうか？」

「えっ？」

「食事に入浴」

ほっと胸を撫で下ろしかけたところで、紫の瞳が悪戯《いたずら》っぽく光った。

——あーんしたり？　背中を流したり？

想像しただけで、顔から火が噴《ふ》き出そうになった。

体を離そうとすれば、そうはさせまいと腰に置いた手に力が込められる。

ただでさえ熱い体が余計に熱を持った。

「あと一つ言い忘れていたが、ここはタウンハウスなんだ。いつまでも兄と同居というわけにもいかないし、爵位を賜《たまわ》ったのだから家を買うことにした」

「タウンハウスって……あの、貴族やお金持ちが住んでいる……とかいう？」

マルゴはヒュッと喉を鳴らす。

ということは、上流階流の人々の邸宅が立ち並ぶ高級住宅地の一角だろうか。それならば施療院からも近く、近場を移動したというのも納得がいく。

「そう——俺たちの。だいぶ田舎のほうだが領地もあるんだ。カントリーハウスへも一緒に行きたいが、それはまた今度だな」

「え……？　わ、わたしたちの？」

「ああ、タウンハウスのほうは互いの職場が近いから、毎日安全に馬車で通勤できると思う。多少使用人の目もあるが、一番いいのは二人で気兼ねなく過ごせることだな」

目を白黒させていると、頭を撫でられた。

穏やかで、それでいて楽しげな口調から、彼の中ではほぼ決定事項だというのがわかる。

思わず視線を巡らせて周囲を窺《うかが》った。

手の込んだ彫刻の柱に漆喰《しっくい》の壁、見事な絵画にタペストリー。おまけにベッドは、見たこともないような天蓋《てんがい》つきだ。

——とっても広くて掃除が大変そう……！

庶民のマルゴはまっさきにそう思った。

それからご近所さんがこの立派な部屋を見たら、腰を抜かすに違いないとも。

「えっと……いつから？」

「もちろん、今日からでも構わない」

「で、でも、こんな贅沢《ぜいたく》な――」

「目が見えない時、あなたがいてくれないと俺が困る。今日だけじゃない、俺の代償を支えてほしいんだ」

呆気《あっけ》に取られるマルゴの唇に、キスが落とされた。

唐突に会話は途切れる。

言い訳めいた言葉はもう出なかった。

そもそも彼はマルゴのために目が見えなくなったのだ。世話くらいやって当たり前。もらうばかりではダメだ。みずからも差し出さなければフェアな関係とは言えない。何より――。

「マルゴ……俺と一緒に暮らすのはイヤか？」

キスの合間にねだられ、息が詰まりそうになった。

「イヤ、じゃないわ……」

――わたしも一緒にいたいから。

「それじゃあ、決まりだ」

「オーブリーのそばに……んっ」

彼が小さく笑った。

そうかと思えば、背中から腰を撫でられて、肌がざわめいた。

もう一方の手は胸から腹を滑り下りて、やがてその下の茶色い茂みに触れる。

先ほどまでつながっていた場所に指が這うと、奥からまた蜜が溢れてきた。

わざわざ言葉にするまでもなく体は――いいや、心までも、彼を欲しているようだ。恥ずかしいけれど隠せない。

しかしそのことを以前よりも悪く思っていない自分がいることに気づき、マルゴは微笑んでオーブリーに口づけを返した。

エピローグ

Ochikobore chiyushi ha,
kishi no
ai kara nigerarenai

季節は移ろい——ピンと張り詰めた冬の空気に春の温かな空気が混じる頃。頭上には雲一つない、抜けるような青空が広がっている。

そんなある日、今まで目にしたこともなかったようなきらびやかな場所で、マルゴは幸せをあらためて噛《か》み締めることになった。

会場はすでに盛況で、音楽とともに人々の笑顔に包まれている。

「今夜、あなたの晴れ舞台に立ち会うことができて、すごく嬉《うれ》しいわ」

アデールの手がそっと重ねられるのを感じ、マルゴは相好《そうごう》を崩して頷《うなず》いた。優しい言葉に胸を打たれる。

「ありがとう、アデールの助けがあったおかげよ。こんな立派な場所に……お城に招かれるだなんて、とても光栄なことだわ」

前屈みになって、彼女の手を両手で包む。

マルゴは人生において、未知の世界を切り開くという決意をした。

そして——今日『受勲《じゅくん》』という名誉な機会を与えられることになったのだ。

ソルムの戦いや施療院《せりょういん》の火事だけではない。あれから治癒師《ちゆし》としての地位を固めるべく、魔獣討伐や国同士のちょっとした諍《いさか》いなど、危険な場所にもみずから足を運ぶようになった。

道なき道を行くように、たくさんの命を救ったことでようやく評価されるに至ったのだ。

努力が認められるのは嬉しい。けれども一番嬉しかったのは、誰かと自分を比べることではなく、今の自分をしっかりと見つめられること。自分に自信が持てるようになったことだった。

オーブリーという存在がなければ、向かい合うことができなかったはずのもの。もちろんアデールやクロヴィスの助けも大きかった。

彼らにはいくら感謝してもしきれない。この恩を一体どうしたら返せるのだろうか、というのが最近の悩みだ。

「もっとお話ししたいところだけど、今日はこのへんにしておくわね。おかげで、ますますあなたが恋しくなりそうよ」

「施療院には毎日顔を出しているじゃない。ただ前みたいにゆっくりお喋《しゃべ》りしたり、お昼休憩に食べ歩きしたりする時間はないわね。わたしも恋しいわ」

「また時間を作って二人でデートしましょう。でも——」

アデールは嬉しそうに言いつつも、マルゴの肩越しに何かを見つけるなり、とたんに唇を尖らせた。つられるように振り返る。

すると溢れかえった人々の間から、今や王太子となったクロヴィスの姿が目に入ってきた。先日挨拶《あいさつ》をしたばかりのオーブリーの兄の姿も。

それから間もなく壁際の——両開きの扉の近くに佇《たたず》む若い男性に惹《ひ》きつけられた。

騎士団の華やかな大礼装に身を包み、背筋をスッと伸ばした立ち姿は、まさに魔法騎士の見本だ。

もしかして物語の世界からそのまま抜け出してきたのか、と疑いたくなるくらいかっこいい。

と食い入るような視線を感じたのか、男性がゆっくりと顔を上げながら口角に小さな笑みを浮かべる。

「オーブリー」

マルゴはポッと頬《ほほ》を染めながらその名を呟いた。

遠目から見ても非の打ち所のない容姿が目立つ。いつもの騎士服とは違う格好が、よりいっそう彼を色男に見せている。

受勲者を祝う歓声の中に、黄色い悲鳴とどよめきの声が交じる。

サッと親友のほうを見た。

「今日のところは引き下がるわ。またね」

しようがないといった具合に肩を竦《すく》めて、アデールが笑みを浮かべた。お幸せに、とマルゴの手を握ると、人混みに紛れていく。

マルゴは名残惜《なごりお》しそうに、けれどもはやる気持ちで扉を目指した。

愛しい人が待っている。

彼は相変わらず女性から秋波《しゅうは》を送られているようだが、ほかの女性に靡《なび》かないことをマルゴは知っている。先ほどから視線はずっとマルゴを捉《とら》えたまま。

近くまで来ると、彼のまとう騎士服の胸元に輝く、自分が身につけているものと同じ勲章がはっきりと見えてきた。

今、これ以上ないほどにマルゴの顔は生き生きと輝いている。

自分に誇りを持って生きていく。これからもオーブリーのすぐそばで、ずっと――。

「そのドレス、とても似合っているよ」

マルゴはいつかショーウィンドウで見たものと同じような、裾《すそ》の長いドレスに身を包んでいる。オーブリーの瞳と同じ濃い紫色。シャンデリアの下で、ドレスにちりばめられたクリスタルが輝いている。

大舞台で着ていくようなドレスがないと言ったら、すぐに仕立屋を呼んで、サイズや色、デザインを吟味のうえ贈られたものだ。『自分のパートナーだとわかるように着飾らせるのが楽しい』と、彼は気後れするマルゴに言って聞かせた。すでに指輪もブレスレットもあるというのに、小物まですべて揃えてくれたほどだ。

だからだろうか、一歩一歩足を繰り出すたびに聞こえるドレスの衣ずれの音とヒールの鳴る音に、胸がドキドキと高鳴っていく。

今日はいつもとは違う。うっすらと化粧も施《ほどこ》されて、気分はさらに高揚した。

「ありがとう……」

極めつけに、包み込むような優しい眼差しを向けられてキュンと胸が苦しくなった。

決して悲観しているわけではない。

ただ、さっきまで感じていた自信が急に気恥ずかしさに取って代わり、出会ったばかりの頃に戻ってしまったようで、彼の顔をまっすぐに見られなくなった。

下を向いて礼を述べると、オーブリーが手を差し出してくる。

「マルゴ、もっとこっちへ」

マルゴははにかみながらオーブリーのすぐそばへ寄った。右手をそっと取る。

そのままおずおずと腕の中に自分の手を滑らせると、我慢できなくなったように彼が笑った。

「大丈夫だ。誰が見てもとても綺麗だから」

贔屓目《ひいきめ》に見ていると思ったが、彼の目に綺麗に映っているとしたら、これ以上幸せなことはないだろう。

「さっきからあなたに熱視線を送ってくる男どももいるくらい」

「え？　そうなの？」

「……いや、やっぱり視線のことは気づかなくていい。あなたは俺だけを見ていてくれ」

オーブリーは恨《うら》めしげに周囲を見回したあと、マルゴをきつく抱き締める。

その力強さに彼の愛情を感じ、大きな胸に頬《ほお》ずりをせずにはいられなくなった。

言われなくとも、マルゴにとっての一番はオーブリーだ。よそ見なんてするはずがないのに。

だが完璧そうな彼が時折見せる人間臭いところも、全部ひっくるめて大好きだ。

ギュッと背中を抱き締め返すマルゴに、オーブリーは瞳を和ませた。

「……治癒師として、認められたな」

温かな声が耳に強く響き、涙で視界が滲《にじ》む。

ここに来るまで長いようで、あっという間の一年間だった。

オーブリーは額に唇を寄せ、こめかみから耳へと滑るようにキスをする。

続けて耳殻に軽く歯を立てられ、身を震わせた。

「今夜はドレスを着せたまま抱きたい——いいだろうか？」

「イヤよ、こんなところで」

マルゴは驚いて頭一つ高い顔を振り仰《あお》ぐ。

「こんな人目につく場所で、あなたを抱くつもりはない」

「もう、からかわないで」

言い返そうとするマルゴの唇に、キスが落とされた。

唇を離したあとも互いに鼻先をくっつけながら、オーブリーが目尻を下げる。

「ここじゃなければ――いいでしょうか、奥様？」

先日籍を入れたばかりの夫は、愛おしげに妻を抱く手に力を込めた。

ついに王からも、正式な結婚許可が下りたのである。

右手には護身用の指輪、そして左手には結婚指輪が嵌《は》められている。近いうちに叙勲式ほどではないにしろ、華やかな式を挙げられたらいいなと思う。

――でも、どうして『こんなところはイヤ』が、『ここじゃなければいい』と承諾したも同然の言葉になったのかしら。

目の前でオーブリーの笑顔が咲き、この人からは逃げられない、と心底思いながらマルゴは笑い返す。

二人は手を繋いで扉をくぐると、馬車の待つ玄関を目指して柱廊を歩いていった。

番外編

名前でちゃんと呼んでね

Ochikobore chiyushi ha, kishi no ai kara nigerarenai

「……マルゴはいつも綺麗だけど、今日は一段と輝いているな」

馬車に乗り込むなり、オーブリーは感嘆の声を上げた。

「あ、ありがとう……」

マルゴは赤くなった頬《ほほ》を隠すように両手で押さえる。

叙勲式という晴れ舞台のために誂《あつら》えたドレス――繊細《せんさい》なレースとクリスタルはロマンチックで、開いた胸元と背中もセクシーだ。こんな素敵なドレスを着ることができたら、誰だって舞い上がってしまうだろう。

だが何よりもマルゴの胸をドキドキさせているのは、背中越しに感じるオーブリーの体温だった。

どういうわけか、座席には座らせてもらえず、当然のごとく彼の膝の上に乗せられている。

「さっき言ったことを覚えているか？」

「さっき？」

「――美しく着飾ったマルゴを抱きたいって話」

熱っぽい息を吐きながら、オーブリーがうっとりと目を細めた。

イヤとかダメとか、そんな意志を根こそぎ奪っていくような甘い囁《ささや》きだ。

代償もないというのに、あっという間に四肢《しし》から力が抜けて、マルゴはついついオーブリーの広い胸に体を預けてしまう。

彼はマルゴの返事を待っているらしく、マルゴの首の付け根にキスをして、長いドレスをたくし上げて腿《もも》を撫でつつも、それ以上のことはしてこない。

ドレスを着たままで、おまけに馬車の中で行為に及ぶなんて。

せめて屋敷に戻るまでは、ダメだと窘《たしな》めなければ。

そう思うものの、オーブリーの爽《さわ》やかな匂いを胸いっぱいに吸い込んでいるうちに、だんだんと頭がくらくらしてきた。

「ええ……」

そしてうっかり、マルゴは頷《うなず》いてしまった。

自分でもだいぶ毒されてしまったという自覚はある。

けれどもオーブリーが大好きという事実も変わらなくて……。

「ありがとう」

すると、オーブリーの笑みが濃くなった。

そうかと思えば、過敏な脚の間に手が滑り込む。

「ひゃっ」

もう片方の手は胸を揉んでいるが、ドレスを脱がすようなことはせず胸の先端あたりを探っている。

「んんっ……」

鼻から抜けるような甘い声が漏《も》れた。

ただ布越しに撫でられているだけだというのに、下腹部に異様な熱が溜まっていく。

快感を覚え込まされた体は、ちょっとした刺激程度ではすぐに満足できなくなってしまったようだ。

——これじゃあ直接触ってほしくなっちゃう……。

オーブリーの指に、そして太い熱杭に貫かれた衝撃が思い出された。

はしたなくも脚のあわいが濡れていくのを感じて、マルゴは恥ずかしさに身をくねらせる。

「マルゴ」

不意に、耳の後ろに熱い息を吹きかけられ、ゾクリと肌が粟立《あわだ》った。

「このまま抱きたいが、これは脱いでもらおうか」

「えっ……？」

触ってほしい。そんなマルゴの胸の内を見透かすように、オーブリーの手が性急に下着を引き下げた。

つう、と下着と秘所の間をいやらしい糸が引き、マルゴの顔がたちまち赤く染まる。

「おや？　すっかりびしょびしょだな」

「わざわざ言わないで……ひんっ！」

目に涙が滲《にじ》んだ。ふたたび大きな手のひらがドレスの中に忍び込んで内腿を割ってくる。

指の腹で直接花芯を撫でられ、ようやく待ち望んでいた刺激に膝が震えた。

「あ、ああっ、あ……」

恥ずかしさからか、いつも以上に濡れた割れ目を、長い指が花弁を押し広げるように上下した。滴る蜜を掬《すく》って、もう一度そこに塗りつけるように擦る。

時折敏感な粒をこねくり回されると、腰に甘い痺れが走って否応なしに腰が揺れた。

このまま指でお腹の奥を掻《か》き混ぜられたい。次第に高まる官能から、そんな淫《みだ》らな衝動が生まれてしまうほど。

「色っぽくて……綺麗だ。ドレス姿がなんとも扇情的《せんじょうてき》で」

オーブリーは楽しそうに喉《のど》を鳴らしつつも、その声がかすかにうわずっている。

「……意地悪」

マルゴはそんなふうに返すので精一杯だった。

実際問題、本当にイヤなら全力で拒否すればいい。

だがそうしないのは、結局のところ、それ以上の行為を望んでいるからだ。うんと同意する以前に、好きになった時点で負けなのだ。

「睨《にら》んでも、ただ可愛《かわい》いだけだな」

「え？　あ……んんん――っ」

オーブリーの指がつぷり、と蜜を湛《たた》えたそこに沈んだ。

同時に彼の唇がマルゴの唇に重なる。

「んん、ううっ……う」

襞《ひだ》を広げながら押し入ってくる指を、マルゴは抵抗なく、むしろ歓迎するように受け入れた。

ゆったりと行き来する指が一本から二本、あっという間に三本に増え、ぐち、じゅぶ、と粘膜が発する音が車内に響く。

しかもお腹側のある一点を刺激されると、一等甘い呻《うめ》き声が漏れた。

「う……く……」

弱い部分を執拗《しつよう》に攻められた。

指をしゃぶった蜜壺が引《ひ》き攣《つ》れ、涎《よだれ》が溢れて止まらなくなる。

——もう……ダメ……!

大きな波のように押し寄せる絶頂感に、マルゴは背と首を反《そ》らした。

唇が離れたとたん、羞恥《しゅうち》の声が零《こぼ》れる。

「あっ、いや、ああ——っ……!」

激しく指を出し入れされて、ついに腰が砕《くだ》けた。

快楽を極めて体が細かく打ち震える。

支えられていなければ、このまま馬車の床に膝をついていただろう。

オーブリーはマルゴを膝から座席に下ろすと、今度はその横に腰かけた。膝裏に腕を入れて、ぐにゃりと力の入らない脚を大きく開く。

軽い前戯だけですっかりどろどろに溶けた場所に、硬く張り詰めた彼のものがあてがわれた。

入り口を確かめるように探り、先のほうがほんの少し沈む。

「ああ……あ……」

マルゴはごくりと音を立てて生唾《なまつば》を飲んだ。

しかし悦《よろこ》びに震えたのも束《つか》の間《ま》……。

オーブリーは浅い場所にとどまったまま、なぜかいっこうに動こうとしなかった。

「どう……して？」

つい焦れったい気持ちになって訴えかけるような目で見上げれば、額に汗を滲ませながらマルゴをじっと見下ろしているオーブリーと目が合った。

「……赤ちゃん、欲しいな」

マルゴ、とふたたび呼んだオーブリーの顔は真剣そのものだ。

どうしようもなく胸がときめいて、それに連動するかのようにお腹の奥が窄《すぼ》まった。さもなくても熱い体がいっそう熱を持ったような気もする。

「今、想像しただろう？　中がキュッて締まった」

「い、やぁ……！　そんな、言わないで……！」

「でも、わかっている。挙式でウエディングドレスを着られなくなったら困るからな。しばらくは二人きりの時間も楽しみたいし。ただ……想像したんだ」

冗談交じりでも、その眼差《まなざ》しはこのうえなく優しかった。

「それもあるけど、仕事が……」

だが、マルゴは言いにくそうに口にする。

大好きな人との間に子どもを授《さず》かるのだ。そうなったらそうなったで、もちろん嬉しい。

ただ、まったく不安がないと言ったら嘘《うそ》になる。

妊娠と出産によって体質が変化する女性もいるという。それは魔法士も例外ではない。

ようやく治癒師《ちゆし》としての地位を確立できたと自信を持って言えるようになったのに、もし魔法が使えなくなってしまったら？　キャリアを諦める日が来てしまうのだろうか。

昔のマルゴからしてみれば、贅沢《ぜいたく》すぎる心配かもしれないが。

そんなマルゴの心中を察するように、オーブリーが微笑《ほほえ》みながら頷く。

「――治癒師としてやりたいようにやればいいさ。俺は止めない。子どもだって、できたら嬉しいくらいの気持ちだ。もしできなくても、マルゴさえいてくれればいいんだから。ただ加齢によって魔力が弱まってしまうことはすでにわかっている。俺が魔法騎士団の副団長から団長へ出世したところで、ずっとその地位にいられないのと同様に、遅かれ早かれ引退する時はやってくるだろう。まぁ、その時は後進の育成と指導に力を入れてみようかな」

目から鱗《うろこ》だった。

「そっか……魔法がなくてもずっと頑張っていけるのね」

「ああ、それにマルゴは魔法なしでもずっと努力してきただろう？　大丈夫だ」

オーブリーの笑顔はどこまでもマルゴを安心させてくれる。

どうやら結婚生活の心配は、ただの杞憂《きゆう》に終わりそうだ。

「そうしたらわたし、子どもはたくさん欲しいわ。両親がいないから……いいお母さんになれるか心配だけど」

「そんなことを言ったら、俺の両親もろくでもないさ。完璧は難しいかもしれないが、二人で一緒に頑張っていこう」

「ええ、そうね」

オーブリーと一緒なら、どんな困難にも立ち向かっていけそうに思える。

マルゴはふらふらと両手を伸ばし、太い首に抱きついた。

オーブリーの頭を引き寄せて、猫が甘えるように頬《ほお》ずりをする。

「……ねぇ、そろそろお願い。待ちきれないんだけど」

「……っ！」

代償ならともかく突然の誘惑に、オーブリーは衝撃を受けたらしい。だんだんと顔が赤くなっていき、ついには目元を覆《おお》ってしまう。

――困っているみたい！

マルゴはふふ、と笑みを漏らした。

いつもはかっこいい彼が、今はなんだか可愛く見える。

「笑ったな？」

「笑ったわ」

たいてい彼にしてやられることが多い。それだけに勝ったと思った。

が、それも一瞬のこと。オーブリーが背を丸めて覆い被さってきた。

同時に、マルゴの奥のほうまで彼が入ってくる。

「ああっ……あ……」

ぐぷ、という音を残して深く貫かれ、マルゴは瞬《また》く間に余裕を失った。

「マルゴの中にいっぱい出してあげる」

オーブリーは耳に舌を這《は》わせながら囁いた。

お腹の中がオーブリーに絡みつき、もっと、もっと、と絞り上げるようにぎゅうぎゅうと蠢《うごめ》く。

大きな体の下で、マルゴは耐えがたい悦びにのたうった。

「あっ、ダメ……気持ち……いい……」

――また……達してしまうわ……！

「……っ、俺も」

マルゴと同様、オーブリーの余裕もすぐに消えた。肩で息をしながら、食い入るようにマルゴを見下ろしている。と思ったら、それまでの穏やかさが嘘のように荒々しく腰を打ちつけてくる。

「んあっ、ああっ……」

深々と貫かれながら耳朶を軽く嚙《か》まれると、マルゴは足の指を丸めながら目一杯オーブリーを内側から締めつけた。

「あ、あああ――――っ……！」

オーブリーの背中を彷徨《さまよ》っていた手が、三つ編みを見つけて鷲摑《わしづか》む。

そして、呆気《あっけ》なく悦びの絶頂に導かれてしまった。

「……はぁっ、マルゴ、そんなに締めつけたら……！」

それに引きずられるように、オーブリーも腰を震わせた。

先ほどの言葉どおり、お腹の奥にたっぷりと熱い精を注《そそ》がれて、マルゴの体がガクガクと痙攣《けいれん》する。

「はあ……あ……」

マルゴはぐらりと眩暈《めまい》を起こしながら座席の上に倒れ込んだ。

ぐったりとしたマルゴの体をオーブリーが強く抱き締める。

「……もし子どもが生まれても、パパじゃなくてオーブリーって呼んでくれるか？」

その言葉にびっくりした刹那《せつな》、瞼《まぶた》にキスを落とされた。

「気が早いけど……ええ、いいわ。そうしたら、わたしのことはママじゃなくてマルゴって……おばあちゃんになっても名前でちゃんと呼んでね」

「もちろんだよ、愛している」

「わたしも」

大好きな夫の腕の中で、マルゴは笑いながら頷いた。

番外編

代償を払うのは

Ochikobore chiyushi ha, kishi no ai kara nigerarenai

「はい、あーん」

その言葉を合図に口を開けると、スプーンが口元に運ばれる。

トマトソースはちょっぴりスパイシー。魚介の出汁《だし》も利いている。それでいて卵はなめらか。生クリームとチーズでコクが出ているオムレツだ。いつだったか、レストランで食べ損《そこ》ねたものにもよく似ている。

あれ以降お店に何度となく足を運び、すっかりオムレツにハマってしまったマルゴは、こうして家でも時々作って食べるようになったのだ。

魔法の代償によって一時的に視力を失ったオーブリーは、食事や入浴の手伝いをしてほしいと言った。

持ちつ持たれつという言葉があるように、それくらいどうということはないはず。そのはずなのだが……。

合図とともに口を開けたのはオーブリーではない――マルゴだ。

「なぜ!?」

悲鳴めいた疑問は無視される。

——どうしてわたしがあーんされているの？

ここはマルゴがオーブリーにあーんをする場面ではないだろうか。

だがあろうことか、マルゴはガッチリ彼にホールドされながら膝の上に乗っていた。

下りようとしても、力の差がありすぎて腕を振りほどけない。

ロイクに拘束された時はただただ怖かっただけだが、この腕の中が心から安らげる場所だということをマルゴは知っている。

——待って、待って……！

『手伝うわ』とオーブリーに熱心に訴えかけていたのは自分だったのでは？　それなのにいつの間にか攻守が入れ替わり、むしろ自分が迫られている状況。

——これいかに……？

前にも同じようなことがあった。攻めているつもりで実は攻められていて……。

オーブリーは優しいが、時々食えないと思うことがある。狡猾気味とでも言おうか。

しかもそんな彼がれっきとした恋人であることは、動かしようもない事実で。

う～んとマルゴは呻《うめ》き声を上げた。

とはいえ、恥ずかしいものは恥ずかしいのだ。

しばらく相手にしなかったが、大の男がしゅんと肩を落としているのを見ると、なんだか良心が咎《とが》めてしまう。まるで目に見えない耳が垂れているような気もして、いっそう申し訳ない気持ちになってくる。

——その顔はずるい！　反則だわ！

しかたなしに口を開ければ、鳥の求愛のごとくせっせと給餌される羽目《はめ》になってしまったというわけだ。

「これじゃあ、わたしばかりが食べているわ。あなたは食べないの？」

「それならマルゴも、俺にあーんしてくれ」

「なっ!! なっ!!」

――この体勢で!?

ブワッと頬《ほほ》に血が上る。

魔法の代償もあって、あれから何度も肌を重ねているというのに、いまだこういう触れ合いに慣れなかった。胸がざわざわしてくすぐったい気持ちになる。

だがオーブリーの場合、近くに使用人がいようが、なんならアデールの前でさえキスを迫ってくるので困りものだ。

――やっぱり食えない人……！

妙にしおらしい様子で待っているので、余計にそう思った。

見えないはずの紫の目が若干潤《うる》んでいることまで計算しているのだとしたら、相当かもしれない。

「わ、わかったわ……」

結局根負けしてしまうのも、いつものパターンと言えばそれまで。

マルゴは震える手でスプーンを持つと、オムレツを掬《すく》ってゆっくりとオーブリーの口に運んだ。

ぴったりと寄り添っているのでやりにくい。ちょうど胸のふくらみのすぐ下に、オーブリーの腕があるというのも良くない。

「……う、動かないで。零《こぼ》れちゃうから」

案《あん》の定肩《じょう》がぶつかって、オムレツがスプーンから零れ落ちてしまった。

できたての熱々でないことがせめてもの救いか。

「ああ……言わんこっちゃない。変な体勢だから零れちゃったわ」

そら見たことか、とマルゴはふて腐れた口調で言った。

目が見えていないはずが、『あーん』はマルゴよりオーブリーのほうが器用ということも納得できない。

すると頭上でふ、と笑う気配がした。

「——きゃっ！」

一拍遅れてマルゴの胸のあたりにオーブリーの頭があることに気づいて、二拍目で胸元を舐め上げられた。

そして三拍目に、零れたオムレツを食べられたということを理解した。

子猫がミルクをちろちろと舐めるようなものだというのに、どういうわけか、下腹部が甘く疼《うず》いてくる。ベッドの上ならまだしも、食事の席で淫《みだ》らな反応を示してしまうなんて。

マルゴは泡を食って跳び上がった。

「急に……何を！　人に見られたらどうするの！」

咎める声を上げれば、オーブリーが喉《のど》の奥で笑いながら頭を上げた。

「……美味しいな。マルゴの味がする」

囁《ささや》きかけるような甘い声だった。

明かりを受けてオレンジがかった紫の目も、欲情に燃えているようだ。

——ねぇ、本当に見えていないの!?

驚くべきことに、その目はまっすぐにマルゴを捉《とら》えているではないか。そんな気がする。

背筋にゾクリとしたものが走って、思わず腰が砕《くだ》けそうになった。

もはや食事どころではない。マルゴの気分はすっかり肉食獣に追い詰められた小動物であった。

「……もっと食べたいな」

「あ、あの……ご飯……」

——このままじゃ食べられちゃう……!

慌てて身をよじったが、細い腕を掴《つか》まれ、そのままギュッと抱き締められる。

それ以上の文句は言えなかった。

唇を塞《ふさ》がれたからだ。

もちろんスプーンではない。オーブリーの唇で。

キスの味はピリッとしたトマトソースの味……。


そうして懸念《けねん》したとおり、マルゴは美味しくいただかれてしまった。

のちに入浴中石鹸を洗い残したオーブリーの世話を焼こうとしたところ、逆に綺麗に洗われてしまったとか、しまっていないとか……は別のお話。

あとがき

初めまして、深石千尋《ふかいしちひろ》と申します。

このたびは、『落ちこぼれ治癒師《ちゆし》は、騎士の愛から逃げられない　魔法の代償が発情なんて!?』をお手に取っていただき、誠にありがとうございます。

こちらは『２０２２ｅロマンスロイヤル大賞』にて、奨励賞をいただいた作品になります。加えて書籍化という貴重な機会までいただき、本当に嬉《うれ》しく思っております。その内夢から覚めてしまうのでは？　とドキドキしているほどです。


さて今回書籍にしていただくにあたり、ＷＥＢ版から大きく加筆修正いたしました。

主に変わっているのは視点です。ヒーロー／オーブリー視点を削ったことで、物語がヒロイン／マルゴ視点中心になり、彼女の葛藤《かっとう》や成長をクローズアップできるように書き直しています。

本作のテーマは『自信』。悩みながら、挫《くじ》けそうになりながら、最後には自分の力で立ち上がる。そんな頑張るヒロインを書きたかったのです。

『逃げられない』というタイトルは、ヒーローに囲い込まれてしまうというより、ヒロインがみずから問題に立ち向かうという意味のほうを強く込めています。もちろんオーブリー自身、駆け落ちするなり何なりして、マルゴを逃がすつもりはなかったでしょうが。

また細かいところでいうと、人間味が出てくるようにキャラクターたちのエピソードを掘り下げたり、世界観に厚みを持たせるべく一部設定の変更をしたりしています。

ただ改稿作業は思った以上に難しく、特にマルゴの卑屈《ひくつ》な性格は私の頭を何度も悩ませました。そう考えると、明るくポジティブなアデールは書きやすかったです。オーブリーもマルゴ一筋の肉食キャラなので、こちらも書きやすかったです。

編集様には何度助けていただいたことか！　完成まで優しい助言で導いてくださり、本当にありがとうございます！　編集様には感謝の言葉しかありません。

おかげでマルゴはオーブリーという心の支えを得て、最後には自分の殻《から》を破ることができたのではないでしょうか。同時に、私自身もたくさんの気づきや学びを得て、マルゴとオーブリーのことがもっと好きになりました。

そしてイラストを担当してくださったDUO BRAND.先生。初めてラフをいただいた時、その美しさにPCの前でキャーと悲鳴を上げてしまいました。まさに尊さの極み……！

『女神のような』という言葉にもある通り、オーブリーの神々しさを素敵に表現してくださり、ありがとうございます！　マルゴも困ったふうでありながらも、一生懸命さを感じる表情でとても可愛いです。一生の宝物にします！

あらためて編集様、イラストレーター様、デザイナー様、この本を刊行するにあたって尽力してくださったすべての皆様に感謝いたします。

最後にＷＥＢ版連載中から応援してくださった読者の皆様、この作品を手に取って最後までお付き合いくださった読者の皆様、本当にありがとうございます！
この物語が少しでも皆様に楽しんでいただけることを願っております。

深石千尋

eロマンス ロイヤル

●ファンレターの宛先
〒102-8177　東京都千代田区富士見 2-13-3　eロマンスロイヤル編集部

落《お》ちこぼれ治癒師《ちゆし》は、騎士《きし》の愛《あい》から逃《に》げられない
魔法《まほう》の代償《だいしよう》が発情《はつじよう》なんて！？

著／深《ふか》石《いし》千《ち》尋《ひろ》

イラスト／DUO BRAND.

2023年4月30日　初刷発行

発行者　山下直久
発行　株式会社KADOKAWA
〒102-8177　東京都千代田区富士見2-13-3
(ナビダイヤル) 0570-002-301
デザイン　AFTERGLOW
印刷・製本　凸版印刷株式会社

●お問い合わせ
https://www.kadokawa.co.jp/（「お問い合わせ」へお進みください）
※内容によっては、お答えできない場合があります。
※サポートは日本国内のみとさせていただきます。
※Japanese text only

ISBN978-4-04-737449-2　C0093　　Printed in Japan
定価はカバーに表示してあります。

eR eロマンス ロイヤル **好評発売中**

婚約解消の危機⇩本音ををさらして超溺愛!?

不機嫌な騎士様と臆病な私が婚約解消をかけて強制的に歩み寄ってみた結果

星見うさぎ　イラスト／なおやみか　四六判

臆病な伯爵令嬢リリアンの婚約者はいつも不機嫌な美形騎士エドワルド。本当は彼が好きなのに、二人の仲を見かねた母たちから婚約解消を提案されて絶望していると、エドワルドに魔女に貰った「素直になれる薬」を飲まされる。リリアンは薬が効きすぎてエドワルドへの「好き」が爆発、エドワルドも薬を飲んだ途端「リリちゃん可愛い……!!」と悶絶＆溺愛!?　お互いの気持ちが分かりラブラブになった二人だが、エドワルドの恋人だと噂される令嬢が立ちはだかり!?